Mission 15 :
BLACK FRIDAY

www.casterman.com

casterman
Cantersteen 47
1000 Bruxelles

Publié en Grande-Bretagne par Hodder Children's Books, sous le titre : *Black Friday*.
© Robert Muchamore 2013 pour le texte.

ISBN : 978-2-203-09116-0
N° d'édition : L.10EJDN001451.N001

casterman

© Casterman 2014 pour l'édition française, 2016 pour la présente édition.
Achevé d'imprimer en novembre 2015, en Espagne.
Dépôt légal : janvier 2016; D.2016/0053/13
Déposé au ministère de la Justice, Paris (loi n° 49.956 du 16 juillet 1949
sur les publications destinées à la jeunesse).

Robert Muchamore
BLACK FRIDAY

Traduit de l'anglais
par Antoine Pinchot

CHERUB/15

Avant-propos

CHERUB est un département spécial des services de renseignement britanniques composé d'agents âgés de dix à dix-sept ans recrutés dans les orphelinats du Royaume-Uni. Soumis à un entraînement intensif, ils sont chargés de remplir des missions d'espionnage visant à mettre en échec les entreprises criminelles et terroristes qui menacent le pays. Ils vivent au quartier général de CHERUB, une base aussi appelée « campus » dissimulée au cœur de la campagne anglaise.

Ces agents mineurs sont utilisés en dernier recours dans le cadre d'opérations d'infiltration, lorsque les agents adultes se révèlent incapables de tromper la vigilance des criminels. Les membres de CHERUB, en raison de leur âge, demeurent insoupçonnables tant qu'ils n'ont pas été pris en flagrant délit d'espionnage.

Près de trois cents agents vivent au campus. Ils sont généralement recrutés entre six et douze ans, parfois plus tôt lorsqu'ils accompagnent une sœur ou un frère aîné. Ils sont autorisés à participer aux missions d'infiltration dès l'âge de dix ans, pourvu qu'ils aient obtenu la qualification opérationnelle à l'issue du programme d'entraînement initial de cent jours. Les recrues sont sélectionnées au regard de leurs facultés intellectuelles, de leur endurance physique, de leurs capacités à résister au stress et de leur esprit d'initiative.

L'organisation remplissant à la fois les fonctions d'internat scolaire et de centre de renseignement opérationnel, elle dispose d'importantes installations sportives, éducatives et logistiques. De ce fait, CHERUB compte davantage de personnel que d'agents : cuisiniers, jardiniers, enseignants, instructeurs, techniciens et spécialistes des opérations d'infiltration.

ZARA ASKER occupe le poste de directrice de CHERUB.

Rappel réglementaire

En 1957, CHERUB a adopté le port de T-shirts de couleur pour matérialiser le rang hiérarchique de ses agents et de ses instructeurs.

Le T-shirt **orange** est réservé aux invités. Les résidents de CHERUB ont l'interdiction formelle de leur adresser la parole, à moins d'avoir reçu l'autorisation du directeur.

Le T-shirt **rouge** est porté par les résidents qui n'ont pas encore suivi le programme d'entraînement initial exigé pour obtenir la qualification d'agent opérationnel. Ils sont pour la plupart âgés de six à dix ans.

Le T-shirt **bleu ciel** est réservé aux résidents qui suivent le programme d'entraînement initial.

Le T-shirt **gris** est remis à l'issue du programme d'entraînement initial aux résidents ayant acquis le statut d'agent opérationnel.

Le T-shirt **bleu marine** récompense les agents ayant accompli une performance exceptionnelle au cours d'une mission.

Le T-shirt **noir** est décerné sur décision du directeur aux agents ayant accompli des actes héroïques au cours d'un grand nombre de missions. La moitié des résidents reçoivent cette distinction avant de quitter CHERUB.

La plupart des agents prennent leur retraite à dix-sept ou dix-huit ans. À leur départ, ils reçoivent le T-shirt **blanc**. Ils ont l'obligation — et l'honneur — de le porter à chaque fois qu'ils reviennent au campus pour rendre visite à leurs anciens camarades ou participer à une convention.

La plupart des instructeurs de CHERUB portent le T-shirt blanc.

Rappel des événements

En avril 2012, l'agent de CHERUB RYAN SHARMA a reçu le T-shirt bleu marine en récompense du travail accompli lors d'une opération sous commandement américain visant un réseau de contrebande internationale basé au Kirghizistan, connu sous le nom de Clan Aramov.

Redoutant l'éclatement du groupe en une multitude de gangs rivaux, les services de renseignement ont décidé de prendre le contrôle du Clan. Leur but : réduire progressivement ses activités tout en recueillant des informations sur ses complices et fournisseurs. Suite à un accord conclu avec IRENA ARAMOV, l'ancienne dirigeante du réseau, cette prise de contrôle masquée a été menée par un département de la CIA baptisé ULFT (Unité de lutte contre les facilitateurs transnationaux), sous l'autorité du DR DENISE HUGGAN. Installée au quartier général de l'organisation criminelle, sa subordonnée AMY COLLINS en dirige secrètement les opérations.

Peu de temps après sa promotion, Ryan Sharma l'a rejointe en compagnie de l'instructeur YOSYP KAZAKOV. Leur mission : se lier aux employés du Clan Aramov et surveiller discrètement leurs activités.

1. Thanksgiving

22 NOVEMBRE 2012, MANTA, ÉQUATEUR

L'unique terminal de l'aéroport de Manta avait connu des jours meilleurs. Bâti pour abriter un escadron de l'US Air Force spécialisé dans la lutte contre les narcotrafiquants, la base avait été réquisitionnée en 2009 par le gouvernement équatorien nouvellement élu. Avant de quitter les lieux, les Américains avaient tout démonté, du radar de la tour de contrôle aux bancs du terminal passagers.

Ryan Sharma était assis sur son sac à dos dans la salle d'attente de l'aéroport. La musique d'ambiance diffusée par les haut-parleurs ne parvenait pas à couvrir le martèlement de la pluie sur le toit métallique.

Ryan avait à peine dormi depuis son départ du Kirghizistan, vingt heures plus tôt. Il avait mal à la gorge. Ses yeux étaient injectés de sang. Il s'écoulerait encore longtemps avant qu'il ne puisse prendre une douche chaude et se glisser dans des draps propres.

Depuis sept mois, Ryan vivait au quartier général kirghiz du Clan Aramov, un bâtiment datant de l'ère soviétique que ses occupants avaient ironiquement baptisé *Le Kremlin*. Il y avait rassemblé une foule d'informations concernant les employés de l'organisation et les membres de leur famille.

Le Kremlin n'offrant pas beaucoup de distractions, les adolescents passaient le plus clair de leur temps à soulever des haltères dans une salle de musculation à ciel ouvert aménagée derrière le complexe. Ryan avait gagné dix centimètres de tour de poitrine. Ce changement spectaculaire enchantait la jeune fille dont il était tombé amoureux dès son arrivée au Kirghizistan.

Trois avions étaient stationnés derrière la longue baie vitrée de la salle d'attente. C'était le petit matin, mais la couverture nuageuse était si épaisse qu'on se serait cru au crépuscule. Le plus modeste des appareils était un avion à hélices de la poste équatorienne. À ses côtés se trouvait un Boeing 737 à la coque beige orné du logo de la compagnie *Globespan Delivery* et du slogan *Partout, à toute heure, à la bonne heure*.

Le troisième appareil, bien plus imposant, était perché sur dix-huit énormes roues. Sa peinture écaillée révélait des impacts de balles soigneusement rebouchés. Ce monstre de métal évoquait un voyou s'apprêtant à dépouiller ses deux voisins de leur argent de poche.

Cet Ilyushin-76 sorti d'une chaîne de montage ouzbek en 1975 avait participé aux opérations de l'armée soviétique en Afghanistan. À en croire les registres officiels, il avait été envoyé à la casse en 1992. En vérité, il n'avait pas cessé de parcourir le monde, acheminant toutes sortes de marchandises plus ou moins légales, des coupés Mercedes aux cargaisons de drogue.

Chacun pouvant l'affréter pourvu qu'il dispose de l'argent nécessaire, l'appareil avait largué des rations de survie dans des zones ravagées par des catastrophes naturelles et participé à des livraisons d'armes en Irak. Au fil des ans, il avait porté les couleurs de vingt compagnies privées, de deux États et de l'Organisation des Nations unies, mais tout enquêteur qui se serait penché attentivement sur ses carnets de maintenance falsifiés et ses documents d'immatriculation douteux aurait pu prouver que le Clan Aramov en était le véritable propriétaire.

Une voix résonna dans l'émetteur-récepteur invisible logé dans l'oreille gauche de Ryan.

— Elle n'a toujours pas bougé ? demanda Yosyp Kazakov.

Ryan leva discrètement les yeux vers la femme d'une trentaine d'années assise dans un fauteuil défoncé, à trois mètres de sa position. Sur le siège voisin, elle avait posé un brassard jaune et une casquette ornée du logo *Globespan Delivery*.

— Pas encore, chuchota-t-il en plaçant une main devant sa bouche. Vu la taille du café au lait qu'elle vient de s'envoyer, je parie qu'elle ne va pas tarder à courir aux toilettes.

— Qu'est-ce qu'elle fout ?

La femme feuilletait un fascicule publicitaire joint à une édition du quotidien *USA Today*. « *Offre spéciale Black Friday — TV Sony 102 cm $399, Air conditionné à partir de $800, Intégrale Harry Potter Blu-Ray $29.99.* »

— Elle a l'air plutôt déprimé.

Kazakov lâcha un grognement méprisant.

— C'est Thanksgiving. Elle est pressée de rentrer à Atlanta pour regarder les matchs de foot américain avec ses morveux et son crétin de mari.

Ryan éprouvait un vague sentiment de culpabilité. Cette pauvre femme s'apprêtait à vivre la pire expérience de son existence, mais ce qu'il était sur le point d'accomplir pourrait sauver des milliers de vies.

— Tu as vraiment une dent contre les Américains, soupira Ryan.

— Tu as trois frères, gronda Kazakov. Qu'éprouverais-tu si, comme moi, l'un d'entre eux était tué par un missile fourni par les Yankees ?

À cet instant, la femme plia son journal et le glissa derrière son dos. Elle se leva, plaça la casquette sous son bras et saisit l'attaché-case posé entre ses pieds.

— C'est parti, chuchota Ryan.

Il attendit que sa cible ait pris quelques mètres d'avance avant de quitter son siège. Il mit son sac à l'épaule et réalisa que la femme hâtait le pas. Était-elle en retard ou pressée de gagner les toilettes ?

— Merde, chuchota-t-il, réalisant que sa filature s'annonçait plus complexe que prévu.

— Un problème ? demanda Kazakov.

— Non, je vais me débrouiller, répondit Ryan.

— Essaye de l'intercepter dans le couloir.

— Je sais, répliqua Ryan, quelque peu agacé. Arrête d'intervenir toutes les deux secondes, je n'arrive pas à réfléchir.

Aucun vol de passagers n'était prévu avant six heures, mais la boutique de journaux et la buvette avaient déjà ouvert leurs portes. La femme s'engagea dans un couloir désert, passa à la hauteur d'un pèse-personne et se dirigea vers les toilettes des femmes.

— Excusez-moi, madame ! lança Ryan.

Sa cible demeurant sans réaction, il posa une main sur son épaule. Elle se retourna vivement puis recula d'un pas.

— Qu'est-ce que tu veux, mon garçon ? demanda-t-elle.

— Écoutez-moi attentivement, dit Ryan d'une voix blanche en sortant de sa poche un imposant téléphone à écran tactile. J'ai quelque chose à vous montrer.

La femme leva les mains à hauteur du visage et fit un pas en arrière. Compte tenu du teint mat de Ryan, elle était convaincue d'avoir affaire à un jeune Équatorien.

— Je n'ai pas d'argent, dit-elle. Fiche le camp ou j'avertis la sécurité.

Ryan tourna le téléphone vers son interlocutrice.

— Gardez votre calme. Ne faites pas de scandale.

Lorsqu'elle aperçut l'image affichée à l'écran, elle laissa tomber sa casquette.

Le salon de son appartement d'Atlanta. Son mari, agenouillé devant le canapé, vêtu d'un bas de survêtement. Un homme cagoulé posté dans son dos, un poignard à la main. Sur sa gauche, deux enfants en pyjama, les yeux exorbités de terreur. Une tache d'urine était clairement visible sur le pantalon de l'aîné.

— Qu'est-ce que ça veut dire ? bredouilla la femme.

En dépit du malaise qu'il éprouvait, Ryan s'exprima avec fermeté.

— Tracy, je vous demande de ne pas hausser le ton. Vous devez m'écouter attentivement et obéir à mes instructions. Si vous êtes raisonnable, votre mari et vos fils seront relâchés sains et saufs.

Les yeux braqués sur la photo, la jeune femme se mit à trembler.

— Qu'est-ce que vous attendez de moi ?

— Tâchez de maîtriser votre voix, ordonna Ryan. Respirez profondément. Maintenant, suivez-moi.

Ryan empocha le téléphone et marcha lentement vers la salle d'attente.

— Mes amis et moi sommes arrivés à bord de l'Ilyushin garé sur le tarmac, expliqua-t-il. Mais nous avons besoin d'un avion autorisé à se rendre aux États-Unis. Nous avons des complices parmi les employés de cet aéroport. En ce moment même, nous sommes en train d'embarquer notre chargement dans votre 737.

— Quel chargement ? demanda Tracy.

Ryan ignora la question.

— Votre plan de vol prévoit un décollage dans quatre heures. Vous respecterez scrupuleusement cet horaire, mais dès que vous vous trouverez dans l'espace aérien américain, vous lancerez un appel de détresse et effectuerez un atterrissage d'urgence sur un aérodrome de l'Alabama. Le temps que les autorités réalisent ce qui s'est passé, nous aurons disparu dans la nature. Ensuite, votre famille sera relâchée.

— Je veux parler à mon mari, gémit Tracy.

— Je me fous de ce que vous voulez. Il n'y a rien à négocier.

— Qu'est-ce qui me prouve qu'il ne s'agit pas d'un trucage Photoshop ?

Ryan esquissa un sourire amer et lança :

— Vous tenez absolument à ce que le petit Christian perde un pouce ?

— Bon sang, ce n'est qu'un gamin, tout comme toi, bégaya la femme. Qui te force à agir ainsi ?

— Ceux qui m'emploient se sont autoproclamés ministère islamique de la Justice, répondit Ryan. Mais nous ne partageons pas réellement leurs convictions. Rassurez-vous, mon père et moi ne nous intéressons qu'à l'argent.

2. Dérapages

La météo était plutôt clémente pour un jour de novembre en Angleterre. Le vent glacial pinçait la peau, mais le ciel était dégagé. Les quatre agents portaient pantalon de treillis et rangers mais, en vertu du règlement, ils avaient revêtu des T-shirts et des sweat-shirts à capuche dépourvus du logo CHERUB.

— Qu'est-ce qu'ils foutent ? grogna Léon Sharma, onze ans, étendu sur un banc, au sixième rang d'une rangée de gradins.

Les trois agents qui l'entouraient étaient tous, à des degrés divers, liés à son frère Ryan. Alfie Duboisson faisait partie de sa petite bande. Fu Ning était l'une de ses camarades les plus proches et Grace Vulliamy une ex-petite amie, même si elle était la seule à ignorer que leur relation était terminée.

— Pourquoi nous faire lever aussi tôt ? gémit Léon en jetant un coup d'œil à l'écran d'accueil de son iPhone. Je déteste poireauter.

— Moi, je préfère glander que d'aller en cours, dit Alfie.

— Je me suis renseignée sur cet endroit via Wikipédia, annonça Ning, sans éveiller l'intérêt de ses camarades.

Elle avait fêté son treizième anniversaire trois jours plus tôt. Assise sur la plus haute marche de la tribune, elle bénéficiait d'une vue dégagée sur la longue bande d'asphalte, les panneaux publicitaires Dunlop aux couleurs fanées et le squelette d'acier d'une tribune plus imposante déformé par un incendie.

— Je n'ai pas de réseau, grogna Léon, les yeux braqués sur l'écran de son vieux BlackBerry. Si ça se trouve, ils nous ont oubliés.

— Tu peux arrêter de te plaindre une minute ? lança Alfie sans chercher à dissimuler son accent français. Tu commences vraiment à nous prendre la tête.

— Comme je disais, j'ai étudié les lieux, insista Ning. À ce qu'il paraît, aucune course pro n'a eu lieu ici depuis 1957, le jour où une Bentley a quitté la piste, s'est transformée en boule de feu et a tué sept spectateurs.

Grace ne prêtait aucune attention à ces explications, et l'attitude d'Alfie tapait sur les nerfs de Léon.

— Qu'est-ce que tu caches dans ta main ? demanda ce dernier.

Pour toute réponse, Alfie déposa une petite araignée sur la poitrine de son camarade, qui se dressa d'un bond et se mit à hurler à pleins poumons.

— Espèce d'enfoiré ! cria-t-il en se frottant fébrilement le torse. Elle est où ? Elle est où, bordel ?

Grace sauta sur l'occasion de se payer sa poire.

— Dans tes cheveux, dit-elle.

— Bon Dieu! s'étrangla Léon en se passant frénétiquement les mains sur le crâne.

Cette inspection achevée, il baissa la fermeture Éclair de son sweat-shirt et souleva son T-shirt.

— Elle est partie? Arrêtez de vous marrer, ça n'a rien de drôle.

Grace lui adressa un large sourire.

— Ne crois pas ça, Léon. C'est à se tordre, je te jure.

Hilare, Alfie peinait à reprendre son souffle.

— Ryan m'a dit que tu avais la trouille des araignées, mais je n'aurais jamais imaginé un sketch pareil…

— Désolé, je ne peux pas me contrôler! cracha Léon.

Désormais convaincu de s'être débarrassé de la créature, il se tourna vers Alfie et le fusilla du regard.

— Tu es content de toi? gronda-t-il. Je vais te massacrer…

À cet instant, la réalité le ramena à la raison. Il n'était qu'un garçon de onze ans de stature ordinaire. Alfie avait deux ans de plus que lui et jouait au rugby en compagnie des agents les plus âgés de CHERUB.

— Oh, on dirait que tu manques de courage, tout à coup, ricana ce dernier en cognant ses poings l'un contre l'autre.

— Par pitié, arrêtez de vous embrouiller, soupira Ning. Je sens que ça va encore mal finir.

Mais si Léon n'était pas assez stupide pour se lancer dans une confrontation perdue d'avance, il était déterminé à se venger. Sans réfléchir, il saisit le sac à dos de son adversaire posé sur le banc le plus proche puis détala vers le haut de la tribune.

— Confisqué ! lâcha-t-il.

— Rends-moi ça immédiatement, rugit Alfie en se lançant à sa poursuite.

S'il était bon sprinteur, son poids et sa masse musculaire entravaient ses déplacements sur les gradins. Léon, lui, sautait d'obstacle en obstacle avec une agilité déconcertante.

— Va chercher ! cria-t-il avant de jeter le sac dans un buisson, en bas de la tribune.

Alfie se trouvait à quelques bancs de son coéquipier lorsqu'il s'emmêla les pinceaux et s'étala de tout son long dans une travée.

— Descends le chercher ou je te bute ! hurla-t-il en frottant son genou douloureux.

Pour toute réponse, Léon lui adressa un double doigt d'honneur.

Réalisant qu'il n'avait aucune chance de le rattraper, Alfie changea de stratégie.

— OK, tu l'auras voulu, lança-t-il en battant en retraite. Puisque c'est comme ça, moi aussi je vais m'occuper de tes affaires.

Sur ces mots, il bondit à pieds joints sur le sac à dos Puma posé sur le sixième gradin, provoquant la rupture d'une règle en plastique et l'explosion d'une brique de lait. Enfin, il le dégagea d'un formidable coup de pied, à la manière d'un gardien de but, et l'envoya s'écraser sur la piste, devant la tribune.

— Voilà, tu es content ? gronda-t-il. Tu as eu ce que tu voulais ?

— Mon sac est ici, avec moi, répliqua Léon, sans cesser de sourire.

À cet instant, Ning réalisa que le sac qu'elle venait de voir voltiger ressemblait à s'y méprendre à celui qui contenait ses affaires de classe.

— Alfie ! s'étrangla-t-elle avant de se précipiter vers la bande d'asphalte.

Alfie ne se laissait pas facilement intimider, mais Ning avait pratiqué la boxe au plus haut niveau, et tous ceux qui avaient goûté à ses directs en gardaient un douloureux souvenir.

— Je pensais que c'était celui de Léon, plaida-t-il.

— C'est toi qui as commencé, avec l'araignée, gronda Ning en faisant glisser la fermeture Éclair. Je t'avais demandé de laisser tomber.

Ses manuels de mathématiques et sa calculette étaient maculés de yaourt. Elle se tourna vers Léon.

— Arrête de te marrer et va chercher les affaires de cet abruti, ordonna-t-elle avant de lancer son sac à Alfie. Quant à toi, si tu n'arrives pas à le nettoyer, tu devras m'en acheter un neuf.

À en juger par son regard glacial, il était clair qu'elle ne plaisantait pas. Alfie fouilla ses poches à la recherche d'un paquet de Kleenex. Léon fit le tour de la tribune et entreprit de fouiller les buissons. Quelques instants plus tard, un grondement lointain se fit entendre.

— Enfin, lâcha Léon.

Perchée au sommet de la tribune, Grace aperçut deux Golf Volkswagen — l'une grise, l'autre bleue — qui roulaient en formation serrée à l'extrémité opposée du circuit. Leurs pneus crissèrent à la sortie d'une courbe, puis le rugissement des moteurs s'amplifia.

À l'approche de la grande ligne droite, le train arrière du véhicule gris chassa brièvement et il partit dans le décor. Le pilote de la voiture bleue évita l'accrochage en modifiant légèrement sa trajectoire puis prit l'avantage sur son concurrent.

Lorsqu'il atteignit la tribune où patientaient les agents, il effectua un freinage brutal, partit en dérapage contrôlé, s'immobilisa puis mit pied à terre.

— Bonjour à tous, dit-il en détachant la jugulaire de son casque. Vous êtes ici pour le stage de conduite avancée ?

Âgé d'une vingtaine d'années, l'instructeur mesurait plus d'un mètre quatre-vingts. Avec ses cheveux blonds et ses yeux clairs, Ning le trouvait tout simplement irrésistible.

— Mon collègue, Mr Norris, nous rejoindra dès qu'il sera parvenu à sortir du bac à gravier où l'a précipité son ego surdimensionné. Je suis Mr Adams, mais vous pouvez m'appeler James, tout simplement.

3. Plan de vol

Avant de basculer dans l'action terroriste, le ministère isla-
mique de la Justice (MIJ) a longtemps été considéré comme
un groupuscule radical sans envergure qui se contentait de
publier sur Internet des diatribes hostiles à Israël et aux
États-Unis.

En octobre 2011, le MIJ a revendiqué l'enlèvement de
deux riches hommes d'affaires américains lors d'une
conférence au Caire. Les spécialistes chargés d'étudier le
déroulement de l'opération ont affirmé que les membres du
commando avaient reçu un entraînement digne des forces
spéciales.

L'un des otages ayant été tué et la vidéo de son exécu-
tion transmise aux médias par ses assassins, la famille du
survivant s'est acquittée d'une rançon de plusieurs millions
de dollars en dépit de l'opposition du gouvernement améri-
cain. Tout porte à croire que la somme a été investie dans
la préparation de nouvelles actions terroristes.

En mars 2012, une femme liée au MIJ a été arrêtée à
Paris pour avoir préparé une attaque informatique visant

le système de signalisation des chemins de fer français. Son objectif : provoquer la collision frontale de deux trains à grande vitesse.

L'importance de cette cible a conduit les agences de renseignement du monde entier à faire figurer le MIJ en tête de leurs priorités. Cependant, la suspecte ayant livré peu d'informations aux enquêteurs, il a été impossible d'identifier ses complices.

Après quelques mois d'inactivité, le MIJ a récemment tenté d'affréter un avion-cargo auprès du réseau de contrebande international connu sous le nom de Clan Aramov. Par chance, ce dernier se trouve depuis des mois sous le contrôle effectif de nos services. Nous avons aujourd'hui une occasion unique d'infiltrer et de démanteler cette organisation terroriste de tout premier plan.

Extrait d'un rapport de la CIA adressé au président des États-Unis en octobre 2012

Les autorités de CHERUB avaient chargé Ryan d'approcher Tracy pour deux raisons. D'une part, il était largement en mesure de maîtriser une femme adulte. D'autre part, son jeune âge le rendait insoupçonnable et lui avait permis de se déplacer à sa guise dans l'aéroport.

Lors de son séjour au Kremlin, il avait maintes fois répété cette rencontre en compagnie de l'agent de l'ULFT Amy Collins. L'opération exigeait du tact. Dans un premier temps, il devait s'assurer la collaboration de Tracy en lui montrant la photo des membres de sa famille, puis la rassurer afin qu'elle soit en état d'accomplir ce qu'il attendait d'elle.

Après avoir empoché le mobile de sa victime, il autorisa la jeune femme à se rendre aux toilettes puis l'accompagna jusqu'à la porte du bureau où les pilotes enregistraient leurs plans de vol. Il patienta derrière une baie vitrée tandis qu'elle prenait connaissance du bulletin météo et saisissait les informations destinées à sa compagnie sur le clavier d'un PC.

— Vous avez reçu un appel, dit Ryan lorsqu'elle en eut terminé. Ça venait de vos bureaux d'Atlanta. Rappelez-les, mais surtout, tâchez de vous comporter de façon normale.

Tracy hocha la tête, récupéra le portable Android bon marché et composa le numéro du quartier général de Globespan. Tout plan de vol exigeait des calculs complexes associant poids du chargement, consommation de carburant et conditions climatiques. Elle redoutait d'avoir commis une erreur sous l'effet de la pression et d'avoir transmis à sa compagnie des informations erronées.

Mais la secrétaire avait de tout autres préoccupations.

— Phil Perry a avalé une cochonnerie, annonça-t-elle. Il est coincé à son hôtel, et il ne pourra pas assurer le vol. Heureusement, le bureau local a trouvé un remplaçant. C'est un Indien nommé Elbaz. Il devrait bientôt vous rejoindre.

Jusqu'alors, Tracy avait puisé quelque réconfort à la pensée qu'elle effectuerait la rotation en compagnie de son collègue.

— Ce pilote possède-t-il l'accréditation lui permettant de voler aux États-Unis ? bégaya-t-elle.

— Oui, nous avons vérifié. Il se trouve déjà à l'aéroport.

— Très bien, dit Tracy en essayant de contrôler les tremblements de sa voix. Autre chose ?

— Tout est en ordre. Je vous souhaite un excellent vol.

La jeune femme remit le téléphone à Ryan.

— Que savez-vous sur ce Elbaz ?

— Il travaille pour nous.

— Phil Perry est-il en danger ?

Ryan ne connaissait pas tous les détails du plan du MIJ, mais il savait que ces brutes avaient forcé le copilote à se faire porter pâle sous la menace d'une arme. Étant parvenus à leurs fins, ils n'avaient plus aucune raison de le laisser en vie.

— Tout ira bien pour lui s'il se tient tranquille, dit-il. À présent, direction l'avion. Quand nous aurons embarqué, comme nous aurons pas mal de temps devant nous, je demanderai à mes collègues si vous pouvez passer un coup de fil à votre mari.

Marchant côte à côte, Ryan et Tracy traversèrent le petit terminal en moins d'une minute puis se dirigèrent vers les portes menant aux installations extérieures.

— Il te faut une carte d'accès, dit-elle en désignant le badge suspendu à sa ceinture.

À son grand étonnement, l'agent des douanes chargé de procéder aux contrôles adressa à Ryan un signe de tête complice et le laissa franchir le poste de sécurité.

Alors que le ciel blanchissait à l'horizon, une pluie battante balayait le tarmac. Ils empruntèrent l'allée matérialisée par des bandes de peinture jaune qui menait au parking où les trois appareils étaient stationnés.

— Vous avez menacé ou corrompu tout le personnel ? demanda Tracy.

Ryan chassa une mèche de cheveux trempés qui tombait devant ses yeux.

— Le plus difficile, ça a été de trouver un appareil pouvant contenir notre chargement sur un aéroport assez modeste pour que nous puissions en prendre discrètement le contrôle.

— La famille de ce douanier a été prise en otage, elle aussi ? demanda Tracy.

— Aucune idée, répondit Ryan. Je ne suis pas à la tête de cette organisation, si vous voulez tout savoir.

— Ça, je me doute bien... D'ailleurs, comment un garçon de ton âge peut-il tremper dans un détournement ?

— Avec ce qu'on nous a promis, mon père et moi allons refaire notre vie aux États-Unis.

— Sais-tu ce qu'ils ont l'intention de fourrer dans la soute de mon avion ?

Ryan désigna l'Ilyushin.

— Nous sommes allés en Chine pour ramasser un paquet d'explosifs militaires. À ce qu'on dit, un morceau de la taille d'une balle de ping-pong suffirait à faire sauter une bagnole. Et il y en a onze tonnes.

— Et c'est moi que vous avez choisie pour transporter cette saloperie jusqu'aux États-Unis..., soupira Tracy. Bon sang, qu'est-ce que j'ai fait pour mériter ça ?

— Vos enfants sont en danger. Personne ne vous en voudra d'avoir tout tenté pour leur sauver la vie.

À cet instant, un individu dévala les marches de la passerelle motorisée menant à la cabine du 737.

— Elle n'a pas causé trop de problèmes ? lança-t-il à l'adresse de Ryan.

Elbaz était un Indien séduisant, de haute stature, à la barbe de trois jours savamment entretenue. Avec son uniforme de pilote, ses lunettes noires et ses dents blanchies artificiellement, il ressemblait à une star de Bollywood, mais son accent anglais rappelait celui de la haute société.

— Tout va bien, dit Ryan.

L'homme se tourna vers Tracy.

— Vous avez remis votre plan de vol ? demanda-t-il.

La jeune femme hocha la tête.

— Montez et commencez la check-list, ordonna Elbaz.

— Le garçon a dit que je pourrais parler à mon mari, implora Tracy en posant un pied sur la première marche.

Le pilote fusilla Ryan du regard.

— Nous verrons cela plus tard.

Il attendit que Tracy se soit installée dans le cockpit puis chuchota :

— Toi, mon garçon, va patienter dans l'Ilyushin. Vu ton âge, tu n'as aucune raison de te trouver ici, et on ne peut pas exclure une visite du contrôle technique. Malheureusement, nous n'avons pas tout le personnel de l'aéroport dans la poche.

Ryan parcourut en trottinant les cinquante mètres qui le séparaient de l'appareil russe. La plupart des ampoules censées éclairer l'intérieur du fuselage avaient rendu l'âme, et l'air empestait le kérosène. Assis dans le cockpit, Kazakov, manifestement épuisé, avait les yeux perdus dans le vide.

— Tout est en place, *papa* ? demanda Ryan.

Après sept mois de mission d'infiltration, il employait ce terme par réflexe chaque fois qu'il s'adressait à son coéquipier.

L'Ukrainien aux muscles saillants et aux cheveux argentés portait une combinaison de mécanicien kaki tachée d'huile et élimée jusqu'à la corde.

— Les explosifs sont en place. Ce zinc partira en fumée quatre heures après le décollage du 737.

— L'équipage a foutu le camp ?

— Ils ont transféré le chargement dans le Boeing puis je leur ai remis le fric et les faux papiers. À l'heure qu'il est, ils doivent rouler vers la frontière colombienne.

Accablé de fatigue, Ryan étudia la cabine de l'avion et songea à tous les drames qui s'y étaient produits au cours de ses trente-sept ans de service.

L'appareil avait passé deux ans dans un hangar, à proximité du Kremlin, avant d'être sommairement réparé en prévision de son voyage sans retour vers l'Équateur. Les circonstances exigeaient qu'il soit sacrifié. Tôt ou tard, les services de renseignement américains découvriraient le rôle qu'il avait joué dans le complot terroriste, et les criminels du MIJ étaient déterminés à faire disparaître toute pièce à conviction.

— Qu'est-ce que tu penses d'Elbaz ? demanda Ryan.

— C'est un connard arrogant, mais il a le sens du commandement. J'avoue être impressionné par la façon dont il a orchestré l'enlèvement du copilote.

— On dirait qu'il a tout le personnel de l'aéroport dans sa poche. Tu crois qu'on aurait sous-estimé le MIJ ?

— Ils se sont occupés de l'opération sur le sol équatorien, répondit Kazakov, mais nous reprendrons la main lorsque nous nous trouverons aux États-Unis.

Ryan n'ignorait rien du dispositif mis en place par les autorités américaines : dès l'atterrissage du 737 en Alabama, le FBI mettrait Elbaz, ses complices et les membres du MIJ venus à leur rencontre hors d'état de nuire puis saisirait les explosifs cédés à prix d'or par un général corrompu de l'armée chinoise. À Atlanta, une seconde équipe prendrait d'assaut la maison de Tracy et libérerait sa famille.

Perplexe, Ryan regardait la pluie tomber sur le tarmac depuis la rampe de chargement de l'Ilyushin.

— Si les choses ne fonctionnent pas comme prévu, nous serons responsables de la livraison de onze tonnes d'explosifs à une bande de terroristes.

Kazakov souleva un sourcil et lâcha un bref éclat de rire.

— M'en fous, je n'ai jamais pu encadrer les Yankees.

Soudain, la silhouette longiligne d'Elbaz apparut au pied de l'Ilyushin.

— Nous allons fermer la soute du 737, dit-il. Vous êtes prêts à embarquer ?

4. Quatre kilomètres à pied

— Eh, j'ai entendu parler de vous, lança Léon en étudiant le visage de James. C'est vous qui avez déclenché cette bataille de bouffe démentielle, dans le réfectoire.

— Ravi de constater qu'on ne m'a pas complètement oublié, sourit James Adams.

— Et vous vous êtes envoyé en l'air dans la fontaine du campus, gloussa Alfie. Pour moi, vous êtes un dieu vivant.

Grace secoua la tête.

— Non, dit-elle. Le type de la fontaine, c'était Dave Moss.

James était censé faire preuve d'autorité, mais il ne put réprimer un éclat de rire.

— Je me dois de rétablir la vérité. Premièrement, ce sont deux de mes copines qui ont déclenché la bataille du réfectoire. Deuxièmement, je doute qu'il se soit passé quoi que ce soit dans la fontaine, vu la température de l'eau.

Bruce Norris, l'autre agent à la retraite, avait un an et quelques centimètres de moins que son ancien coéquipier.

— Vous, dit Léon, vous avez remporté le tournoi de karaté dans votre catégorie six années consécutives. Votre nom est gravé sur la coupe qui se trouve dans ma chambre.

Grace leva les yeux au ciel.

— Ah, cette coupe… Tu ne manques jamais une occasion de nous rappeler son existence !

— Auriez-vous l'obligeance de bien vouloir la boucler ? intervint Bruce. Je vous rappelle que nous avons du pain sur la planche.

— Vous êtes réunis ici pour participer au stage de conduite avancée, annonça James. Vous savez tous manœuvrer une automobile dans des conditions normales, mais pendant les cinq jours à venir, vous allez apprendre à *piloter* toutes sortes de véhicules terrestres, des motos aux limousines en passant par les poids lourds. Vous apprendrez à réaliser des dérapages contrôlés, à semer un poursuivant et à franchir un barrage routier. Comme tous les agents, vous êtes impatients de recevoir cette formation, et j'admets qu'elle comporte certains aspects divertissants. Mais souvenez-vous qu'il ne s'agit pas d'un jeu. Si vous ne respectez pas les consignes de sécurité, l'exercice risque de se terminer à l'hôpital. Alors si vous faites les cons, je vous renvoie illico au campus. Est-ce bien clair ?

— Oui, monsieur, lancèrent en chœur les quatre élèves.

— Comme vous n'avez sans doute pas pris le volant depuis des mois, vous allez commencer par effectuer un tour de circuit à vitesse normale, puis vous accélérerez progressivement. Dès que vous aurez le véhicule en main, nous travaillerons quelques manœuvres. Et si vous avez été sages, nous terminerons par une petite course.

— Léon Sharma et Grace Vulliamy, avec moi, lança Bruce. Fu Ning et Alfie Dubuisson avec mon collègue.

— Prenez un casque à l'arrière de ma voiture, ordonna James. Des questions ?

Léon leva la main.

— Monsieur, si vous ne vous êtes jamais envoyé en l'air dans la fontaine du campus, comment pouvez-vous affirmer que l'eau est trop froide ?

James eut toutes les peines du monde à garder son sérieux, mais il était déterminé à se faire respecter afin de tirer le meilleur de ses élèves. Alors qu'il se demandait comment auraient réagi les instructeurs avec qui il avait eu maille à partir au cours de sa carrière à CHERUB, Bruce saisit Léon par le col et le souleva du sol.

— Écoute-moi bien, bonhomme. Ce circuit fait quatre kilomètres, et comme je sens que tu es impatient de te familiariser avec son tracé, tu vas effectuer un tour de reconnaissance au pas de course.

— Pardon ? demanda Léon, abasourdi.

— Cours, c'est un ordre, gronda Bruce.

James lui adressa un sourire complice puis se tourna vers ses deux élèves.

— Attachez vos casques. Alfie, mets-toi au volant. Tu vas parcourir trois tours, puis ce sera le tour de Ning. Et surtout, faites bien attention à ne pas écraser ce pauvre Léon...

∴

À bord de l'Ilyushin-76, Kazakov arma le détonateur principal, enclencha le dispositif de fermeture de la soute et sauta de l'appareil lorsque la rampe commença à se soulever. Dès qu'il eut gravi les marches menant à la cabine du Boeing, l'un des complices d'Elbaz ordonna à un employé de l'aéroport de reculer la passerelle motorisée.

Pendant deux décennies, le 737 avait servi au transport de passagers avant d'être reconverti en avion-cargo. S'il comptait de nombreuses heures de vol, le plastique beige des parois et le système de ventilation en parfait état de marche contrastaient avec l'état de délabrement de l'Ilyushin.

L'appareil ne disposait que d'une rangée de six sièges placés un mètre derrière le cockpit, dont la porte avait été laissée ouverte. Une paroi en aluminium la séparait de l'espace réservé au chargement.

Ryan occupait une place située du côté de l'aile droite. Les deux membres du MIJ qui l'accompagnaient depuis

leur départ du Kirghizistan étaient installés de l'autre
côté de la travée centrale. Kazakov s'installa près du
hublot, à côté de son coéquipier.

Dans le poste de pilotage, Elbaz et Tracy achevaient
les préparatifs du vol. Ryan n'apercevait que les mains
manipulant des interrupteurs situés au-dessus de la
verrière.

— Vol GD39 à tour de contrôle, demande autorisation
de décoller, lança-t-elle. Terminé.

Puis, quelques secondes plus tard :

— Bien reçu, tour de contrôle. Nous suivons la voie B
jusqu'à la piste sud.

Sur ces mots, elle poussa la manette des gaz. Elbaz
se retourna vers ses complices et leva les pouces vers
le plafond.

— Allons massacrer ces chiens d'Américains !
cria-t-il.

Ryan sortit son iPhone de son jean et démêla le
cordon de ses écouteurs.

— Nous avons cinq heures de vol devant nous, lui
souffla Kazakov. Tu devrais en profiter pour dormir.
Franchement, tu fais peur à voir.

∴

Les agents de CHERUB, qui devaient se comporter
comme des enfants ou des adolescents ordinaires,
n'étaient pas censés savoir conduire. Pourtant, dans
certaines situations délicates, il leur fallait être en

mesure de se soustraire à un danger imminent en empruntant un véhicule motorisé.

La Volkswagen grise était équipée de doubles-commandes qui permettaient à James de freiner ou d'accélérer lorsqu'un élève commettait une maladresse. Sa carrosserie criblée de bosses et de rayures était tartinée d'antirouille afin d'éviter un coûteux travail de peinture.

Ning, qui venait de s'engager trop rapidement dans une courbe, faillit ajouter sa touche personnelle à cette collection d'avaries lorsque les roues arrière de la voiture s'écartèrent de la piste de quelques centimètres.

— Je t'ai déjà dit de freiner en ligne droite avant de braquer vers la corde, gronda James.

— Désolée...

— Écoute, le moteur tourne trop vite. Passe la quatrième.

Ning manipula le levier de vitesse, mais enclencha accidentellement la seconde. La boîte émit un craquement puis le moteur se mit à hurler.

— Heureusement qu'on ne sort pas de table, lâcha Alfie depuis la banquette arrière, se cramponnant à la poignée de sécurité comme si sa vie en dépendait.

— Mais freine, bordel ! cria James. Freine !

Ning répondit aussitôt à cet ordre, si bien que les pneus avant se bloquèrent à l'approche d'un virage. La Volkswagen dérapa légèrement vers la gauche, s'engagea dans l'allée des stands et percuta une glissière métallique.

Ning lâcha un cri tandis que le véhicule glissait le long de l'obstacle, soulevant une gerbe d'étincelles. Le rétroviseur extérieur se détacha puis des sons inquiétants se firent entendre sous la carrosserie. James actionna la pédale de frein par à-coups jusqu'à ce que la voiture s'immobilise.

— Ah, les femmes au volant… soupira Alfie.

Ning adressa à James un regard perdu.

— Je ne comprends pas ce qui s'est passé, dit-elle. Qu'est-ce que j'ai fait de mal ?

James descendit du véhicule et effectua une rapide inspection.

— Crevaison, dit-il. Tu as dû rouler sur des débris. Ce n'est pas ta faute. Bon, qui sait changer une roue ?

Ning et Alfie observèrent un silence embarrassé.

— Génial, soupira James. Ce sera donc le sujet de la leçon suivante. Allez poser le triangle de signalisation à trente mètres, histoire que la bagnole de Bruce ne nous rentre pas dedans en sortie de virage.

5. Dans le décor

Situé à proximité de l'Interstate 65 et à l'intersection de deux autoroutes de moindre importance, Hayneville comptait moins d'un millier d'habitants, mais disposait de l'un des aérodromes les mieux entretenus de l'Alabama. Le bureau du shérif local ne possédant que deux véhicules d'intervention, c'était l'endroit idéal où se poser puis disparaître dans la nature avec un chargement illégal.

En ce milieu d'après-midi, le centre-ville était moins encombré qu'à l'ordinaire. Chacun s'affairait à la préparation de Thanksgiving, mais les quarante agents du FBI placés sous le commandement du Dr Denise Huggan avaient dû renoncer à célébrer cette fête en famille.

Le Dr Huggan, aussi appelée Dr D, était à la tête de l'ULFT, l'organisation qui avait pris le contrôle du Clan Aramov. Malgré son aspect excentrique, sa jupe violette démodée et son collier de perles de bois, cette petite femme était plus coriace que tous les hommes qui se trouvaient sous ses ordres.

Soupçonnant les membres de la cellule américaine du MIJ d'avoir placé la piste sous surveillance, le Dr D devait agir avec une extrême discrétion. Les risques étaient grands d'être repéré dans une ville de taille aussi modeste. Une semaine durant, ses agents avaient progressivement remplacé les pilotes et les mécaniciens de l'aérodrome. Le tarmac, les hangars et les routes avoisinantes étaient désormais truffés de caméras à vision nocturne.

Dans sa chambre de motel, le Dr D disposait de trois écrans LCD alignés sur une console. Sur l'un d'eux, elle étudiait la progression d'un convoi composé de trois camions de déménagement. Parvenu devant l'entrée principale de l'aéroport, un homme sauta du véhicule de tête et glissa une clé dans le cadenas qui assurait la fermeture du portail.

Une voix féminine résonna dans l'oreille du Dr D.

— Je vois trois camions. Un type est en train d'ouvrir la porte. Barbu, la peau mate.

— Bien reçu, dit le Dr D. À toutes les unités, faites-vous discrets. Nous avons affaire à des professionnels qui n'ont rien à envier aux forces spéciales.

Elle cliqua sur une icone et bascula sur une représentation graphique du trafic aérien. En orange sur fond noir, elle découvrit trois triangles en mouvement surmontés de leur numéro d'immatriculation. Le 737 de Globespan en provenance de l'Équateur se trouvait dans le couloir aérien civil. Il avait reçu l'autorisation de se poser sur l'aéroport international Hartsfield-Jackson d'Atlanta.

Schultz, l'officier commandant l'équipe d'assaut du FBI, étudiait l'écran au-dessus de l'épaule de sa supérieure. Vêtu d'un gilet pare-balles, il portait un Taser et un pistolet de gros calibre à la ceinture.

— Il est censé se poser à quelle heure ?

— À mon avis, Tracy Collings déviera sa course un quart d'heure avant l'atterrissage et lancera l'appel d'urgence quelques minutes plus tard. L'avion devrait toucher le sol dans environ une heure et demie.

— Mes gars sont prêts, dit Schultz.

— Surtout, qu'ils ne bougent pas le petit doigt avant que je ne donne le feu vert.

...

Ning avait connu une journée difficile. Le pilotage à grande vitesse exigeait une concentration de chaque instant. Ses cuisses et ses fesses étaient tétanisées, mais elle apprenait vite, et il lui semblait désormais que la Volkswagen n'était plus une machine sans âme, mais une extension de son propre corps.

À la sortie du virage le plus serré du circuit, elle passa la troisième et accéléra progressivement. Le volant n'offrait plus la moindre résistance. La voiture, à la limite du dérapage, semblait glisser sur l'asphalte.

Lorsqu'elle se trouva de nouveau dans l'axe de la piste, elle enclencha la quatrième et enfonça la pédale de droite. La nuit étant tombée, seuls le faisceau des phares et la lumière émise par les réverbères d'un lotissement voisin éclairaient la chaussée.

James consulta son chronomètre.

— Parfait, dit-il. Attention, tu ne vas pas tarder à apercevoir le repère. Tu as quatre secondes d'avance sur le temps d'Alfie.

Alors que le compteur affichait cent quatre-vingts kilomètres-heure, Ning aperçut un cône de signalisation orange au centre de la piste. Elle freina brutalement puis, dès que le capot eut dépassé l'objet, rétrograda en seconde, donna un quart de tour de volant sur la gauche et tira fermement sur le frein à main.

Dans l'après-midi, une heure durant, Ning avait répété les demi-tours sur place, mais son taux de réussite n'avait pas dépassé cinquante pour cent.

Le train arrière de la voiture chassa brutalement. Les dés étaient jetés : si Ning avait accompli la manœuvre correctement, le véhicule pivoterait sur ses roues avant et changerait de cap en quatre secondes. Dans le cas contraire, elle pointerait dans une direction aléatoire, ou s'immobiliserait, moteur calé, dans un nuage de gomme.

La vitesse étant un peu trop élevée et le volant incorrectement positionné, Ning dut corriger légèrement sa trajectoire pour ne pas renverser le cône. Lorsque le moteur toussa, elle donna un léger coup d'accélérateur et poursuivit sa course à allure modérée.

Alfie ne se sentait plus en compétition avec sa coéquipière. Durant cette longue journée d'entraînement, ils avaient forgé une véritable complicité.

— Tu as réussi, Ningo ! s'exclama-t-il.

Ning lança la voiture dans l'étroite voie de service qui longeait la tribune incendiée puis slaloma entre les cônes qui matérialisaient l'ultime épreuve du parcours. Entièrement concentrée sur son objectif, elle n'aperçut qu'au dernier moment la vieille dame plantée sur un vibreur, à l'intérieur d'une courbe.

Incapable de l'éviter, elle faucha le mannequin, propulsant des morceaux de polystyrène dans un rayon de dix mètres. Le torse explosa sous les roues arrière.

Parvenue au bout du parcours, Ning s'immobilisa devant une bande de peinture blanche, enclencha la marche arrière puis se rangea dans un rectangle formé par des bottes de paille.

Enfin, elle coupa le moteur, ôta son casque, le posa sur ses genoux et s'épongea le front d'un revers de manche.

— J'ai une bonne et une mauvaise nouvelles, annonça James en étudiant son chronomètre. La bonne, c'est que tu as cinq secondes trois dixièmes d'avance sur Alfie. La mauvaise, c'est que tu as écrasé cette pauvre Hélène, la vieille en polystyrène, ce qui te vaut dix secondes de pénalité.

— Je ne pouvais pas la voir arriver, protesta Ning, indignée. Tout à l'heure, quand c'était le tour d'Alfie, elle était bien visible, à l'extérieur du virage.

James détacha son harnais de sécurité.

— C'est la vie, dit-il. Les piétons peuvent surgir de n'importe où, à n'importe quel moment. Mais ne t'inquiète pas pour ça. Cette petite compétition, c'était juste pour rendre l'exercice plus amusant. Vous vous en êtes tous les deux très bien tirés.

Ning esquissa un sourire et chassa une mèche de cheveux dégoulinants de sueur.

— Et vous, vous êtes un excellent instructeur.

— Ah bon, tu trouves ? s'étonna James, qui ne s'attendait pas à recevoir un tel compliment.

— Oui, vous savez vous y prendre, confirma Alfie. Vous nous avez mis la pression quand c'était nécessaire, juste ce qu'il fallait, sans jouer avec nos nerfs. Et vos explications étaient parfaitement claires.

Tandis que Kevin Sumner, un T-shirt noir âgé de quinze ans, ramassait les cônes de signalisation, James, Ning et Alfie descendirent de la voiture et se dirigèrent vers Bruce, Grace et Léon, qui avaient achevé le parcours deux minutes plus tôt.

— Alors, tout s'est bien passé ? demanda Bruce. Vous vous sentez d'attaque pour la course de demain ?

— On va vous humilier, sourit James avant de se tourner vers les agents et de désigner un minibus stationné en bordure de piste. Mais il est l'heure de retourner au campus. L'un de vous veut-il conduire ?

Les quatre élèves restèrent muets.

— Eh bien, quel enthousiasme !

— Je suis complètement claqué, gémit Léon.

— C'est moins fatigant que le programme d'entraînement, c'est sûr, expliqua Grace, mais c'est épuisant sur le plan nerveux. À la moindre erreur d'inattention, on risque de se foutre dans le décor.

— Mes pauvres petits… ironisa James. Si je comprends bien, il va falloir que je vous raccompagne. C'est sans doute mieux comme ça. Vous en profiterez pour vous reposer. Et je vous conseille de ne pas vous coucher trop tard, car nous nous remettrons au travail dès demain matin, et mon petit doigt me dit que ce ne sera pas une partie de plaisir.

6. Un changement de dernière minute

Le circuit automobile était situé à vingt minutes du campus, mais James, en guise de démonstration, effectua le trajet en moins d'un quart d'heure.

Dès leur arrivée, les agents affamés bondirent du minibus puis se ruèrent vers le réfectoire. James et Bruce, eux, venaient d'entrer dans le hall d'accueil du bâtiment principal lorsqu'une jolie jeune femme vêtue d'un jean étroit sortit du bureau de la directrice Zara Asker.

— Amy Collins ! s'exclama James.

— Eh, ça fait un bail ! ajouta Bruce. Qu'est-ce que tu fiches ici ?

Amy leur adressa un sourire radieux.

— Je vous retourne la question, les garçons !

— J'en ai terminé avec l'université depuis quelques jours, expliqua Bruce.

— Et toi, James ?

— Disons que… Zara a appris que je n'étais pas trop débordé, ces derniers temps. Kazakov est en mission et l'un de ses collègues est en congé maladie, alors elle m'a proposé de lui filer un coup de main pendant deux ou trois mois.

— Tu as arrêté la fac ?

— Non, j'ai obtenu mon diplôme cet été. J'ai postulé auprès de plusieurs boîtes de la Silicon Valley, mais le secteur de l'informatique est complètement bouché.

— Kerry est ici ?

— Non. Elle est en dernière année à Stanford. Elle n'en pouvait plus de me voir glander à la maison. Il paraît que je l'empêchais de se concentrer sur ses révisions.

— Ça te fait quel âge, maintenant ? Vingt et un ans, si je compte bien ? La vache, tu commences à te faire vieux !

— Tu ne nous as toujours pas dit ce que tu fais ici, fit observer Bruce.

— À vrai dire, j'ai un peu galéré après avoir quitté CHERUB, confessa Amy. C'est difficile de trouver un job aussi intense dans le civil. Finalement, j'ai été recrutée par un département des services de renseignement américains baptisé « Unité de lutte contre les facilitateurs transnationaux ». ULFT, pour faire court. On travaille sur les trafics illégaux : armes, narcotiques, traite d'êtres humains… Vu que mes supérieurs ne sont pas loin de la retraite, je peux envisager de grimper rapidement dans la hiérarchie.

— Alors tu vis aux États-Unis ? demanda James.

— Oui, à Dallas. Même si je n'ai dormi que dix fois chez moi depuis le début de l'année.

— Et pourquoi tu sors du bureau de la direction ?

— Un agent de CHERUB travaille sur l'une de nos opérations.

— Eh bien, on dirait que tout roule pour toi.

— C'est un boulot de dingue, mais je n'en changerais pour rien au monde. J'ai un vol pour Dubaï demain midi, mais on pourrait dîner tous les trois. Ça vous dirait ?

— Avec plaisir, répondit James en consultant sa montre. Il est dix-huit heures et je n'ai pratiquement rien avalé de la journée. On se retrouve dans une heure, le temps de prendre une douche et de me changer ?

— Parfait.

Bruce secoua la tête.

— Désolé, mais j'ai prévu de boire un verre en ville avec Bethany Parker.

James éclata de rire.

— Bethany ? Tu l'as toujours dans la peau, depuis le temps ?

Bruce fronça les sourcils.

— Je sais que tu n'as jamais pu l'encadrer, mais elle est cool, quand on prend la peine de la connaître.

— Bon, tant pis pour toi, soupira James. À tout à l'heure, Amy.

Il entra dans l'ascenseur et enfonça mécaniquement le bouton du sixième étage avant de réaliser qu'il occupait désormais une chambre au deuxième, comme tous les instructeurs de CHERUB. Une fillette le rejoignit dans la cabine une seconde avant que les portes ne se referment.

— C'est vrai ce que tout le monde raconte ? demanda-t-elle. Que tu es James Adams, celui qui a déclenché cette énorme bataille de nourriture et fait des trucs cochons dans la fontaine ?

...

Malgré son état d'épuisement, Ryan avait été incapable de trouver le sommeil à dix mille mètres d'altitude, au-dessus du territoire américain, dans un avion bourré d'explosifs piloté par un terroriste et une femme dont la famille était menacée de mort.

La bouche sèche et la vision troublée, il quitta les toilettes et jeta un coup d'œil à l'intérieur du cockpit. Elbaz tourna la tête dès qu'il aperçut son reflet dans la verrière.

— Tu tombes bien, mon garçon, dit-il sur un ton plus courtois qu'à l'ordinaire. Nous lancerons l'appel de détresse dans trois minutes. Atterrissage prévu cinq minutes plus tard. Va prévenir les autres.

— Entendu, chef.

L'air absent, Tracy ouvrit la bouche sans parvenir à prononcer un mot. Frappé par la détresse de la jeune femme, Ryan préféra reculer vers la travée.

Il posa une main sur l'épaule d'un des complices d'Elbaz. L'homme rêvassait, les écouteurs d'un iPod fichés dans les oreilles.

— Elbaz a dit qu'on allait se poser dans huit minutes. Préparez-vous.

Le deuxième terroriste hocha la tête, rangea un petit livre à couverture bleue dans la poche de sa chemise puis se baissa pour chausser ses baskets.

Kazakov était le seul occupant de l'avion à s'être assoupi. Il avait fait de même à bord de l'Ilyushin-76. En tant que vétéran de la première guerre d'Afghanistan, il était capable de dormir dans n'importe quelle situation, pourvu qu'on ne lui tire pas dessus à balles réelles.

— Réveille-toi, papa, dit Ryan.

Il insista sur le mot *papa*, car il redoutait que son coéquipier, réveillé en sursaut, n'oublie momentanément son scénario de couverture.

L'instructeur bâilla à s'en décrocher la mâchoire.

— Où sommes-nous ? demanda-t-il.

— Nous allons bientôt nous poser, répondit Ryan.

À cet instant, l'avion plongea si brutalement qu'il dut se retenir aux accoudoirs pour ne pas être projeté contre le plafond de la cabine.

— Mayday, mayday, mayday ! lança Tracy en rétablissant l'assiette de l'appareil. Vol Globespan 2 726 à destination d'Atlanta. Notre moteur gauche est en panne, le droit perd progressivement de sa puissance et la jauge de carburant est hors-service. Où pouvons-nous procéder à un atterrissage d'urgence ?

Ryan boucla sa ceinture de sécurité. Lorsque l'avion plongea pour la seconde fois, il eut la désagréable impression que ses organes internes se déplaçaient vers sa gorge.

— Bien reçu, répondit Tracy lorsqu'elle eut reçu la réponse du contrôleur aérien. Coordonnées enregistrées. Terminé.

Kazakov sortit un récipient en matière plastique de la poche de sa combinaison, avala deux pilules de caféine puis se pencha vers son coéquipier.

— Prends-en une, dit-il. Ça t'aidera à rester lucide.

Ryan hésita. Chaque pilule contenait autant de caféine que trois expressos, mais elle provoquait de sérieuses migraines lorsque son effet s'estompait.

— Tu n'as pas dormi depuis vingt-quatre heures, insista l'instructeur. Avale ça, je te dis.

Lorsque Ryan eut obéi à cet ordre, Kazakov se tourna vers les terroristes assis de l'autre côté de la travée.

— Besoin d'un petit remontant ? demanda-t-il, parfaitement conscient que les deux hommes s'interdisaient la consommation de tels stimulants pour des raisons religieuses.

Lorsque l'avion creva la couche nuageuse, à son grand étonnement, il découvrit une vaste agglomération urbaine. Son regard se posa sur un stade de football américain dont la pelouse était ornée des initiales ASU.

Il détacha sa ceinture et se leva précipitamment.

— Qu'est-ce qui ne va pas ? demanda Ryan. Ça remue drôlement. Tu ferais mieux de rester assis.

— Aux dernières nouvelles, Hayneville est un bled paumé comptant un millier d'habitants, et aucun stade de football.

Sur ces mots, il sauta par-dessus les jambes de son coéquipier puis débobula dans le cockpit.

— Qu'est-ce que ça veut dire ? s'étrangla-t-il. Où est-ce que vous avez l'intention de nous poser ?

— Changement de dernière minute, répondit Elbaz.

— Eh, mais ce n'est pas ce qui était convenu…

Saisi de panique, Ryan glissa une main sous son siège et se rassura au contact du poignard de combat qu'un agent de l'ULFT y avait dissimulé.

— On m'a informé que l'aérodrome de Hayneville était placé sous surveillance, expliqua Elbaz. Retournez à votre place. Ça ne change rien à la suite de l'opération. Vous serez payé comme prévu, si c'est ce qui vous inquiète.

Kazakov ne pouvait pas intervenir avant que l'avion n'ait touché le sol. Ryan jeta un coup d'œil au hublot pour estimer l'altitude et découvrit le stade. Une colonne de véhicules s'était formée à l'entrée du parking. Les tribunes grouillaient de spectateurs, et un ballon dirigeable flottait au-dessus du terrain.

— Montgomery accueille l'un des matchs de Thanksgiving, cria Elbaz, très satisfait de sa stratégie. Tous les flics sont concentrés dans les environs. Compte tenu des embouteillages, nous aurons quitté les lieux bien avant qu'ils ne puissent intervenir.

— Et le personnel de l'aérodrome ?

— Les installations sont abandonnées, mais en excellent état.

Une voix de synthèse jaillit d'un haut-parleur placé entre les deux sièges du cockpit.

— *Six cent cinquante pieds.*

— Asseyez-vous et bouclez vos ceintures, ordonna Elbaz. Atterrissage dans trente secondes.

— *Six cents pieds.*

Kazakov adressa un regard sombre à Ryan avant de regagner son siège.

— On a changé de destination, dit-il.

Les deux agents se trouvaient dans l'impossibilité d'évoquer la situation en présence des deux terroristes du MIJ installés de l'autre côté de la travée.

Lorsque les trains d'atterrissage touchèrent la piste, Ryan sentit un flot d'adrénaline déferler dans ses veines. La pilule de caféine avait produit son effet, et il se félicitait d'avoir suivi l'ordre de Kazakov. L'heure était grave. L'avion venait de se poser dans une ville inconnue, à une trentaine de kilomètres de l'aérodrome où l'attendait l'équipe d'assaut du FBI.

7. Comme un animal

— Mais où est-ce qu'il va ? s'étrangla le Dr D.

Elle s'empara de son mobile afin d'entrer en contact avec le contrôle aérien.

Schultz, assis sur le lit, pianota sur le clavier de son ordinateur portable et ouvrit une nouvelle page Google Maps.

— S'il se dirige vers Montgomery, ça nous laisse trois possibilités, dit-il. L'aéroport régional, la base militaire de Maxwell et une piste désaffectée située à proximité du stade des Hornets.

Le Dr D s'accorda quelques secondes de réflexion.

— L'aéroport régional applique les mesures de sécurité antiterroriste réglementaires, et il faudrait être stupide pour se poser sur une base de l'US Air Force, à moins qu'ils n'aient décidé de sauter avec leur chargement. À quelle distance se trouve la piste abandonnée ?

— À une trentaine de kilomètres. Mais c'est jour de match. Le coup d'envoi doit être donné dans une heure. Les embouteillages doivent être inextricables.

Le Dr D fit tinter ses bracelets.

— Ça doit faire partie de leur plan. Le MIJ a sans doute étudié un moyen de quitter les lieux pendant que nos véhicules seront bloqués dans le trafic.

— Les camions de déménagement faisaient sans doute partie d'une stratégie de diversion. A-t-on encore une chance d'arrêter les terroristes à Montgomery ?

— J'en doute. Nous tâcherons de les suivre à la trace dès qu'ils auront quitté le site d'atterrissage. Le problème, c'est que nous ignorons s'ils ont découvert qu'ils étaient placés sous surveillance, ou s'ils ont changé de destination par simple mesure de prudence.

À cet instant, l'un des hommes de Schultz fit irruption dans la chambre sans prendre la peine de frapper.

— Vous n'allez pas en croire vos yeux, lança-t-il.

Il s'empara d'une télécommande, alluma le téléviseur à tube cathodique vissé dans un angle de la pièce et sélectionna la chaîne locale.

La retransmission du match de football venait de débuter. Chose étrange, les journalistes ne parlaient que de l'avion qui venait de survoler le stade à basse altitude et avait frôlé le ballon dirigeable.

« *À l'heure où nous parlons, nous n'avons aucune information concernant cet appareil*, dit l'un d'eux. *Mais en ce jour d'inauguration du nouveau stade des Hornets, il semblerait bel et bien que nous ayons frôlé la catastrophe.* »

— Il nous faut des hommes là-bas, dit le Dr D. Il doit y avoir des policiers stationnés aux abords du stade. À vous de coordonner l'assaut.

— Et qu'est-ce que vous faites des deux agents qui se trouvent à bord de l'appareil ?

— Nous avons perdu la trace de onze tonnes d'explosifs. Des milliers de vies sont en jeu. Notre priorité, c'est de récupérer ce chargement, quelles que soient les conséquences, puis de capturer autant de terroristes que possible.

Schultz était sous le choc.

— Êtes-vous certaine que...

— Tenez-vous-en à mes ordres. J'en assumerai pleinement les conséquences, si c'est ce qui vous inquiète.

...

Tandis que l'avion roulait au pas sur le tarmac, Ryan passa une main derrière son oreille afin d'activer le dispositif de communication qui y était dissimulé. Il espérait entendre une voix familière, mais le dispositif, dont le rayon d'action ne dépassait pas deux kilomètres, n'émettait que des interférences produites par le radar du 737.

— Reste calme, chuchota Kazakov lorsque l'appareil s'immobilisa.

Soudain, une détonation retentit dans le cockpit. Ryan se pencha dans la travée et vit Elbaz debout, pistolet automatique en main. Tracy Collings, la femme pilote, était effondrée sur son siège, la tête reposant sur la partie latérale de la verrière. Ses écouteurs étaient en miettes, le tableau de bord était moucheté de sang.

— Pourquoi vous l'avez tuée ? s'étrangla Ryan.

Elbaz se tourna dans sa direction. Ryan redoutait d'être sa prochaine victime.

— Elle ne nous servait plus à rien, répondit le terroriste. Et elle avait vu nos visages.

Il actionna l'interrupteur commandant l'ouverture de la soute. L'un de ses complices déverrouilla la porte de la cabine, déclencha l'ouverture du toboggan de secours puis se laissa glisser jusqu'à la piste.

Kazakov posa une main sur l'épaule de son coéquipier.

— Ne te laisse pas déborder par tes émotions.

— Il l'a abattue comme un animal, murmura Ryan en récupérant son sac à dos dans le compartiment à bagages situé au-dessus des sièges. Qu'est-ce qu'ils vont faire de nous ?

— Elle n'avait aucune valeur à leurs yeux. S'ils touchent à un de nos cheveux, ils auront tout le Clan Aramov sur le dos. Je doute qu'ils soient prêts à prendre un tel risque.

Ryan quitta la cabine à son tour puis étudia l'aérodrome. La piste était en bon état, mais la peinture des bandes de signalisation était écaillée. Une butte de terre l'empêchait d'apercevoir le stade. Des engins de chantier étaient alignés au pied de ce remblai.

Un camion équipé d'une plateforme élévatrice s'immobilisa le long du fuselage, puis des manutentionnaires vêtus de combinaisons identiques commencèrent à vider les soutes. Ryan dénombra sept hommes et une femme. Leurs gestes étaient précis, parfaitement coordonnés. Leur ballet évoquait l'intervention des mécaniciens d'une écurie de Formule 1.

Un individu trapu coiffé d'un kufi accueillit Elbaz à bras ouverts.

— Bienvenue en Amérique, mon frère ! lança-t-il avec un fort accent moyen-oriental.

— Mumin ! s'exclama Elbaz. Est-ce que tout est en place ?

Kazakov avança vers les deux complices, une main serrée sur la poignée du couteau dissimulé dans sa poche.

— Où est mon fric ? gronda-t-il. Je crois que vous n'avez pas bien compris à qui vous aviez affaire.

— Nos frères ont découvert que le site d'atterrissage prévu à l'origine était surveillé par le FBI, expliqua calmement Mumin. Nous ne savons pas comment ils ont été informés, mais nous avons procédé à quelques changements de dernière minute. Je vous assure que vous n'avez rien à craindre, mais je dois vous demander de rester avec nous jusqu'à nouvel ordre. Moins de vingt-quatre heures, si tout se passe bien.

— Ce n'est pas ce qui était prévu, dit Kazakov.

— Navré de ce contretemps, soupira Mumin. Vous recevrez l'argent et les passeports américains dès que nous aurons atteint notre destination. Vous auriez préféré être arrêtés et passer le reste de vos jours dans une prison fédérale ?

Malgré son extrême fatigue, Ryan s'efforçait de mesurer les implications de ce revirement de situation.

Le FBI avait prévu de passer à l'action dès l'atterrissage du 737 sur l'aérodrome de Hayneville, de saisir le chargement et de procéder à l'arrestation des membres du groupe terroriste. Les agents de CHERUB ne pouvaient désormais compter que sur eux-mêmes. Ils devaient tout mettre en œuvre pour éviter que les explosifs ne disparaissent dans la nature.

Tandis que les manutentionnaires déposaient des palettes sur le tarmac, Mumin se tourna vers Ryan et Kazakov puis désigna un minibus jaune stationné à une vingtaine de mètres.

— Installez-vous à l'arrière, dit-il. Et surtout, gardez vos téléphones éteints. Le FBI peut repérer leur signal par triangulation.

Kazakov et Ryan prirent place dans le véhicule.

— Salut, dit le chauffeur.

Il n'avait pas plus de vingt ans. Sa peau était mate, sa silhouette grêle. L'ombre d'une moustache ornait sa lèvre supérieure. Il demeura silencieux tandis que Ryan et Kazakov surveillaient les opérations. Un convoi formé de quatre camions aux couleurs d'une marque d'équipement sportif vint se ranger près de l'avion.

Une fois les explosifs embarqués, les véhicules se remirent en route, empruntant les voies de roulage dont le revêtement avait été endommagé par de lourds engins de chantier lors de la construction du stade tout proche.

Lorsque le dernier camion eut quitté les lieux, Elbaz et Mumin s'installèrent sur la banquette centrale du minibus, orientée vers Ryan et Kazakov. Le chauffeur enfonça la pédale d'accélérateur exactement six minutes trente après l'atterrissage du 737.

Mumin s'empara d'un pistolet-mitrailleur Uzi posé sous le siège passager avant. Elbaz regarda Kazakov droit dans les yeux.

— Nous souhaitons poursuivre notre association avec le Clan Aramov, dit-il. Je suis navré pour ce problème logistique. Nous vous verserons vingt mille dollars de plus, à titre de dédommagement.

Le minibus cahota au passage d'un dos-d'âne.

— Je comprends, répondit Kazakov. Mais vous auriez pu nous avertir de ce changement d'objectif.

— En effet, admit Elbaz. Sur ce point, je regrette d'avoir été négligent.

— Vous n'étiez pas censés détruire le 737 afin de faire disparaître toute preuve matérielle ? demanda Ryan.

— L'avion est piégé, expliqua Mumin. Comme il est encore bourré de carburant, je préfère qu'il explose lorsque nous nous trouverons à distance raisonnable. Les charges seront activées à l'instant où les agents du FBI pousseront la porte de la cabine.

Elbaz afficha un sourire radieux.

— Nous n'allions pas rater une occasion de massacrer quelques Américains !

Assis face aux terroristes, Ryan était dans l'impossibilité d'allumer son mobile et d'adresser un SMS à l'ULFT. Il devait attendre son heure.

Quelques secondes plus tard, le minibus franchit une brèche pratiquée dans l'enceinte grillagée de l'aérodrome et s'engagea sur une autoroute à quatre voies. De ce côté du terre-plein central, la chaussée était presque déserte. Dans le sens de circulation inverse, des centaines de voitures pavoisées de drapeaux jaunes et de banderoles de supporters formaient un embouteillage inextricable.

8. Deux vieux amis

James et Amy s'installèrent dans la salle à manger aménagée à l'écart du réfectoire où les membres du personnel de CHERUB pouvaient se restaurer dans le calme. Un agent frappé d'une sanction disciplinaire était chargé de dresser et de débarrasser les tables, de changer les nappes en tissu et de s'assurer de l'approvisionnement des récipients à condiments. Trois vitrines réfrigérées contenant des boissons alcoolisées et une machine à café dernier cri étaient placées dans un angle de la pièce.

James et Amy s'attablèrent devant une assiette de *fish and chips*, puis ils évoquèrent le bon vieux temps en partageant une bouteille de vin blanc.

— J'ai invité Kerry à dîner dans un grand restaurant pour son anniversaire, dit James. Franchement, ça ne valait pas la cuisine de CHERUB.

— Les frites du campus sont les meilleures du monde, répondit Amy en léchant les grains de sel restés collés au bout de ses doigts.

Leur table était située près d'une baie vitrée donnant sur une vaste pente herbeuse. Au loin, près d'une clôture de douze mètres de haut qui courait parallèlement à l'horizon, on pouvait apercevoir les engins de chantier employés pour la construction du *village*. Lorsqu'il serait achevé, les agents et le personnel du campus déménageraient dans ce lotissement. Le bâtiment principal serait reconverti en centre d'entraînement et d'enseignement.

— Je suis venue plusieurs fois ici, cette année, dit Amy. Mais je n'ai pas vraiment eu l'occasion de me détendre.

— J'ai passé la journée coincé dans une bagnole, répondit James. Ça te dirait, une petite balade dans le parc, histoire de voir ce qui a changé ?

— Tu es d'humeur nostalgique ? sourit-elle en repoussant sa chaise.

Elle enfila son manteau et se dirigea vers la sortie. James fit halte devant une vitrine réfrigérée et en tira deux bouteilles de bière.

— Une petite mousse ?

— Avec plaisir, dit-elle.

La plupart des agents étant en train de dîner ou de faire leurs devoirs, James et Amy flânèrent dans le parc désert, sous un ciel d'hiver constellé d'étoiles.

— Alors, tu envisages de devenir instructeur à plein temps ? demanda Amy.

James haussa les épaules.

— Possible. Tout dépendra de Kerry. Mais je préférerais travailler au contrôle des missions. Faire courir
des gamins de dix ans jusqu'à ce qu'ils crachent leurs
poumons, ce n'est vraiment pas mon truc.

— Vous êtes ensemble depuis longtemps, Kerry et toi.

James hocha la tête.

— Huit ans, avec des hauts et des bas. Pour être honnête, ça ne va pas très fort, en ce moment.

— Quel est le problème ? demanda Amy.

— J'ai fait le con. Mes potes et moi, on est allés à Las
Vegas pour fêter notre diplôme. On a joué au blackjack.

Amy ouvrit de grands yeux étonnés.

— Tu as dépensé l'héritage de ta mère ?

— Non. On a mis en place un système de comptage
des cartes et on s'est fait un fric dingue. La sécurité du
casino a flairé l'arnaque, et on a été interdits de séjour
à Vegas. Ça, ce n'était pas trop méchant. Mais comme
deux copains avaient un énorme crédit universitaire à
rembourser, on a décidé d'y retourner en modifiant notre
apparence. Et on a terminé en taule.

— Tu as fait de la prison ? s'étrangla Amy.

— Quelques jours. Las Vegas applique des lois spéciales contre ceux qui bravent les mesures d'interdiction. On encourait deux ans. Quand Kerry a appris que
j'avais été arrêté, elle a demandé de l'aide auprès des
autorités de CHERUB. Finalement, on s'en est sortis
avec deux mille dollars d'amende et trois mois d'empri-
sonnement avec sursis.

— Tu ne t'en es pas si mal tiré.

— Mais la condamnation est inscrite à mon casier. Ça n'a pas facilité mes recherches d'emploi.

— J'imagine…

— Bref, Zara était en panne d'instructeurs, et Kerry voulait me mettre à l'abri de la tentation. Voilà comment j'ai atterri au campus.

— Pourtant, tu as reçu une énorme part d'héritage, nota Amy. Ça devrait te permettre de voir venir…

James haussa les épaules.

— Je n'ai pas fait ça pour l'argent. Tu sais, je conduisais des bagnoles à l'âge de treize ans. J'ai fait partie d'un gang de bikers, j'ai traîné avec des terroristes et je me suis envoyé en l'air dans une baignoire avec la fille d'un trafiquant de drogue. Je crois que c'est ce que je recherchais, quand j'ai monté le coup du casino : cette bonne vieille montée d'adrénaline. L'idée de bosser dans un bureau me rend tout simplement malade.

— Je te comprends, dit Amy. Avant de rejoindre l'ULFT, je n'avais pas la moindre idée de ce que j'allais faire de ma vie.

Chemin faisant, ils passèrent à proximité du bâtiment qui abritait les piscines et la fosse de plongée. Les plafonniers étaient éteints, mais quelques spots encadraient le bassin olympique.

— Personne, dit Amy en collant le front à la baie vitrée. Tiens, ils ont changé le carrelage… Super classe.

James semblait perdu dans ses pensées.

— C'est ici qu'on s'est rencontrés, dit-il avant d'avaler une gorgée de bière. 2003. J'avais onze ans. Je devais apprendre à nager avant de pouvoir intégrer le programme d'entraînement initial. Et c'est là qu'une instructrice de seize ans en T-shirt noir a fait irruption dans ma vie.

— Tu étais tellement chou quand tu as débarqué au campus, avec ton vieux maillot d'Arsenal floqué Vieira ! Tu avais l'air complètement dans les vapes.

— Je craquais pour toi, et je me sentais minable. Toi, tu étais tellement mature et jolie.

Ils franchirent la porte automatique du bâtiment et reconnurent le bourdonnement familier du système de ventilation. L'atmosphère chargée de chlore était étouffante.

— Je piquerais bien une tête, sourit Amy.

James entendit des enfants piailler dans une salle voisine, où un bassin de jeux était aménagé. Il étudia le règlement affiché sur un panneau mural : *défense de circuler avec des chaussures ; défense de courir ; défense de crier ; défense de se baigner en l'absence d'un membre du personnel.*

— Il doit y avoir des serviettes dans les vestiaires, dit-il.

Amy poussa la porte donnant sur le bassin, ôta son manteau puis le déposa sur un banc. Elle se déchaussa et déboutonna sa chemise.

— Ben alors ? demanda-t-elle en laissant tomber sa jupe et en faisant rouler l'un de ses bas. Tu comptes te déshabiller ou rester planté là à mater comme un vieux pervers ?

— Franchement, j'hésite, sourit James avant de se débarrasser de son blouson et de son T-shirt.

Son jean se bloqua au niveau des chevilles. Hilare, Amy sauta dans le bassin et l'aspergea généreusement.

— Eh, mes fringues ! protesta-t-il. Je te rappelle qu'il fait un froid de canard, dehors.

— Eh bien, viens m'en empêcher, si tu es un homme, répliqua Amy en l'éclaboussant à nouveau.

James lança ses vêtements roulés en boule contre le mur et se jeta à l'eau. Aussitôt, Amy crawla vers l'extrémité opposée de la piscine. Il n'avait aucune chance de la rattraper, mais elle s'immobilisa dans un angle. Son corps flottant entre deux eaux avait quelque chose d'irréel. Des reflets argentés dansaient sur son visage.

— Tu as gardé une chaussette, s'esclaffa-t-elle.

À l'instant où James baissait la tête pour observer ses pieds, Amy simula une tentative d'évasion. En vérité, elle aurait pu tout simplement se hisser hors du bassin à la force des bras.

Lorsqu'elle passa à sa portée, James glissa un bras autour de sa taille, sans la serrer trop fort, de façon à ce qu'elle puisse se dégager. À son grand étonnement, loin d'opposer la moindre résistance, elle se pressa contre lui.

— Eh, où est-ce qu'on va comme ça ? bredouilla-t-il, profondément troublé. Bon sang, je n'aurais jamais imaginé que je te plaisais...

Amy éclata de rire.

— Quand tu avais onze ans ? Bien sûr que non ! Mais j'aime bien la façon dont tu as grandi, James Adams.

Amy avait peuplé les fantasmes de James depuis qu'il était en âge de s'intéresser aux filles. L'image de Kerry se forma dans son esprit, mais il lui était désormais impossible de faire demi-tour.

— Cela étant dit, sourit Amy, j'ai passé ces sept derniers mois dans un pays où la plupart des hommes fument trois paquets de cigarettes par jour, prennent un bain par mois et kidnappent les filles qui leur ont tapé dans l'œil. Du coup, j'ai revu mes critères à la baisse.

Ils nagèrent jusqu'au petit bain puis s'embrassèrent passionnément.

— Que les choses soient bien claires, précisa-t-elle lorsque leurs corps se séparèrent. Nous sommes juste deux vieux amis attirés l'un par l'autre. Il n'y a aucun mal à ça, n'est-ce pas ?

— Aucun mal à ça, répéta James, dans un état second.

9. Quatre étoiles

Vingt minutes après avoir quitté l'aérodrome, le chauffeur immobilisa le minibus sur le parking désert d'un lycée, puis ses occupants embarquèrent à bord d'une Chrysler Sedan.

Une heure plus tard, le véhicule emprunta une brève portion d'autoroute, s'engagea sur une voie déserte puis roula au pas sur un chemin de terre menant à une exploitation agricole. Sur le portail, un panneau indiquait que la propriété faisait l'objet d'une saisie immobilière et serait prochainement mise aux enchères. Ryan remarqua de larges enclos à bétail et des citernes alignées le long d'une étable coiffée d'un toit métallique.

Mumin, Ryan et Kazakov débarquèrent devant un vieux mobile home posé sur des parpaings en bordure d'un champ. Elbaz et le chauffeur continuèrent leur route vers une dizaine de camionnettes stationnées devant un vaste bâtiment d'habitation situé à deux cents mètres de là.

L'intérieur du mobile home était d'une saleté repoussante. L'air empestait l'urine. Des centaines d'insectes morts mouchetaient le linoléum.

— Ce n'est pas un quatre étoiles, sourit Mumin en désignant deux valises à roulettes posées sur une banquette, mais je crois que vous avez d'autres priorités.

Kazakov inspecta le contenu des bagages. Comme prévu, ils étaient remplis de liasses de billets de cinquante et de cent dollars. Le MIJ pensait que cet argent était destiné au traitement contre le cancer d'Irena Aramov, la patronne du Clan, qui se faisait soigner aux États-Unis. En vérité, l'ULFT s'acquittait des frais médicaux depuis qu'il avait pris le contrôle du réseau. Le paiement en espèces exigé par l'organisation criminelle n'était qu'un prétexte pour que les deux agents de CHERUB puissent assister à l'ensemble de l'opération, du Kirghizistan aux États-Unis en passant par la Chine.

— Deux millions en cash, précisa Mumin. Vous pouvez compter, mais vous perdrez votre temps.

— Je vous fais confiance, répondit Kazakov. Les petits malins qui essayent de rouler le Clan Aramov ne font pas de vieux os.

— Les quatre millions deux cent mille dollars restants ont été transférés sur les comptes en banque que vous nous avez indiqués par virements de vingt mille à quatre-vingt mille dollars. Vos collègues devraient pouvoir confirmer le versement dès l'ouverture des banques, demain matin.

Tandis que Mumin poursuivait ses explications, Ryan contempla d'un œil incrédule le contenu des valises.

— Vous pouvez prendre une douche et regarder la télévision. Il y a des provisions dans le placard.

— Ce coin m'a l'air complètement paumé, fit observer Kazakov. Nous aurons besoin d'un véhicule pour partir d'ici.

— Dès que nos camions se seront mis en route, je vous remettrai les clés d'une voiture de location. Nous avons réglé une semaine d'avance. Vous n'aurez qu'à l'abandonner quand vous serez prêts à rentrer chez vous.

Kazakov ferma les valises et les soupesa. Ryan inspecta la salle de bains.

— Je ne vous enferme pas à clé, mais je préférerais que vous ne vous éloigniez pas trop du mobile home, dit Mumin.

— Oui, ne vous inquiétez pas, approuva Kazakov. Nous allons prendre une douche, puis nous reposer, ou regarder le football.

Les minuscules toilettes en plastique n'avaient pas été nettoyées depuis des années. Un flacon de shampooing avait été abandonné dans le bac de douche par les précédents occupants. Deux serviettes crasseuses et élimées étaient suspendues à un crochet.

Lorsque Ryan rejoignit le salon après avoir soulagé sa vessie, Mumin avait quitté les lieux. Kazakov remplit une petite bouilloire électrique posée près des plaques de cuisson.

— Bon, quelle est notre situation ? demanda Ryan sans chercher à dissimuler son anxiété.

Redoutant que le mobile home ne soit truffé de micros, l'instructeur ouvrit le robinet en grand et fit signe à son coéquipier d'approcher.

— Le MIJ ne fait pas de sentiments, chuchota-t-il. Ils ne nous auraient pas conduits ici s'ils avaient l'intention de nous liquider.

— Et les billets ? Ils sont authentiques ?

— À première vue. Et je pense qu'ils n'ont pas le moindre soupçon nous concernant.

— Qu'est-ce qui te fait dire ça ?

— Ils ne nous ont pas fouillés. Ils n'ont même pas confisqué nos mobiles. Ils ont l'intention de faire régulièrement appel aux services du Clan. Ils s'efforcent d'installer un climat de confiance.

— Et les explosifs ? Où sont-ils passés ?

— Ils ont probablement été embarqués dans d'autres camions, puis les chauffeurs ont dû emprunter des itinéraires différents pour éviter d'éveiller les soupçons.

Ryan alluma son téléphone.

— Donc, il est probable que nous soyons arrivés avant eux. On devrait se poster devant la fenêtre pour surveiller les allées et venues.

Lorsque la bouilloire se mit à siffler, Kazakov ferma le robinet.

— Tu penses que le FBI a suivi notre trace ? demanda Ryan.

— Aucune idée. Dans le doute, nous devons considérer que nous sommes livrés à nous-mêmes et agir en conséquence.

Ryan jeta un œil à l'écran de son mobile.

— Pas de réseau.

— J'ai un plan, annonça l'instructeur. Je vais prendre une douche, et tu en profiteras pour effectuer une mission de reconnaissance autour de la maison.

— Et si je me fais pincer ?

— Évite de te montrer *trop* discret. Garde les mains dans les poches et comporte-toi de façon normale. Si on te demande des comptes, tu diras que tu as mal au bide, que ton père occupe la salle de bains et que tu cherches un endroit tranquille pour te soulager.

— Compris.

— Attendons une demi-heure. D'ici là, la nuit sera tombée et ils seront peut-être moins vigilants. En attendant, allume la télé, étends-toi sur la banquette et tâche de te reposer.

∴

Alors que le soleil se couchait sur l'Alabama, James Adams fut tiré du sommeil par une sonnerie de téléphone inconnue. Il était quatre heures du matin.

— Tu vas te décider à répondre, bordel ? lança-t-il à l'adresse de Bruce, qui dormait sur le sofa du salon.

Les logements réservés au personnel célibataire étaient semblables à ceux des agents, à l'exception de la porte coulissante qui séparait la chambre du salon et de la kitchenette.

— C'est ton téléphone ! protesta Bruce.

— Eh, je sais quand même reconnaître ma sonnerie, répliqua James. Ça vient de ton pantalon, je te dis.

Ulcéré, il rejeta la couette, alluma la lampe de chevet et se leva pour inspecter les vêtements abandonnés pêle-mêle sur la moquette.

— Ah, qu'est-ce que j'avais dit ? grogna Bruce lorsque son camarade sortit l'iPhone incriminé de la poche de son jean.

Stupéfait, James étudia l'inscription *Dr D* affichée sur l'écran du mobile, puis il effleura l'icone *répondre*.

— Allô ?

— Amy ? Dr D à l'appareil. Nous avons un sérieux problème avec Ryan et Kazakov. Je n'arrive pas à joindre Zara Asker. Tu dois l'avertir immédiatement. Ça pourrait vraiment mal tourner.

— Eh, attendez une seconde, interrompit James. Amy Collins n'est pas ici, mais je peux la réveiller s'il s'agit d'une urgence.

James ignorait qu'il avait affaire au supérieur hiérarchique d'Amy. Son interlocutrice se mit à hurler :

— Comment se fait-il que vous soyez en possession de son téléphone ? Qui êtes-vous, jeune homme ?

— Je sais où elle se trouve, dit James, éludant délibérément la question. Je vais faire en sorte qu'elle vous rappelle immédiatement.

Sur ces mots, il mit fin à la communication.

— C'est le portable d'Amy ? s'étonna Bruce. Qu'est-ce qu'il foutait dans ta poche ?

James enfila son jean à la hâte.

— Après le dîner, on est allés nager, expliqua James. Amy m'a fait comprendre que je lui plaisais, alors on a atterri sur une pile de matelas, dans la remise du matériel.

Bruce leva les yeux au ciel.

— Mais bien sûr… Dans tes rêves !

James esquissa un sourire. Il avait dit la stricte vérité tout en sachant par avance que Bruce n'en croirait pas un traître mot.

— Et qu'est-ce qui te fait dire que je mens ?

— Premièrement, Amy a toujours préféré les vieux. Deuxièmement, Kerry te tient en laisse, tout le monde sait ça. Troisièmement, tu as toujours été un mytho de première.

— J'avoue que tes arguments tiennent la route, s'esclaffa James.

Son sourire se fana à l'instant où il s'engagea dans le couloir. Bruce avait prononcé le nom de Kerry. Il s'en voulait de l'avoir trahie, pour la troisième fois depuis son départ de CHERUB.

La porte de la chambre d'Amy n'étant pas verrouillée, il s'agenouilla à son chevet et murmura :

— On a échangé nos iPhone. Le Dr D a essayé de te joindre. Ce nom te dit quelque chose ?

— Merde, c'est ma patronne, s'exclama Amy en se dressant d'un bond. Du coup, ton téléphone doit se trouver dans le chargeur, sur le bureau.

Enfin, elle composa le numéro de sa supérieure puis pointa un doigt vers la porte.

— Désolée, James, mais cette conversation est confidentielle. Pourrais-tu me laisser seule, si ça ne te fait rien ?

10. Mort vivant

Posté derrière une fenêtre, Ryan vit un camion à double remorque ralentir devant le grand bâtiment d'habitation. Il se sentait pris au piège dans le mobile home. Son T-shirt poisseux collait à ses omoplates. Il était à bout de forces, mais avait renoncé à trouver le sommeil. L'image du tableau de bord du 737 constellé de sang se formait dans son esprit chaque fois qu'il fermait les yeux.

Dans la lumière crépusculaire, il vit deux individus extraire du véhicule un container en aluminium.

— Les explosifs ? chuchota-t-il.

Le robinet du lavabo, laissé ouvert en grand, produisait un son propre à neutraliser d'éventuels micros cachés.

— Probablement, répondit Kazakov qui, agenouillé sur la banquette, observait la scène entre les rideaux grisâtres. Le timing correspond. Ils ont tout juste une demi-heure de retard sur nous.

Ryan crut reconnaître plusieurs individus aperçus à sa descente du 737. Son coéquipier avait allumé la télévision, mais le signal était brouillé. C'est tout juste s'il put identifier un avion en flammes cerné par des véhicules anti-incendie.

— Tu as coupé le son ? demanda-t-il.

Kazakov tourna en vain le bouton de volume de l'antique poste de télévision.

— Le haut-parleur fonctionne par intermittence, expliqua-t-il. Il doit y avoir un faux contact. Mais j'ai réussi à déchiffrer les bannières qui défilent en bas de l'écran. Un agent du FBI a été tué en essayant d'ouvrir la porte de l'appareil. Le stade a été évacué par mesure de sécurité.

En se tournant vers la maison, Ryan reconnut Elbaz, qui avait troqué son uniforme de pilote pour un pantalon noir et une chemise fuchsia col pelle à tarte. Une dizaine d'hommes et deux femmes poussaient des containers vers un garage bâti à proximité de la maison.

— Tu as vu comme ils sourient ? murmura Kazakov. De vrais illuminés.

— Tu penses qu'ils préparent un attentat suicide ?

— Possible. Ils pourraient se contenter de garer un camion rempli de plastic devant un immeuble, mais un véhicule lancé contre une cible à pleine vitesse est cent fois plus efficace. Cela dit, ils sont très nombreux...

— Qu'est-ce que tu veux dire ? demanda Ryan, un peu perdu.

— Même chez les pires fanatiques, il n'est pas si facile qu'on le croit de trouver des kamikazes. La plupart des attaques suicides n'impliquent qu'un ou deux terroristes.

— Et qu'est-ce que tu fais du 11 septembre ?

— C'est l'exception qui confirme la règle, soupira Kazakov.

L'instructeur observa une pause puis ajouta :

— Il commence à faire sombre. Le moment est venu de passer à l'action.

— OK, mais on est en pleine cambrousse, et je parie que les lieux sont placés sous surveillance. Alors même si nous découvrons ce qu'ils ont en tête…

— Chaque chose en son temps. Pour le moment, contente-toi de recueillir des informations. Ensuite, nous aviserons.

Ryan chaussa ses Converse, puis les deux agents actionnèrent l'émetteur-récepteur glissé dans leur conduit auditif.

— Tu me reçois ?

— Fort et clair, répondit Kazakov. Mais vas-y mollo avec le système de communication. Les batteries ont une autonomie réduite, et ça fait un moment qu'elles n'ont pas été rechargées.

— Compris, dit Ryan.

Il dévala les trois marches métalliques placées devant la porte du mobile home. La température ayant sensiblement baissé, Ryan se frictionna les bras puis progressa vers la maison. Les manœuvres de déchargement étant achevées, la plupart des membres du MIJ s'étaient rassemblés dans le garage.

Parvenu à cinquante mètres de la construction, Ryan étudia les dix camionnettes de modèle identique alignées devant la maison. Elles étaient flambant neuves. Seuls les logos de grands magasins apposés sur leur carrosserie permettaient de les différencier.

La cabine de l'un des véhicules était restée éclairée. Une femme était allongée à plat ventre sur les sièges avant, la tête baissée sous le volant, comme si elle cherchait un objet tombé entre les pédales.

Lorsqu'elle s'extirpa enfin de la camionnette, Ryan se glissa derrière un arbre et déboutonna sa braguette. Ainsi, si on le débusquait, il pourrait prétendre s'être isolé pour satisfaire un besoin pressant. Depuis son poste d'observation, il vit l'inconnue s'écarter du véhicule, brandir une télécommande et enfoncer successivement deux boutons. Aussitôt, les phares s'allumèrent, puis le moteur se mit à gronder.

La femme manipula successivement deux leviers. La camionnette parcourut une vingtaine de mètres en marche avant, s'immobilisa brutalement puis regagna son emplacement initial.

— La batterie n'était pas correctement connectée, lança-t-elle en se dirigeant vers les portes ouvertes du garage. Rien de grave, mais il va falloir vérifier toutes les autres.

Ryan quitta sa cachette et emprunta l'allée menant à la maison. Accroupi derrière un buisson ornemental, il put observer l'intérieur du garage. Armés de cutters, les individus qu'il avait vus vider la soute du 737 découpaient l'emballage plastique de pains d'explosif semblables à des boîtes à pizza.

Deux hommes étaient installés devant des établis. L'œil vissé à des loupes, ils assemblaient des composants électroniques à des circuits imprimés. Ryan supposa qu'il s'agissait de dispositifs de radiocommande ou de mise à feu.

Il se réjouissait d'avoir rassemblé autant d'informations sans s'approcher à plus de trente mètres : le MIJ avait l'intention de transformer les dix camionnettes en bombes roulantes. Cependant, il ignorait où et quand les attaques se produiraient.

Les véhicules passeraient-ils à l'action dans l'Alabama dès le lendemain ou sèmeraient-ils l'épouvante aux quatre coins des États-Unis quelques jours ou quelques semaines plus tard ?

Ryan n'avait qu'un moyen d'en apprendre davantage : se rapprocher de la maison et voler des bribes de conversation par une fenêtre entrouverte.

L'immense bâtisse disposait de deux étages et d'un grenier aménagé. L'ancien propriétaire avait quitté les lieux en pleine opération de réfection. La façade extérieure associait marbre, surfaces vitrées et fenêtres obstruées par des planches. À l'angle de la demeure, il découvrit les fondations d'une extension demeurée à l'état de projet.

Ryan poussa la porte, pénétra dans le vestibule sans chercher à se montrer discret puis se dirigea vers la pièce où, à en croire les sons qui parvenaient à ses oreilles, de nombreuses personnes étaient rassemblées.

C'était une vaste cuisine équipée d'appareils électro-ménagers allemands hors de prix. Des câbles électriques partiellement dénudés pendaient du plafond. L'emballage d'un four à quatre mille dollars était posé près des portes coulissantes. Les individus qui avaient procédé à la préparation des camionnettes dégustaient des grillades préparées par une jeune femme voilée sur une plaque de barbecue jetable.

Avant que Ryan n'ait pu rejoindre les convives, Elbaz franchit une petite porte située sous l'escalier en spirale qui menait à l'étage supérieur.

— Mumin ne t'a pas demandé de rester dans le mobile home ? demanda-t-il sans hausser le ton.

— Si, mais mon père est sous la douche depuis des plombes, et il faut absolument que j'aille aux toilettes.

Elbaz esquissa un sourire. Il n'était plus l'homme brutal et autoritaire qui avait quitté le Kremlin, un jour et demi plus tôt. À l'évidence, il était pleinement satisfait du déroulement des opérations.

— Tu travailles toujours avec ton père ? demanda Elbaz.

Ryan hocha la tête.

— Ma mère est morte peu après ma naissance. Depuis, on ne s'est jamais quittés.

— Je comprends. Ta présence doit lui faciliter les choses. Qui soupçonnerait un garçon de ton âge ?

— Exactement, confirma Ryan avant de porter les mains à son ventre. Et pour les toilettes ?

— Troisième porte à gauche.

Ryan s'isola dans les WC aux murs tapissés de marbre. Après avoir poussé le verrou, il s'assit sur la cuvette et patienta quelques minutes avant de tirer la chasse et de se laver les mains.

Au sortir des toilettes, il trouva le couloir désert. Il entra dans la cuisine sous prétexte de remercier Elbaz, puis vint se planter près du plan de travail, entre l'un des terroristes qui avait voyagé à bord du 737 et le jeune chauffeur à la moustache naissante.

— Sers-toi, dit ce dernier en désignant un plateau de volaille marinée. C'est délicieux.

Ryan ne se fit pas prier. Depuis une trentaine d'heures, il n'avait consommé que des sandwiches et de la nourriture en boîte. Il dévora un pilon de poulet épicé puis se servit deux côtelettes d'agneau.

— J'ai vu votre fric, quand les valises sont arrivées, dit le jeune homme. Il doit y en avoir pour une fortune.

— Ce n'est pas *notre* fric, dit Ryan. Mon père et moi, nous ne sommes que des employés.

Tout en discutant de tout et de rien, il écoutait discrètement les propos échangés par deux cousins d'une vingtaine d'années qui se restauraient de l'autre côté du plan de travail. Leurs traits et leur complexion soulignaient des origines arabes, moyen-orientales ou nord-africaines, mais ils s'exprimaient avec un accent texan extrêmement prononcé.

— Ma tante veut profiter du Black Friday pour acheter une télé LCD deux cents centimètres, dit l'un d'eux. Alors j'ai payé un type pour qu'il pique sa bagnole. Comme ça, elle ne pourra pas se rendre en ville, demain matin.

— Ta tante de Houston ?

— Après tout ce qu'elle a fait pour moi, après la mort de ma mère, je lui devais bien ça.

— Elle va quand même y perdre sa bagnole…

— Non, elle sera garée à quelques blocs de chez elle. Si personne ne la retrouve avant que je rentre à la maison, je lui dirai que je l'ai aperçue en chemin, et elle pourra la récupérer.

Ryan venait d'obtenir une foule d'informations, mais plusieurs éléments cruciaux restaient dans l'ombre : il savait que le MIJ avait l'intention de frapper des magasins dès le lendemain, que l'une des cibles se trouvait à Houston et qu'il ne s'agissait pas d'une opération suicide.

Il sentit une main se poser sur son épaule. Elbaz lui présenta un plateau en aluminium chargé de viande froide, de salade, de riz, de serviettes et de couverts en plastique.

— Tu ne peux pas rester ici, dit-il avec fermeté. Prends une brique de jus d'orange et apporte ça à ton père. À partir de maintenant, je te demande de ne plus quitter le mobile home.

Ryan baissa les yeux.

— Excusez-moi, monsieur, dit-il. Je sortais des toilettes et j'ai été attiré par l'odeur des grillades.

— Je comprends. Ne t'inquiète pas. Je suis très content de vos services. Maintenant, file, et tâche de dormir un peu, mon garçon. Tu ressembles à un mort vivant.

11. Une stratégie inédite

Assis sur le sofa, Kazakov étudiait son talon gauche d'un œil sombre.

— Un souci ? demanda Ryan en déboulant dans le mobile home.

— Je me suis planté une écharde dans le pied, répondit l'instructeur.

Il considéra le plateau chargé de victuailles et lâcha :

— Eh, qu'est-ce que tu nous as dégoté ?

Ryan brancha la bouilloire afin de produire un son parasite, puis il s'exprima en russe.

— Les dix camionnettes seront pilotées à distance. Je pense qu'ils ont l'intention de quitter leurs véhicules à proximité des cibles puis d'utiliser une radiocommande pour les lancer sur l'objectif.

— C'est une stratégie inédite.

— D'après ce que j'ai entendu, ils vont viser des centres commerciaux. Apparemment, ça aura lieu demain. Les logos figurant sur les carrosseries sont peut-être liés à leur destination. Deux cousins ont parlé du *Black Friday*. J'ai lu ces mots dans le journal que feuilletait Tracy Collings, à l'aéroport. Si seulement on avait accès à Internet, on pourrait savoir de quoi il s'agit...

— Avant Internet, sourit Kazakov, les gens faisaient appel à leur culture générale. Le troisième jeudi de novembre, c'est-à-dire aujourd'hui, les Américains célèbrent Thanksgiving. La plupart d'entre eux posent leur vendredi afin de faire le pont. Ce jour-là, les magasins ouvrent tôt et proposent des soldes monstres. C'est ce qu'on appelle le Black Friday.

Ryan hocha la tête.

— Comme sur les prospectus que lisait Tracy Collings, à l'aéroport.

— Les commerces enregistrent leur plus gros chiffre d'affaires à l'occasion du Black Friday. C'est une cohue dont tu n'as même pas idée. Voilà sans doute pourquoi le MIJ a décidé de frapper ce jour-là.

— Il faut qu'on prévienne l'ULFT, dit Ryan. Chaque camionnette est chargée d'une tonne d'explosifs.

— Largement de quoi raser n'importe quel centre commercial et faire au moins un millier de victimes.

— Au total, le bilan pourrait largement dépasser celui des attaques du 11 septembre.

— Le problème, c'est que nous sommes placés sous surveillance.

Ryan se tourna vers la fenêtre.

— Où ça ?

— Il y a un type planqué derrière les arbres.

— Elbaz m'a formellement interdit de sortir d'ici. Il a dû le charger de nous tenir à l'œil.

— Pas d'autre indice concernant les cibles ? demanda Kazakov.

— La seule certitude, c'est qu'ils vont frapper à Houston. L'un des cousins a payé un type pour piquer la voiture de sa tante, pour l'empêcher d'aller faire du shopping en centre-ville.

Kazakov fronça les sourcils.

— Dans ce cas, les camionnettes ne devraient pas tarder à se mettre en route. Houston se trouve à plus de six cents kilomètres d'ici.

Ryan calcula à haute voix.

— Soit une dizaine d'heures de route… Tout dépend de l'heure à laquelle ils comptent passer à l'attaque.

— Les clients se pressent à l'ouverture pour profiter des meilleures affaires. S'ils actionnent les charges quelques minutes plus tard, les magasins seront bourrés à craquer. Mais si les gens apprennent que des bombes explosent dans des centres commerciaux, ils seront saisis de panique et se mettront à l'abri. Donc, les dix engins devront être mis à feu simultanément pour atteindre leur effet maximal.

Ryan consulta sa montre.

— Il est vingt heures. S'ils comptent lancer l'opération à… disons… neuf heures du matin, les camionnettes se mettront en route dans les deux à trois prochaines heures.

— Nous devons donner l'alerte au plus vite, dit Kazakov. Le temps d'élaborer un plan et de le mettre en œuvre.

— Notre couverture explosera dès qu'on nous verra quitter le mobile home, fit observer Ryan.

— Il faut qu'on embarque le fric. Ils penseront qu'on a paniqué à cause du meurtre de Tracy et du changement de plan de vol.

— Je ne vois pas en quoi ça les empêcherait de nous liquider.

— Je suis convaincu qu'ils ne nous feront aucun mal, car ils veulent rester en bons termes avec le Clan.

— De toute façon, des milliers d'innocents sont menacés, et nous ignorons si le Dr D sait ce qui s'est passé après l'atterrissage. Nous devons à tout prix donner l'alerte.

Kazakov pointa un doigt vers le velux situé au plafond.

— Il est exclu de sortir par la porte ou par une fenêtre. Tu pourrais passer par là, ramper sur le toit, et te laisser tomber derrière le mobile home.

— Et si on simulait une dispute, pour attirer le garde à l'intérieur et le mettre hors d'état de nuire ?

— Ça pourrait fonctionner, mais il reste une solution que nous n'avons pas envisagée : passer sous la baraque.

— Où ça ? demanda Ryan en étudiant le linoléum.

Kazakov se dirigea vers la cuisine et inspecta le placard placé sous l'évier.

— Pas ici en tout cas, dit-il.

Sur ces mots, il baissa la tête pour franchir la porte de la minuscule salle de bains. Une vingtaine de secondes plus tard, un craquement se fit entendre.

— Viens un peu par là, lança l'instructeur.

Dès qu'il rejoignit son coéquipier, Ryan, assailli par une odeur révoltante, fut saisi d'un spasme et recula de deux pas.

— C'est immonde, gémit-il.

Kazakov éclata de rire.

— Mon pauvre garçon, tu n'aurais pas tenu cinq minutes dans l'Armée rouge !

Ryan enfouit son nez dans l'encolure de son T-shirt avant d'effectuer une seconde tentative.

L'instructeur occupait presque tout l'espace. Il avait arraché les toilettes à leur socle et les avait déposées dans le bac de douche, dévoilant une ouverture rectangulaire dans le plancher.

— Je suis trop gros pour passer par là, mais ça ne devrait pas te poser problème, dit Kazakov. Il ne te restera plus qu'à éliminer le garde.

Ryan réalisa que l'odeur était la conséquence d'une brèche dans le tuyau d'évacuation des eaux usées. Sous le mobile home, la terre était gorgée d'un liquide fétide.

— La baraque est posée sur des briques. Il y a un espace entre le sol et le plancher.

— Plutôt crever, s'étrangla Ryan.

— On posera des couvertures là-dessous, pour éviter que tu t'en foutes partout.

— C'est n'importe quoi. Quand on aura parcouru les quatre kilomètres qui nous séparent de l'autoroute, tu crois vraiment qu'on nous prendra en stop, en pleine nuit ?

— Au moins, là-bas, on devrait avoir du réseau. Cela étant dit, si on se déplace à pied, ils n'auront aucun mal à nous rattraper. Il faut qu'on trouve un véhicule.

— Les membres du commando sont venus ici en bagnole, répondit Ryan. La plupart ont l'air neuves. Je suppose qu'il s'agit de voitures de location.

— Les véhicules neufs sont équipés d'antivols, fit remarquer Kazakov. Vu que nous n'avons pas d'outils, il va falloir se procurer des clés.

— Très bien. Pour le moment, je vais sortir d'ici et profiter de l'effet de surprise pour mettre le garde hors d'état de nuire.

— C'est parti, dit Kazakov. Je vais aller chercher les couvertures…

Ryan activa son émetteur.

— Tu me reçois ?

— Cinq sur cinq, répondit l'instructeur.

Ryan jeta un coup d'œil à l'individu embusqué dans le bois tout proche.

— Franchement, il a l'air plutôt détendu. Il est assis sur une souche d'arbre, de l'autre côté de la route. À première vue, il n'est pas armé, mais je préfère me méfier.

— Il possède sûrement un talkie-walkie, avertit Kazakov. Tu devras le réduire au silence avant qu'il n'ait le temps de donner l'alerte.

Sur ces mots, il goba une pilule de caféine et en offrit une à Ryan qui, une fois de plus, se montra réticent.

— Tu es debout depuis plus de trente heures, insista l'instructeur. Tu ne risques rien en avalant ce stimulant. En revanche, si tu te jettes sur ce type alors que tu es dans le cirage…

À contrecœur, Ryan avala une petite pilule jaune, prit une profonde inspiration et se glissa sous le mobile home.

12. Angry Birds

Le garde n'avait que quelques années de plus que Ryan. Assis sur une souche, il jouait à Angry Birds sur son smartphone sans réaliser que son visage, éclairé par l'écran, était parfaitement visible dans l'obscurité. Il semblait contrarié d'avoir été désigné pour surveiller le mobile home pendant que ses complices se restauraient dans la maison.

Le MIJ était une organisation quasi professionnelle, mais ce jeune homme ressemblait davantage à un étudiant désœuvré qu'à un terroriste aguerri prêt au sacrifice ultime. Un moment d'exaltation l'avait conduit à rejoindre le groupe, mais il se désespérait de n'être qu'un pion soumis au bon vouloir de ses chefs.

Ryan aurait pu lui briser la nuque ou lui fracasser le crâne avec une pierre, mais il était déterminé à l'épargner. Après avoir rampé sous le mobile home, il fit un large détour avant d'entrer dans le bois. Il ramassa quelques pommes de pin et des branchages souples et solides, puis approcha furtivement de sa cible, qui n'avait même pas pris la précaution élémentaire de couper le son de son mobile. Il noua un bras autour de son cou. Ryan n'était pas très grand, mais il avait passé des centaines d'heures à soulever des haltères lors de son long séjour au Kremlin.

Lorsque le garde eut perdu connaissance, il le traîna à l'écart du chemin, glissa une pomme de pin dans sa bouche puis improvisa un bâillon à l'aide de quelques branches. Enfin, il noua ses poignets et ses chevilles.

Après avoir vérifié la solidité des liens, Ryan fouilla sa victime. Comme l'avait prévu Kazakov, il trouva un talkie-walkie attaché à sa ceinture. En inspectant le contenu de ses poches, il découvrit un portefeuille dont il examina brièvement le contenu, un trousseau de clés et une commande à distance ornée du logo d'une compagnie de location. Enfin, il roula le jeune homme sur le ventre et fit main basse sur un pistolet automatique.

Ryan passa une main derrière son oreille.

— Papa, tu me reçois ?

— Cinq sur cinq, répondit Kazakov. Alors, comment ça se présente ?

— J'ai reconnu rapidement les environs. Le garde est dans les pommes. J'ai trouvé un Beretta et les clés d'une bagnole de location.

— Parfait. Maintenant, va faire un tour du côté de la maison et tâche d'identifier à quel véhicule elles correspondent.

Ryan progressa à l'écart de la route, contourna le bâtiment et atteignit la zone où les membres du commando avaient garé leurs voitures. Les portes du garage étaient closes, mais l'une des fenêtres de la cuisine était demeurée entrouverte. À l'intérieur, la foule des convives observait un silence solennel. Un homme leur adressait une diatribe en arabe.

Ryan trouva une dizaine de voitures garées derrière la maison, des berlines Chrysler et des breaks Hyundai dont les lunettes arrière étaient ornées d'autocollants d'une société de location. Ryan était sur le point d'actionner la commande à distance lorsqu'une voix jaillit du talkie-walkie.

— Daniel, qu'est-ce que tu fous ?

Ryan reconnut le prénom figurant sur les papiers d'identité de sa victime. Il s'apprêtait à avertir Kazakov lorsqu'un nouveau message se fit entendre.

— Bon sang, je viens de trouver Daniel assommé et ligoté, fit la voix. Envoyez des hommes au mobile home, immédiatement !

Ryan enfonça le bouton d'émission du talkie-walkie. Il espérait que ce signal parasite empêcherait les terroristes de communiquer.

La voix de Kazakov résonna dans son oreille.

— J'ai été obligé de me débarrasser d'un type, mais il a eu le temps de donner l'alerte. Tu as localisé la bagnole ?

Ryan actionna la commande à distance. Les phares d'un break clignotèrent brièvement. Des exclamations retentirent dans la cuisine. Mumin et deux hommes armés de fusils d'assaut M16 jaillirent de la maison et s'engagèrent au pas de course dans l'allée menant au mobile home. Ryan monta à bord du break et tourna la clé de contact.

Il étudia la boîte automatique et perdit de précieuses secondes à localiser le bouton permettant d'actionner la marche arrière. Un second groupe de terroristes quitta le bâtiment. Alertés par le grondement du moteur, deux d'entre eux tournèrent instinctivement la tête vers le break.

Des coups de feu claquèrent. Ryan redoutait d'avoir été pris pour cible, mais en regardant au-dessus de son épaule, il aperçut des éclairs à proximité du mobile home.

Lorsqu'il eut quitté la zone de stationnement, il enclencha la première et enfonça la pédale d'accélérateur.

Tout en tournant le volant, il alluma les phares et frôla trois individus armés qui, par chance, crurent avoir affaire à l'un des leurs. Quelques dizaines de mètres plus loin, il effectua une embardée afin d'éviter trois individus étendus sur la chaussée. Parmi eux, il reconnut Mumin, qui se tordait de douleur dans une flaque de sang, une main posée sur l'abdomen. À l'évidence, Kazakov était parvenu à se procurer une arme et avait fait mouche à trois reprises.

— Papa, j'ai réussi à démarrer la voiture. Je fais quoi, maintenant ?

— Arrête-toi devant le mobile home. J'ai les bagages. Je suis prêt à grimper dans la bagnole.

Ryan n'avait pour toute expérience de la conduite que les quelques heures d'apprentissage élémentaire reçues à CHERUB lors du programme d'entraînement. Il braqua le volant si brusquement que les roues de droite, l'espace d'un instant, se soulevèrent du sol. Parvenu à destination, il pila, soulevant un nuage de poussière. D'autres détonations retentirent, puis Kazakov, surgi de nulle part, ouvrit la portière côté passager. Il déposa un fusil d'assaut au-dessus du tableau de bord avant de jeter les sacs sur la banquette arrière.

Tandis que la poussière retombait, Ryan réalisa qu'un groupe d'individus progressait vers le break tout en lâchant des rafales d'arme automatique. Une balle ricocha sur le capot puis un son insolite se fit entendre, semblable à celui produit par un coup de poing porté dans un quartier de viande.

— Bon Dieu, gémit Kazakov en posant un genou à terre.

À la lueur émise par les fenêtres du mobile home, Ryan put voir le sang jaillir de son cou. Il se pencha, saisit son bras et tenta vainement de le tirer sur le siège passager.

— Il faut que tu préviennes les autorités! gémit l'instructeur avant de rouler sur le sol et de claquer la portière d'un coup de pied. Je te couvre.

Une nouvelle balle frappa le coffre du break. En tournant la tête, Ryan vit un individu armé se ruer dans sa direction. La mort dans l'âme, il écrasa la pédale d'accélérateur et braqua le volant vers la droite.

Étendu sur le dos, Kazakov lâcha une pluie de balles sur les assaillants.

Le break faucha un terroriste puis s'engagea dans l'allée menant au portail de l'exploitation agricole.

∴

Incapable de se rendormir, James passa une partie de la nuit à traîner entre la chambre, la cuisine et les toilettes. Aux alentours de cinq heures du matin, une pluie torrentielle s'abattit sur le campus.

— Notre rôle, c'est de leur apprendre à conduire dans les pires conditions, dit-il. La pluie, l'obscurité, la fatigue. Vu qu'on n'arrive pas à dormir, on pourrait leur faire une petite surprise. Qu'est-ce que t'en dis ?

— Moi, je pourrais encore roupiller, si tu voulais bien la fermer deux minutes, grogna Bruce. En plus, on ne connaît même pas le numéro de leurs chambres.

— Je peux me renseigner. En plus, c'est vendredi. Si on termine tôt, on pourra en profiter pour passer la soirée en ville.

— Ça, c'est un argument solide. De toute façon, tu as foutu ma nuit en l'air...

Dix minutes plus tard, les deux instructeurs empruntèrent l'ascenseur. Bruce fit halte au sixième pour réveiller Ning, Alfie et Grace. James descendit au septième afin de s'occuper de Léon.

Lorsqu'il avait accepté ce court intérim au sein de CHERUB, James s'était promis de respecter ses élèves, à l'image de Mr Pike et de Kazakov. Il avait trop souffert des méthodes brutales de Miss Speaks et de Norman Large, l'ancien instructeur en chef qui avait été chassé de l'organisation en raison d'innombrables actes de sadisme. Cependant, pour quelque raison obscure, il éprouvait une joie suspecte à l'idée de débouler dans la chambre d'un agent au beau milieu de la nuit et de lui flanquer la trouille de sa vie.

— Debout là-dedans ! hurla-t-il en flanquant un coup de pied dans la porte de la chambre 707.

Il actionna l'interrupteur commandant le plafonnier et arracha une couette aux couleurs de Manchester City.

Comme prévu, sa victime afficha une mine épouvantée puis posa les mains sur ses yeux.

— Qui… qui êtes-vous ? cria-t-il.

— Tu as dix minutes, Léon, gronda James. Habille-toi en vitesse, brosse-toi les dents et emporte de quoi grignoter dans le minibus.

— Je ne suis pas Léon, protesta l'enfant.

— Je te déconseille de jouer à ça avec moi, mon garçon…

— Je vous jure ! Je suis Daniel, son frère jumeau !

Pour prouver ses dires, il désigna une photo encadrée posée sur la table de nuit. James y découvrit Théo pendu au cou de son grand frère Ryan. À leurs côtés, Léon et Daniel affichaient des sourires forcés.

— OK, je comprends, bredouilla James. J'ai tapé Sharma sur le serveur, et c'est ton nom qui est sorti en premier. J'ignorais que vous étiez quatre.

— Vous trouverez mon frère deux portes plus loin.

James se rua dans le couloir et déboula dans la chambre 711 en criant :

— À nous deux, Sharma !

La jeune fille d'une quinzaine d'années qui occupait le lit poussa un cri perçant et disparut sous la couette.

— Nom de Dieu ! On ne vous a jamais appris à frapper ?

— Oh bon sang, je suis désolé, bégaya James.

Il recula vers le couloir et tomba nez à nez avec Daniel Sharma.

— Flûte, sourit l'enfant, l'œil malicieux. J'ai dit deux portes plus loin, mais j'ai oublié de préciser dans quelle direction.

À cet instant, May, l'éducatrice, franchit la porte de sa chambre.

— Qu'est-ce que c'est que ce chahut ? Oh mais qui voilà ? James Adams en personne, semant le chaos au beau milieu de la nuit, comme au bon vieux temps !

Plantée devant sa porte, l'occupante de la chambre 711 fusillait James du regard.

— Ce pervers est rentré chez moi pendant que je dormais !

Daniel se tordait de rire. James pointa dans sa direction un doigt accusateur.

— Toi, le jour où tu te trouveras sous mes ordres, je ne te ferai pas de cadeau !

— Instructeur, ça n'a pas l'air d'être votre truc, ricana le garçon. Vous feriez mieux de vous en tenir à vos compétences, comme les batailles de bouffe et les galipettes dans la fontaine...

James leva les yeux au ciel.

— Si je tenais celui qui a lancé cette rumeur !

Attirés par ces éclats de voix, plusieurs agents aux yeux gonflés passèrent la tête dans le couloir.

— C'est moi que vous cherchez ? demanda Léon.

Avant que James ne puisse répondre, May se mit à hurler :

— Tu as réveillé la moitié des occupants de mon étage, Adams. Tu vas entendre parler de moi, je te le garantis !

— Je te présente mes excuses, balbutia James, qui éprouvait la désagréable impression d'avoir rajeuni de dix ans.

— Le spectacle est terminé, lança l'éducatrice en claquant dans ses mains. Tout le monde au lit.

Enfin, elle se tourna vers Daniel.

— Toi, je t'ai à l'œil. Tu es toujours fourré dans les mauvais coups.

La mine contrite, James suivit Léon jusqu'à sa chambre.

— Vous m'avez confondu avec mon frère ? demanda ce dernier. Ne vous inquiétez pas, ça arrive tout le temps.

— Il n'empêche qu'il s'est bien foutu de moi... Quoi qu'il en soit, Mr Norris et moi-même avons préparé un exercice de conduite nocturne sur chaussée mouillée. Retrouve-nous en bas dans quinze minutes. Et si tu ne veux pas rester le ventre vide jusqu'à l'heure du déjeuner, je te conseille de te procurer de quoi manger dans le minibus.

13. Coup par coup

Le monospace Hyundai n'était pas conçu pour rouler à vive allure sur un chemin de terre. Ryan, qui n'avait pas bouclé sa ceinture, se cogna le crâne à plusieurs reprises contre le plafond de la cabine. Secoué par de violentes vibrations, le volant s'évertuait à lui échapper des mains. Aucun véhicule ne s'était lancé dans son sillage, mais un concert d'exclamations affolées jaillissait du talkie-walkie. La voix ferme d'Elbaz mit un terme à cette cacophonie.

— Nous ignorons s'ils ont pu prévenir les forces de l'ordre, dit-il. Dans le doute, nous allons évacuer le ranch.

Le talkie-walkie disposant d'un faible rayon d'action, le signal commença à se détériorer à l'instant où Ryan atteignit une chaussée bitumée. Ce revêtement rendait la conduite plus facile, mais il avait aperçu près du bâtiment des véhicules bien plus rapides que le sien, et il s'étonnait de ne pas avoir été pris en chasse.

Après s'être engagé sur l'autoroute, il stabilisa sa vitesse à cent quarante kilomètres-heure, jeta un œil à l'écran de son iPhone et découvrit l'inscription *réseau indisponible*.

À cet instant, cinquante mètres devant lui, un monstrueux 4×4 Cadillac Escalade jaillit de la végétation qui poussait librement en bordure de la route.

Ryan fit une embardée, mais le pare-choc avant de l'Escalade heurta l'arrière du monospace. Le volant lui échappa des mains et il fut projeté violemment contre la portière.

Tandis que la Hyundai plongeait droit vers le bas-côté de la route, il entrevit deux hommes à l'avant du véhicule et crut entendre un coup de feu. Le pare-choc avant se détacha de la carrosserie au contact d'un fossé de drainage de faible profondeur. Ryan était convaincu qu'il allait se retourner, mais les roues de droite se calèrent dans la tranchée, si bien que la voiture continua sa course en ligne droite, comme s'il circulait sur des rails.

Conscient qu'il n'avait que peu d'expérience de la conduite et que ses poursuivants disposaient d'un véhicule beaucoup plus puissant, il braqua à droite, franchit le canal et s'enfonça dans la végétation. Bientôt, une clôture de bois apparut dans le faisceau des phares. Redoutant une collision frontale, il tourna le volant et longea l'obstacle sur une trentaine de mètres avant d'enfoncer la pédale de frein.

Il ôta sa ceinture de sécurité puis s'empara du fusil d'assaut de Kazakov qui avait glissé sous le siège passager. Lorsqu'il se tourna vers la route, il vit l'Escalade s'immobiliser à cinquante mètres de sa position. Il avait longuement étudié le maniement du M16 lors du programme d'entraînement. Découvrant une dizaine de balles dans le chargeur, il positionna le sélecteur de tir sur coup par coup de façon à ne pas épuiser toutes ses munitions en une seule rafale.

Après avoir passé la sangle de l'arme à son épaule, il vérifia que le Beretta se trouvait toujours dans la ceinture de son jean, récupéra les clés de contact puis se glissa dans l'espace étroit qui séparait le monospace de la clôture.

L'un des tueurs descendit du 4×4 et brandit un pistolet automatique vers les ténèbres.

— Si tu retournes au ranch avec nous, lança-t-il, on ne fera pas de mal à ton père.

Ryan reconnut la voix de l'un des hommes avec lesquels il avait voyagé depuis le Kirghizistan. Il progressa à plat ventre dans les hautes herbes. L'attitude de son ennemi était plutôt rassurante. Il n'était pas lourdement armé et croyait traquer un gamin ordinaire assez naïf pour se laisser berner par une ruse aussi élémentaire.

— Qu'est-ce que tu comptes faire, bonhomme ? cria le terroriste. Tu es paumé en pleine cambrousse.

Sur ces mots, l'individu, désormais convaincu que sa proie avait perdu connaissance, se décida enfin à enjamber le fossé et à se diriger vers la Hyundai. Au même instant, Ryan, qui avait atteint la route, s'accroupit dans un buisson à moins de cinq mètres du 4×4.

Une voix se fit entendre à proximité du véhicule.

— On l'a perdu de vue, mais même s'il est indemne, il n'a pas pu aller bien loin.

Posté devant le capot, le second tueur s'époumonait dans un talkie-walkie, mais il semblait éprouver des difficultés de communication.

— Est-ce que quelqu'un m'entend ? Répondez, bon sang !

Ryan se planta derrière le 4×4, prit l'homme pour cible et lâcha une balle qui l'atteignit entre les omoplates.

— Sur qui tu as tiré, Mike ? cria son complice.

Ryan s'installa au volant de la luxueuse Cadillac.

Elle semblait énorme comparée au monospace à bord duquel il avait pris la fuite. Son tableau de bord grouillait de gadgets sophistiqués, dont un large écran GPS. Ryan claqua la portière puis enfonça le bouton chromé commandant le moteur V8.

À peine eut-il enfoncé la pédale d'accélérateur qu'il se sentit collé à son siège. La position élevée de la cabine et la largeur du 4×4 lui procuraient un sentiment d'invincibilité. Dans le talkie-walkie, le terroriste qui n'avait pas été touché réclamait désespérément des secours, preuve qu'aucun autre véhicule n'était lancé à sa poursuite. En outre, les clés du monospace étaient en sa possession.

Après avoir constaté que son iPhone ne captait aucun réseau, il fixa le régulateur de vitesse au seuil de la limite réglementaire puis posa un doigt sur l'écran du GPS. Il effectua un zoom arrière et constata qu'il se dirigeait vers une modeste agglomération. Il cliqua sur l'icone signalant la pompe à essence la plus proche. Aussitôt, une voix de synthèse féminine jaillit des haut-parleurs intégrés aux portières.

« Prochaine station service à dix kilomètres. Autonomie actuelle du véhicule, deux cent cinquante-deux kilomètres. »

Une dizaine de minutes plus tard, Ryan vit briller les enseignes d'une station Texaco, d'un restaurant Denny's, d'un Burger King et d'un Dunkin' Donuts. Il aborda la bretelle si rapidement que l'arrière du 4×4 heurta un réverbère.

Il se rangea dans l'angle du parking de façon à ce que le véhicule ne puisse être repéré depuis l'autoroute. Il consulta l'écran de son iPhone, découvrit trois barres de signal et composa le numéro du Dr D.

« Salut ! Vous êtes bien sur le répondeur de Denise. Je ne suis pas disponible pour le moment, mais vous pouvez me laisser un message. J'enquêterai sur votre cas dès que j'aurai une minute à moi. »

À cet instant, trois coups frappés à la vitre le firent sursauter. En tournant la tête, il vit le canon d'un pistolet automatique braqué sur son front. L'espace d'un instant, il crut avoir affaire à l'un des complices d'Elbaz, puis il réalisa qu'une femme en uniforme le tenait en joue et que son collègue, un homme armé d'un fusil à pompe, était posté devant le capot.

— Sors de la voiture, les mains en évidence, cria la femme.

Quelqu'un l'avait-il vu faire feu sur le conducteur du 4×4 ou les policiers avaient-ils été intrigués par sa conduite hasardeuse à l'entrée de la station-service ?

La femme ouvrit la portière.

— Dehors ! cria son partenaire.

Pris dans la ligne de mire des policiers, Ryan s'exécuta. Si les représentants des forces de l'ordre britanniques n'étaient autorisés à faire usage de la force qu'en cas de danger imminent, il doutait que ces règles s'appliquent au bureau du shérif du comté de Winston, Alabama.

— Les mains sur le toit, ordonna l'homme.

Ce dernier débarrassa Ryan de son Beretta et remarqua des traces de sang sur ses Converse.

— Tes poignets, dit la femme.

— Vous devez contacter le FBI ! s'exclama Ryan. Demandez le docteur Denise Huggan, directrice de l'ULFT. Les membres d'une organisation terroriste sont rassemblés dans un ranch, à une vingtaine de kilomètres d'ici.

— Tu m'en diras tant...

— C'est la vérité. Je vous supplie de m'écouter.

— Nous t'écouterons quand tu te trouveras dans nos bureaux.

— Laissez-moi juste deux minutes pour m'expliquer.

La femme passa des menottes en plastique autour des poignets de Ryan.

— Des terroristes ? répéta l'homme, intrigué.

— Je vous jure. Ils comptent faire exploser des camionnettes dans des centres commerciaux. Et la personne avec qui je me trouvais a été blessée par balles.

— Où se trouve-t-elle, en ce moment ? demanda le policier.

— Regarde un peu ses yeux, l'interrompit sa collègue.

L'homme glissa le Beretta dans une pochette plastique destinée au recueil des indices matériels puis étudia le visage de Ryan.

— Il est complètement défoncé, insista la femme. Est-ce que je me trompe, mon garçon ?

— Bon sang, j'ai juste passé une nuit blanche. Par pitié, écoutez-moi. Il *faut* que vous m'écoutiez. Vous avez forcément entendu parler de l'avion qui a explosé près du stade. Je sais ce qui s'est passé.

Le policier éclata de rire.

— Oh ! C'est toi qui as fait le coup ? Et cette bagnole, c'est celle de ton père ?

Ivre de frustration, Ryan tenta de se dégager et porta accidentellement un coup de coude à la jeune femme.

— S'il vous plaît… Vous n'avez qu'un coup de fil à passer. Ça ne vous prendra pas plus de vingt secondes.

Voyant sa collègue malmenée, le policier sortit de ses gonds. Il se précipita sur Ryan, le saisit par la taille, le plaqua sur le capot et lui aspergea le visage de gaz lacrymogène.

— Tu cherches les emmerdes ? cria-t-il. Comme tu voudras. S'il ne te suffisait pas d'être accusé de vol de voiture, de port d'arme prohibé, de défaut de permis et de conduite sous l'effet de stupéfiants, tu devras aussi répondre d'agression sur un représentant des forces de l'ordre !

— Écoutez-moi…, répéta Ryan avant de s'abandonner à une violente quinte de toux.

— J'en ai assez entendu, gronda le policier en le poussant vers une voiture de patrouille stationnée à proximité du restaurant Denny's. Maintenant, tu vas t'asseoir dans cette bagnole et te tenir tranquille pendant que je vais chercher des donuts pour les collègues du bureau.

14. L'heure de la retraite

Kazakov était étendu dans la cuisine de la maison. L'un des terroristes avait noué les manches d'un blouson autour de son épaule dans l'espoir d'endiguer l'hémorragie, mais ce garrot se révélait inefficace.

— Avec qui as-tu communiqué ? cria un jeune homme d'une vingtaine d'années accroupi à ses côtés.

Kazakov n'était plus capable d'articuler le moindre mot. Les membres du MIJ qui quittaient la pièce effectuaient un écart afin de ne pas fouler le carrelage ensanglanté. Sa vision était troublée. Le manque d'oxygène l'avait plongé dans un étrange état d'euphorie. Il ne ressentait aucune douleur.

Il pensa à son fils Olek, âgé de trente-quatre ans, qu'il n'avait pas vu depuis une vingtaine d'années, pas même en photo. Maintes fois, il s'était promis de partir à sa recherche en Ukraine, lorsque sonnerait l'heure de la retraite.

L'individu qui l'interrogeait lui pinça la joue.

— Tu as donné l'alerte ? Qui as-tu contacté ?

Kazakov ne sentait plus son corps. Tandis que son cœur et ses poumons tentaient de compenser les effets de l'hypoxie, il avait l'impression d'être retranché au fond de son propre crâne.

— Tu n'en tireras plus rien, dit Elbaz. Il faut faire sauter la baraque. Nous devons considérer qu'il a averti les autorités et agir en conséquence. Trois de nos hommes sont restés sur le carreau, alors nous allons continuer avec huit camionnettes.

Fort de son expérience du combat, Kazakov savait que les meilleurs chefs de guerre n'étaient ni les plus robustes ni les plus brillants, mais des êtres à sang froid qui, comme Elbaz, savaient s'adapter aux événements imprévus.

Ce dernier désigna l'un de ses subordonnés.

— Toi, monte à l'étage et vérifie que tout le monde a foutu le camp. Les autres, vous avez deux minutes pour terminer les préparatifs. Deux camionnettes resteront ici faute d'équipage. Les deux dernières nous permettront de foutre le camp.

Sur ces mots, Elbaz enfonça un détonateur dans l'une des charges explosives alignées sur le plan de travail puis s'adressa à Kazakov.

— Si ça peut te consoler, on dirait que ton fils a réussi à se faire la malle.

L'instructeur esquissa un sourire. Son champ de vision s'était considérablement réduit.

— Il n'y a plus personne, chef, dit le jeune homme qui avait été chargé d'inspecter le bâtiment. Il est mort ?

— Pas encore, mais le problème sera réglé dès que nous actionnerons les charges. Je veux que nous ayons évacué les lieux dans deux minutes. Je déclencherai la mise à feu quand je me trouverai à deux cents mètres, alors je vous conseille de prendre de l'avance.

...

Les deux charges placées dans la cuisine auraient à elles seules suffi à pulvériser la maison, mais l'onde de choc frappa de plein fouet les camionnettes piégées abandonnées devant l'entrée.

L'effet de souffle fut si puissant qu'Elbaz faillit quitter la chaussée. Les techniciens qui avaient fabriqué les bombes et installé les systèmes de contrôle à distance le suivaient de près à bord d'un second véhicule dont la lunette arrière vola en éclats.

À une dizaine de kilomètres à l'est, Ryan sentit le sol trembler sous ses pieds. En se tournant vers la fenêtre garnie de barreaux, il vit le ciel s'illuminer. Il se trouvait dans l'entrée du bâtiment préfabriqué qui abritait les services du shérif du comté, à quelques mètres d'un bloc aux murs de brique disposant d'une dizaine de cellules.

Le sergent qui trônait derrière le guichet ressemblait étonnamment à Elmer, le chasseur malchanceux du dessin animé *Bugs Bunny*. En dépit de ce physique peu avantageux, il était plus vif d'esprit que les deux officiers qui avaient procédé à l'arrestation de Ryan. Au premier coup d'œil, il avait compris que ce garçon à l'accent étranger et au teint mat n'était pas un simple voyou dopé aux amphétamines qui avait emprunté le véhicule parental pour s'offrir une virée sur l'autoroute. Le M16 trouvé en sa possession et ses baskets tachées de sang en étaient la preuve.

Le sergent se tourna vers la femme.

— Dites-moi, McVitie, vous ne trouvez pas que la maison décrite par ce garçon ressemble fort à Oak Ranch ? Et si mon sens de l'orientation ne me fait pas défaut, il se trouve à peu près à l'endroit où les explosions viennent de se produire.

— Voulez-vous que j'aille vérifier ? demanda la femme.

Le sergent leva les yeux au ciel.

— Bon sang, McVitie. Je ne suis pas en train de vous parler d'un cambriolage ou d'un simple différend familial. Nous n'avons aucune idée de ce qui nous attend là-bas.

À cet instant, les deux téléphones posés sur le bureau se mirent à sonner, ainsi que le mobile de l'agent qui avait aspergé le visage de Ryan de gaz lacrymogène.

— Dans mon iPhone, vous trouverez un contact *Dallas*, dit ce dernier. Il s'agit d'une unité qui enquête sur ces terroristes. J'ai appris que ces salauds avaient l'intention de détruire des centres commerciaux au moyen de camionnettes piégées. Il faut mobiliser toutes les forces disponibles.

— Où est ce foutu téléphone ? demanda le sergent. Et d'ailleurs, pour quelle raison possèdes-tu ce numéro ?

— Disons que je leur ai filé un coup de main, répondit Ryan. Je vous supplie de les appeler. Si je mens, vous pourrez me laisser moisir en cellule aussi longtemps qu'il vous plaira.

Tandis que McVitie sortait l'iPhone de sa pochette plastique, l'opérateur radio de la station déboula dans la pièce.

— Sergent, j'ai un appel sur la ligne rouge. Protocole de la sécurité nationale. Une certaine Denise Huggan demande à vous parler.

Ryan lâcha un soupir de soulagement. Les spécialistes de l'ULFT étaient parvenus à trianguler son téléphone et à localiser le bureau du shérif.

Le sergent échangea quelques mots avec le Dr D avant de tendre l'appareil à Ryan.

— Kazakov a été gravement blessé, expliqua-t-il. Je ne crois pas qu'il s'en soit sorti. Je pense qu'Elbaz a fait exploser leur quartier général, mais il reste dix camion-nettes bourrées d'explosifs dans la nature.

— Quels sont leurs objectifs ? demanda le Dr D.

— Des centres commerciaux. Ils vont passer à l'action demain, à l'occasion de cette journée de soldes... Zut, le nom m'échappe...

— Black Friday, dit le Dr D. Nous allons mettre tout le monde sur le coup. Flics locaux, police d'État, FBI. Comment te sens-tu ?

— Je n'ai pas dormi depuis notre départ du Kremlin, mais je suis indemne.

— Tant mieux, c'est déjà ça. Je suis à Montgomery, à environ deux cents kilomètres, mais nous avons des hélicos en stand-by. Je vais charger l'agent local du FBI de procéder à ton debriefing. En attendant son arrivée, communique au sergent le signalement des suspects et des véhicules. Les recherches doivent commencer immédiatement. Il n'y a pas une minute à perdre.

...

James et Bruce conduisirent leurs quatre élèves jusqu'au circuit afin de les initier à la conduite nocturne sur chaussée détrempée. Lorsque l'aube mit un terme à l'exercice, ils embarquèrent à bord de deux berlines BMW aux vitres fortement teintées et prirent la direction de l'agglomération la plus proche.

Les agents accomplirent plusieurs exercices en environnement urbain puis, aux alentours de midi, se retrouvèrent dans un restaurant du centre-ville.

James avait reçu un SMS de Kerry au cours de la matinée, mais il s'était abstenu d'en prendre connaissance, préférant surveiller la conduite erratique de Ning et Alfie. Il commanda un steak sandwich sans mayonnaise avant d'en prendre connaissance.

Tu as vu l'attentat ? C'est énorme !

Perplexe, James se connecta au réseau wifi de l'établissement, lança l'application d'une chaîne d'information en continu puis plaça son mobile au bout de la table, de façon à ce que Bruce et les quatre agents puissent suivre le direct en streaming.

L'inscription *Thanksgiving : jour de terreur* était affichée dans l'angle supérieur gauche de l'écran. Les images fortement pixelisées de l'explosion, capturées à distance par une caméra de surveillance, apparurent à l'écran. Hors champ, un journaliste s'entretenait avec un spécialiste des mouvements terroristes. Un bandeau déroulant reprenait en boucle les événements qui venaient de se produire :

Match d'inauguration de l'Alabama Stadium annulé suite à l'explosion d'un avion sur l'aérodrome de Montgomery • La famille d'un des pilotes libérée par les forces spéciales du FBI • La ferme d'Oak Ranch détruite par une explosion d'origine inconnue • Le FBI recherche dix camionnettes piégées • Les autorités invitent la population du Texas, de Floride et de six États du Sud à ne pas se rendre dans les centres commerciaux.

James était sous le choc, mais aussi soulagé de savoir que Kerry et ses camarades d'université se trouvaient en Californie, à plus de trois mille kilomètres de la zone ciblée par les terroristes. Le présentateur du journal interrompit le débat.

— Selon une dépêche relayée par plusieurs agences de presse, une importante explosion se serait produite sur une autoroute à proximité de Jackson, en Louisiane. La police aurait identifié une camionnette répondant au signalement des véhicules recherchés. Après une brève course-poursuite, les suspects se seraient enfuis à pied avant d'actionner une bombe à l'aide d'une commande à distance. On signale quelques dégâts matériels et des blessures provoquées par des éclats de verre, mais aucune victime ne serait à déplorer. Si cette information est confirmée, cela porte à deux le nombre de bombes roulantes neutralisées. Huit autres sont toujours en circulation.

— Quel bordel ! s'exclama Léon.

Grace ne prêtait pas la moindre attention à ces événements dramatiques.

— Il y a un magasin Hollister de l'autre côté de la rue, dit-elle. On pourrait y faire un saut avant de continuer les cours ?

— Kerry et ma sœur Lauren m'ont vacciné contre le shopping, sourit James. J'ai connu trop de *sauts*, comme tu dis, qui se transformaient en d'interminables séances d'essayage et ne débouchaient sur aucun achat.

Ning lâcha un éclat de rire.

— Voilà un discours parfaitement sexiste, gloussa-t-elle. Même si, dans le cas de Grace, vous n'avez pas tout à fait tort, Mr Adams.

Sa camarade la fusilla du regard.

— Eh, tu es dans quel camp ? gronda-t-elle.

Au moment où le serveur déposa les boissons sur la table, le téléphone de Léon se mit à vibrer. Il jeta un coup d'œil à l'écran.

— Oh, j'ai un appel de Meryl Spencer, dit-il avant de coller l'appareil contre son oreille.

— Tu as appris ce qui s'est passé dans l'Alabama ? demanda la responsable de formation en chef de CHERUB.

— Oui, on vient de voir ça sur l'iPhone de James, répondit Léon. Mais en quoi ça me concerne ?

— Le règlement interdit aux agents de parler de leurs missions, mais je sais que vous vous fichez complètement de cette disposition. Bref, je tenais à te rassurer à propos de Ryan.

— Ryan est dans l'Alabama ? s'étrangla Léon. Je croyais qu'il était au Kig… Krig… Krigistan. Zut, je suis infoutu de me rappeler le nom de ce pays.

Le mot *Alabama* attira l'attention des instructeurs et des élèves.

— Ryan ? chuchota James à l'adresse de Ning. C'est son grand frère, n'est-ce pas ?

Ning hocha la tête.

— Tu n'as aucun souci à te faire, poursuivit Meryl. Ryan a eu chaud, mais il est indemne et en sécurité. Maintenant, passe-moi l'un de tes instructeurs.

Léon tendit le téléphone à James.

— Eh, Meryl ! s'exclama ce dernier.

— Je veux que vous soyez de retour au campus à seize heures. Zara réunit tout le monde dans la salle des fêtes. Les cours et les séances d'entraînement sont annulés. Elle s'apprête à faire une annonce.

James avait assisté à quelques réunions comparables au cours de sa carrière à CHERUB. D'ordinaire, c'était une occasion pour la directrice de rendre publique une

sanction concernant un grave manquement disciplinaire. Mais ces rassemblements avaient lieu le matin,
avant les cours, ou après le dîner. Jamais les agents
n'avaient été convoqués au beau milieu de l'après-midi.

— Ça concerne Mac, c'est ça ? demanda James. J'ai
entendu dire qu'il n'allait pas très bien, ces derniers
temps.

— James, même si je savais de quoi il s'agit, je n'aurais
pas le droit de t'en parler. Mais entre nous, non, ça ne
concerne pas Mac. La dernière fois que j'ai eu de ses
nouvelles, à Noël, il était aux sports d'hiver avec Fahim,
et il avait l'air en pleine forme.

15. Souvenir

À l'exception du contrôleur d'astreinte et des deux gardes du poste de sécurité, toute la population du campus était réunie dans la salle des fêtes du bâtiment principal. Les T-shirts rouges étaient assis en tailleur devant la scène. Les membres du personnel, des professeurs aux cuisiniers en passant par les jardiniers, se tenaient debout près de la porte d'entrée.

Le silence se fit lorsque Zara Asker, vêtue d'un gilet noir et d'une robe à fleurs, gravit les trois marches menant au pupitre.

Elle frappa le micro du bout des doigts pour s'assurer qu'il était branché.

— CHERUB est une grande famille, commença-t-elle sur un ton solennel. Trop souvent, nous oublions les risques liés à nos activités sur le terrain. Depuis ma prise de fonction, j'ai toujours redouté de vous voir réunis ici en une telle occasion. Hélas, je dois à présent vous annoncer une triste nouvelle.

« Vous savez tous ce qui s'est produit ces dernières heures dans l'Alabama. Sachez qu'un agent et un instructeur en mission d'infiltration se trouvaient à Oak Ranch peu avant l'explosion. Le premier est parvenu à s'échapper. Il est indemne et se repose en ce moment à Dallas. Le second, Yosyp Kazakov, a été blessé par balles. Nous ignorons s'il a succombé à ses blessures ou s'il a péri lors de la destruction du bâtiment, mais sa mort, hélas, ne fait plus guère de doute.

Zara observa une pause afin que chacun puisse mesurer l'ampleur du drame.

— Né il y a cinquante-trois ans dans une famille ukrainienne marquée par les traditions militaires, Yosyp Kazakov a vu son frère tomber à ses côtés durant l'invasion soviétique de l'Afghanistan. Il avait un fils âgé d'une trentaine d'années avec qui il n'avait plus de contact.

« Durant les années 1980, Mr Kazakov s'est engagé dans les forces spéciales russes. Après la chute de l'Union soviétique, il a rejoint l'OTAN en tant que conseiller en matière de défense. Dans ce cadre, il a supervisé l'entraînement de commandos au Royaume-Uni et aux États-Unis.

« Depuis 2007, il occupait le poste d'instructeur au sein de notre organisation, mais son expérience et ses compétences exceptionnelles nous avaient conduits à lui confier des missions sur le terrain. C'est au cours d'une telle opération qu'il a perdu la vie.

« Les cours et les exercices sont annulés pour le reste de la journée. Une cérémonie du souvenir se tiendra prochainement. En attendant, les éducateurs resteront à votre disposition si vous avez le besoin d'en parler, ou tout simplement…

Zara lâcha un sanglot.

— … d'un peu de réconfort.

Incapable d'ajouter un mot, elle recula vers le fond de la scène et chassa les larmes qui roulaient sur ses joues.

À ce spectacle, les membres du personnel furent saisis par l'émotion. L'instructeur en chef Pike se planta devant le micro.

— Kazakov était un homme extraordinaire, dit-il, même si je me doute qu'il n'a pas laissé que de bons souvenirs à ceux d'entre vous qui ont suivi le programme d'entraînement sous son commandement. Mais il ne faisait jamais preuve de cruauté. Combien de nuits l'ai-je vu se creuser la tête pour trouver un moyen d'aider un élève à surmonter sa peur du vide ou ses difficultés en russe, alors même qu'il devait se trouver sur le terrain à trois heures du matin pour préparer les épreuves du programme d'entraînement ? Kazakov vous faisait travailler dur, mais il ne se ménageait jamais. Il n'avait qu'un but : vous guider vers l'excellence.

Debout près de James, une jeune fille portant un T-shirt noir lança :

— C'est dur, mais les agents de CHERUB sont encore plus durs.

Elle essuya quelques regards étonnés, mais ses amies reprirent cette exclamation.

— C'est dur, mais les agents de CHERUB sont encore plus durs.

Cette fois, la moitié de l'assistance l'imita.

Lorsque Mr Pike répéta ce slogan, toute la salle le clama en chœur.

— C'est dur, mais les agents de CHERUB sont encore plus durs.

Des T-shirts noirs aux T-shirts rouges, des éducateurs aux contrôleurs de mission, des cuisiniers aux techniciens, chacun scanda la devise officieuse de l'organisation. Blottie dans les bras de son mari Ewart, Zara pleurait à chaudes larmes.

— C'est dur, mais les agents de CHERUB sont encore plus durs.

Bouleversés, agents et membres du personnel tapaient du talon en scandant leur cri de guerre.

Fu Ning gardait en mémoire le regard ému de Kazakov lorsqu'il lui avait remis son T-shirt gris, au centième jour du programme d'entraînement.

Bruce Norris se souvenait avec émotion des visites nocturnes de Kazakov, lorsqu'il le tirait du lit pour se rendre au dojo et tester la résistance d'une nouvelle recrue.

James, lui, se remémorait avec émotion leur séjour clandestin à Las Vegas et la façon dont ils avaient amassé une petite fortune en trichant au black-jack.

— C'est dur, mais les agents de CHERUB sont encore plus durs, crièrent-ils une dernière fois, ivres d'orgueil et d'émotion, convaincus d'appartenir à une véritable famille.

...

À bout de forces, Ryan avait rédigé une déposition circonstanciée détaillant les événements survenus à Oak Ranch en présence d'un agent spécial du FBI, puis il avait embarqué à bord d'un jet privé à destination de Dallas. Il avait sombré dans un profond sommeil quelques secondes après le décollage.

Il se réveilla dans une chambre inconnue aménagée sous les combles. Un poster de Nirvana était punaisé sur le pan de toit incliné situé au-dessus de son lit. Une vingtaine de paires de chaussures féminines étaient alignées sous la fenêtre.

Le sac à dos en toile camouflage qui contenait ses affaires était posé à ses côtés, ainsi que son T-shirt et son jean crasseux. Seules manquaient ses Converse tachées de sang, qui avait été saisies par les hommes du shérif à titre de pièces à conviction.

Il avait de la terre sous les ongles et deux taches brunes semblables à des empreintes digitales sur le poignet gauche.

Horrifié, il se dressa d'un bond : c'était le sang de Kazakov.

Son chagrin était si profond qu'il avait le sentiment que sa poitrine était prise dans un étau. Kazakov
n'avait été qu'un père d'emprunt, mais ils avaient vécu
ensemble au Kremlin pendant sept mois. Ils avaient
connu quelques disputes, comme cela se produit iné-
vitablement lorsqu'un adolescent et un adulte vivent
dans un appartement confiné, mais ils avaient noué
un solide lien d'amitié.

Malgré lui, Ryan se sentait un peu coupable d'avoir
survécu. Kazakov s'en serait-il sorti s'il avait éliminé
le garde au lieu de le ligoter, ou s'il l'avait traîné plus
profondément dans les bois ?

Il s'assit au bord du lit, la tête basse. Il ressentait
une douleur comparable à celle qu'il avait éprouvée à
la mort de sa mère. Il savait que le chagrin s'atténuerait
avec le temps, mais cette perspective ne suffisait pas
à le réconforter.

Au bord des larmes, il enfila son jean et se posta en
haut de l'escalier menant à l'étage inférieur.

— Il y a quelqu'un ?

Son appel restant sans réponse, il dévala quatre
volées de marches tapissées de moquette beige. Des
photos de footballeurs américains ornaient les murs.
Une cible en liège criblée de fléchettes était suspendue
près de la porte d'entrée.

— Salut Ryan, lança Ted Brasker.

Ce Texan à la haute stature et aux cheveux gris était
l'adjoint du Dr D au sein de l'ULFT. Ryan le connaissait

bien, car il avait lui aussi joué le rôle de son père durant la première phase de la mission visant le Clan Aramov.

À ses côtés, Ryan eut le plaisir de reconnaître Ethan, le petit-fils d'Irena, dirigeante du Clan Aramov. Il vivait désormais sous la protection de Ted, car Leonid avait juré sa perte.

— Dis donc, tu n'as pas un peu abusé de la muscu ? s'esclaffa Ethan.

— Tu as faim ? demanda Ted. Comment te sens-tu ?

— Ce n'est pas la grande forme, répondit Ryan, soulagé de se trouver en présence de personnes de confiance.

Il se tourna vers le large écran LCD.

— Quelles sont les dernières nouvelles ? demanda-t-il.

— Il y avait dix camionnettes piégées, dit Ethan. Deux d'entre elles n'ont pas quitté Oak Ranch. Quatre ont été repérées par les autorités et saisies sans incident. Une cinquième a explosé sur l'autoroute et tué six personnes. Une sixième a atteint sa cible et détruit un centre commercial d'Atlanta.

— La vache, dit Ryan. Combien de victimes ?

— Trois, un vigile et deux adolescents qui traînaient sur le parking. Tous les centres commerciaux situés dans le rayon d'action des véhicules piégés avaient reçu l'ordre de fermer.

— Et les deux dernières camionnettes ?

— Tout le pays est à la recherche de deux Savannah GMC modèle 2012 peintes aux couleurs de grands magasins, expliqua Ted. Soit elles ont été mises à l'abri, soit les explosifs ont été transférés dans d'autres véhicules.

— Ce qui signifie que deux tonnes d'explosifs se baladent dans la nature, résuma Ethan.

En jetant un œil à l'horloge murale, Ryan constata qu'il était trois heures de l'après-midi.

— La vache, j'ai dormi pendant des siècles ! Il faut que je prenne une douche, mais mes vêtements sont dégueulasses.

— Je peux te prêter des fringues, proposa Ethan. Tu seras sans doute un peu à l'étroit, mais on fait presque la même taille. Le seul problème, c'est qu'on n'a pas la même pointure.

— On t'achètera des baskets, dit Ted en tendant à Ryan un verre de jus d'orange. Mais pas aujourd'hui. Il n'y a pas un magasin ouvert dans un rayon de deux mille kilomètres.

— Alors, Ethan, tu te plais au Texas ? demanda Ryan.

— Je suis inscrit dans une école privée. Le règlement et l'uniforme me soûlent, mais je me suis fait pas mal de copains. Je me suis aussi mis à la batterie et je continue à jouer aux échecs.

— Pas moyen de le mettre au football américain, grogna Ted.

Ryan sourit. Son camarade était bien trop chétif pour pratiquer un sport aussi brutal.

— Et ta grand-mère ? Tu lui as rendu visite ?

Pendant trente ans, Irena Aramov avait présidé aux destinées du Clan. Elle avait accepté que l'ULFT prenne le contrôle de son réseau en échange de l'abandon de toute charge criminelle et d'une autorisation de séjour aux États-Unis, où elle recevait désormais un traitement expérimental contre le cancer.

— Je suis allé deux fois à New York pour la voir, répondit Ethan. Au début, elle a bien réagi aux médicaments, puis son état s'est de nouveau dégradé. Je crois qu'elle n'en a plus pour très longtemps. Lors de ma dernière visite, elle ne m'a même pas reconnu.

Ted posa une main sur l'épaule de Ryan.

— Je suis vraiment désolé pour Kazakov. C'était un type bien.

Ryan baissa les yeux et garda le silence.

— Dis-moi, est-ce que tu aimes toujours les pancakes ? demanda Ted, conscient qu'il était préférable, pour l'heure, de ne pas s'attarder sur ce sujet.

Ryan gardait un souvenir ému des petits déjeuners préparés par son père d'emprunt.

— Aux myrtilles ?

— Oui, je crois que je peux te trouver ça. Allez, file sous la douche. Ethan t'apportera des vêtements, puis nous parlerons de la suite des événements pendant que tu prends ton petit déjeuner.

16. Décalage horaire

Le stage de conduite interrompu par l'annonce du vendredi après-midi se poursuivit tout au long du week-end.

Le lundi matin, dernier jour de l'épreuve, Ning était assise au volant d'une berline Opel cabossée stationnée devant le bâtiment principal. Les bandes latérales fluorescentes de cet ancien véhicule de police étaient toujours en place, mais ses avertisseurs lumineux avaient été démontés.

James était installé à sa gauche, un bloc-notes posé sur les genoux.

— Tu as vu Alfie, ce matin ?

— Oui, au petit déjeuner, répondit Ning. Il est remonté dans sa chambre pour chercher je ne sais quoi, mais ça fait un bout de temps.

— Je lui ai envoyé un SMS, dit James en consultant sa montre. S'il n'est pas là dans quatre minutes...

À cet instant, Alfie franchit les portes automatiques du hall d'accueil.

— Désolé pour le retard, haleta-t-il en se glissant sur la banquette arrière. Je me suis fait coincer par le prof de physique. Selon lui, mon dernier devoir était bâclé. Il veut que je le reprenne de A à Z.

James ne fit aucune remarque. Lors de sa carrière d'agent à CHERUB, il avait passé le plus clair de son temps à se soustraire aux exigences de ses professeurs.

— Sans blague, qui peut bien s'intéresser aux molécules ? ricana Alfie. Tout ça ne me servira à rien dans ma future carrière.

— Et peut-on savoir ce que tu comptes faire de ta vie ? demanda James.

— Si je n'arrive pas à devenir joueur de rugby professionnel, je deviendrai strip-teaseur.

Ning lâcha un bref éclat de rire.

— Voilà qui est ambitieux, soupira James.

— Ah, au fait, ajouta Alfie, au dernier flash info, ils ont annoncé que le FBI avait pris d'assaut un entrepôt. Les explosifs manquants ont été retrouvés et le chef de la cellule américaine du MIJ a été capturé.

— Excellent, lâcha Ning. Ça veut dire que Kazakov ne s'est pas sacrifié en vain.

— Il faut qu'on se mette en route, dit James. Bruce, Léon et Grace sont partis il y a dix minutes. Vous avez lu les instructions ?

Ning et Alfie hochèrent la tête.

— Nous allons passer en revue tout ce que vous avez appris au cours du stage. Vous conduirez rapidement, mais privilégierez la sécurité. Ce test est plutôt délicat, mais selon moi, vous êtes tous les deux au niveau.

— Essaye juste de ne pas nous tuer, Ning, dit Alfie en bouclant sa ceinture de sécurité.

La jeune fille tourna la clé de contact, relâcha le frein à main et passa la première.

La circulation dans les allées du campus était limitée à quinze kilomètres-heure. La voiture parcourut quelques dizaines de mètres en direction du poste de contrôle puis James ordonna à Ning de s'arrêter.

— Qu'est-ce que j'ai fait ? s'étonna-t-elle.

— Tu as commis une erreur élémentaire. Quelle précaution doit-on prendre avant d'emprunter un véhicule que l'on ne connaît pas ?

— Vérifier les rétroviseurs. Se familiariser avec les commandes.

— Ce n'est pas tout. Quelle distance allons-nous parcourir ?

— Cinquante kilomètres, selon les instructions.

James désigna la jauge de carburant.

— Et tu crois que ce sera suffisant ?

— Oh, s'étrangla Ning en constatant que le réservoir était presque vide. Pourquoi le voyant d'alerte n'est-il pas allumé ?

— Cette bagnole a douze ans. Qu'est-ce que j'ai dit à propos des véhicules anciens ?

— Que tout peut tomber en panne à tout moment, dit Alfie.

— Exact, confirma James. L'ampoule du voyant peut être grillée. À moins que le réservoir ne soit plein, et la jauge en rade. Toi, Ning, tu as démarré sans t'en préoccuper.

Les traits de la jeune fille s'affaissèrent.

— Je vais être sanctionnée, je suppose ?

— Ça te coûtera un point de pénalité. Huit de plus, et tu seras éliminée.

— Bon, je fais quoi, maintenant ? Je vérifie le réservoir ?

James leva les yeux au ciel.

— Il s'agit d'un test final. Tu as lu les instructions. Ne compte pas sur moi pour te donner des conseils.

— Je vais aller voir s'il y a un jerrycan dans le coffre, lança Alfie. Ning, jette un œil au réservoir.

— Voilà, c'est la procédure correcte, approuva James tandis que les deux agents descendaient du véhicule. Mais tâchez de faire vite.

Deux secondes plus tard, Ning regagna précipitamment son siège puis, d'une main tremblante, chercha les leviers d'ouverture du coffre et de la trappe à carburant.

— Qu'est-ce que je peux être nerveuse quand je passe ce genre d'examen, soupira-t-elle.

— J'ai trouvé un bidon d'essence et un entonnoir ! s'exclama triomphalement Alfie. Est-ce que ça me vaudra un point de bonus ?

— Si tu ne la fermes pas, ça te vaudra surtout mon poing dans la tronche, gronda sa camarade avant de vider le contenu du jerrycan dans le réservoir.

136

∴

Amy Collins et Ryan Sharma croisèrent l'ancien véhicule de police sur la route menant au portail du campus. Amy se gara près des héliports, à côté du bâtiment principal, puis ils rejoignirent aussitôt une salle de réunion du premier étage.

La directrice Zara Asker était assise à une grande table ovale. À ses côtés se trouvaient son mari et contrôleur de mission en chef Ewart Asker, la responsable pédagogique Meryl Spencer et la psychiatre Jennifer Mitchum.

— Que des gros bonnets, chuchota Ryan, un peu intimidé, avant de s'installer dans un fauteuil pivotant et de se verser un verre d'eau.

— Comment vas-tu ? demanda Meryl tandis qu'Amy prenait place en face de lui.

— Ça pourrait être pire, répondit Ryan. J'ai retrouvé Amy à l'aéroport d'Heathrow hier soir, mais comme il était tard, on a dormi à l'hôtel.

— Tu souffres du décalage horaire ? demanda Ewart.

— Le voyage depuis le Kirghizistan jusqu'aux États-Unis en passant par la Chine a duré treize heures, et il m'a fallu sept heures de plus pour rejoindre l'Angleterre. Je n'ai plus aucun repère.

— Mais à part ça, qu'éprouves-tu ? demanda Jennifer Mitchum. La mort de ton coéquipier a dû constituer un choc terrible, surtout après sept mois de travail en commun.

Ryan hocha la tête.

— Quand ma mère est morte, j'ai cru que je ne m'en remettrais jamais. Mais avec le temps, la douleur est devenue supportable.

— Je comprends, dit Jennifer.

— Ce qui m'obsède, c'est que je me dis que j'aurais pu le sauver. J'ai ligoté un garde. Ça m'a pris un temps fou. Si je l'avais éliminé, j'aurais sans doute pu quitter le ranch avec Kazakov avant l'intervention des terroristes.

— Tu ne peux pas savoir ce qui se serait passé, le contredit Ewart. Je suis heureux que tu aies choisi d'épargner cet homme. Si tu avais opté pour une solution radicale, tu te serais sans doute procuré un véhicule quelques minutes plus tôt, mais tu aurais également pu tomber sur un garde en train de s'accorder une pause cigarette.

— Ces sentiments de culpabilité sont parfaitement naturels, ajouta Jennifer Mitchum. Mais dis-toi bien que tu n'es pas responsable de la mort de Kazakov. C'est cette idée que tu dois garder à l'esprit.

Ryan hocha la tête en silence. Quelques instants plus tard, Zara prit la parole.

— Ted Brasker m'a dit que tu t'étais porté volontaire pour retourner au Kirghizistan. Je t'avoue que je suis un peu préoccupée.

Ryan se raidit.

— Ne vous ai-je pas toujours donné satisfaction ? protesta-t-il.

— Si, bien sûr, mais tu es resté absent du campus pendant sept mois. Tu as perdu le fil de ta scolarité, et tes amis doivent te manquer. Je sais que tu as le sentiment de ne pas avoir achevé ton travail, mais en tant que directrice, je me soucie avant tout de l'équilibre de mes agents.

— Je pense pour ma part que Ryan pourrait encore être utile au Kremlin, annonça Amy. Je vis au dernier étage, je contrôle Josef Aramov et je tire les ficelles de l'organisation. Ryan et Kazakov, eux, ont réuni des informations fondamentales auprès des membres les plus modestes du Clan.

— Il doit exister un autre moyen d'exploiter ce filon, fit observer Ewart. Je suis certain que des dizaines d'employés du Kremlin seraient prêts à nous refiler des tuyaux.

— La mission pourrait sans doute se poursuivre sans Ryan, confirma Amy, mais nous savons que les enfants sont moins méfiants que les adultes, ce qui lui a permis de rassembler de nombreuses informations auprès de ses camarades de collège.

— Je ne cours aucun danger, là-bas, ajouta Ryan.

— Je ne voudrais pas te mettre mal à l'aise, dit Meryl Spencer en feuilletant un épais dossier, mais je ne peux pas écarter l'hypothèse que tu souhaites retourner au Kremlin en raison de la relation que tu entretiens avec cette… Natasha.

Ryan esquissa un sourire embarrassé.

— Premièrement, elle s'appelle Natalka, pas Natasha. Deuxièmement, cette relation n'a jamais nui à mon travail sur le terrain.

— Ryan, cette réunion ne concerne pas ta vie sentimentale, mais ton équilibre physique et psychologique, dit fermement Zara. Cependant, si tu as établi un lien affectif avec une fille du Kremlin, je doute qu'il n'ait aucune influence sur ta volonté de retourner au Kirghizistan.

— Il n'y a pas beaucoup de gens de mon âge, là-bas, expliqua Ryan. Natalka est marrante. On traîne ensemble et tout ça, mais ça ne va pas plus loin.

— Tu veux dire que tu n'es pas amoureux ? demanda Meryl.

— Disons que j'aime bien être avec elle. On passe toutes nos soirées ensemble.

— Mais quelle est la nature exacte de vos relations ?

— Je n'ai pas couché avec elle, si c'est ce qui vous préoccupe, répondit Ryan, embarrassé de devoir aborder ce sujet en présence de cinq adultes. On s'est juste embrassés, des trucs comme ça…

— Si tu ne l'avais pas rencontrée, insisterais-tu pour retourner au Kirghizistan ? demanda Zara.

Jusqu'alors, Ryan s'en était tenu à la vérité, ou presque. Cette fois, il mentit délibérément.

— Bien sûr. Tout ce que je veux, c'est terminer le boulot commencé avec Kazakov.

— OK, je pense que nous l'avons suffisamment cuisiné, annonça Zara. Et voici mon point de vue sur la question : Ryan s'est absenté du campus pendant sept mois, et il a traversé une épreuve terrible la semaine dernière. Il doit rattraper son retard scolaire et reprendre une vie ordinaire.

— Mais puisque je vous dis que…, protesta Ryan.

— Laisse-moi finir, s'il te plaît. J'accepte qu'il reprenne la mission, mais pas plus de six semaines. Cela devrait permettre à Amy de retourner un jeune résident du Kremlin afin de poursuivre son travail de renseignement.

— Oh, c'est parfait, bredouilla Ryan. Je vous prie de bien vouloir m'excuser…

— À l'issue de ce séjour au Kirghizistan, tu seras suspendu de mission pendant au moins six mois. Tu dois reprendre les cours, et mener la vie d'un adolescent ordinaire. Est-ce que quelqu'un autour de cette table a une objection à formuler ?

— Six semaines devraient suffire, confirma Amy.

Le Dr Mitchum prit la parole.

— Un événement traumatisant tel que la mort d'un coéquipier ne peut pas être traité à la légère. J'aimerais m'entretenir avec Ryan avant son départ, puis à son retour, autant de fois que je le jugerai nécessaire.

Sur ces mots, Zara se leva.

— Eh bien, il semblerait que nous soyons tous d'accord. Cette réunion est terminée. Ryan, j'aimerais te dire quelques mots en privé.

Amy, Ewart, Meryl et le Dr Mitchum quittèrent la salle.

— Ryan, je suis vraiment désolée de t'avoir mis dans l'embarras en parlant de Natalka, dit Zara.

Ryan haussa les épaules.

— Je suppose que ça faisait partie des questions qu'il fallait aborder.

— En début d'après-midi, Amy et moi devons participer à une vidéoconférence concernant l'opération MIJ, avec le Dr D et plusieurs hauts responsables des services de renseignement britanniques et américains. Compte tenu de ton degré d'implication dans cette mission, je souhaiterais vivement que tu y assistes.

17. Surrégime

Quatre Golf Volkswagen étaient alignées côte à côte sur la ligne de départ du circuit automobile. Perché sur la tribune, Bruce s'adressa aux agents par talkie-walkie.

— Deux tours de piste, dit-il. Au second passage, empruntez le couloir des stands et franchissez le parcours de précision jusqu'au point d'arrivée. Chaque obstacle renversé vous coûtera un point de pénalité. De même, vous perdrez un point par tranche de dix secondes de retard sur le premier concurrent à avoir franchi la ligne. Maintenant, mettez le contact et bouclez vos ceintures.

James se posta au bord de la piste et déploya un drapeau à damier.

La bouche sèche, Ning serra la jugulaire de son casque et vérifia le bon positionnement des six points de fixation de son harnais. Le tirage au sort lui ayant attribué le couloir intérieur, elle comptait bien en profiter pour s'engager dans la courbe en première position.

James brandit le drapeau au-dessus de sa tête et observa cinq secondes d'immobilité avant de l'abaisser. Grace effectua un démarrage exceptionnel. Ning se cala dans son sillage. Léon obliqua sur la gauche de façon à prendre la corde, mais Alfie, d'un coup de volant, le poussa contre le rail de sécurité qui séparait la piste du couloir des stands.

Les véhicules équipés de moteurs Diesel n'avaient pas atteint trente kilomètres-heure mais, tout à leur duel, les garçons roulaient déjà en surrégime. Lorsque Léon se décida enfin à passer la seconde, Alfie se trouvait distancé. À l'entrée du premier virage, Grace faisait la course en tête, talonnée par sa rivale.

Ning profita de l'effet d'aspiration pour déboîter et accélérer en sortie de courbe, mais son adversaire effectua une embardée afin d'éviter un chien en polystyrène, la contraignant à se déporter vers la droite de la piste. D'un coup de volant, elle se replaça au centre de la chaussée, mais cette manœuvre la força à ralentir, si bien que Léon la dépassa à l'approche du deuxième virage.

Malheureusement, il était si content de lui qu'il freina trop tard à l'entrée de la courbe suivante, se déporta vers l'extérieur et laissa Ning passer à la corde.

Elle aborda la ligne droite pied au plancher, Léon dans son sillage. Grace avait quatre longueurs d'avance et Alfie semblait définitivement distancé.

Grace enchaîna trois virages à grande vitesse puis se trouva confrontée à deux épaves de voitures placées en travers de la chaussée, à la manière d'un barrage routier. Deux solutions s'offraient à elle : percuter l'arrière de l'un des véhicules pour dégager la voie ou emprunter la bretelle menant à une portion de circuit sinueuse habituellement réservée à la pratique du karting.

Au cours du stage, Grace avait appris à franchir un barrage de police. Il lui fallait décélérer sous les cinquante kilomètres-heure afin d'éviter tout traumatisme cervical, mais Bruce l'avait avertie que cette manœuvre comportait des risques imprévisibles. Aussi décida-t-elle d'opter pour l'option la moins risquée.

Ning considéra la chance qui s'offrait à elle, mais elle avait déjà perdu cinq de ses huit points lors des tests précédents. Il lui suffisait de boucler l'épreuve moins de vingt secondes après le vainqueur et d'éviter les obstacles placés sur la chaussée pour obtenir son certificat de conduite avancée.

Tandis qu'elle suivait Grace dans le sinueux parcours annexe, Léon choisit de ralentir puis de percuter le barrage, pratiquant une large brèche entre les deux épaves dans laquelle Alfie, par chance, put s'engouffrer à vitesse maximale.

Ning avait refait l'essentiel de son retard sur Grace lorsqu'elle rejoignit la piste principale. Alfie, calé sur la droite, restait en dernière position, mais sa vitesse était bien supérieure à celle de ses concurrents, et il pouvait envisager de prendre la tête s'il parvenait à se faufiler.

Il doubla Ning et Léon, qui roulaient bord à bord puis, dès que son capot eut dépassé celui de Grace, coupa sa trajectoire.

Pendant que leurs élèves effectuaient leur ultime tour de piste, James, Bruce et leur assistant Kevin Sumner avaient transformé la dernière ligne droite en un parcours technique constitué de mannequins en polystyrène : vieilles dames, mères de famille poussant des landaus et soldats brandissant des armes de guerre.

Grace et Alfie se livraient un combat acharné, mais Ning restait concentrée sur son objectif. Il était inutile de chercher à l'emporter. Elle ralentit et slaloma tranquillement entre les rares obstacles qui n'avaient pas été renversés.

À cet instant, droit devant elle, elle vit Alfie précipiter Grace contre le rail de sécurité intérieur, provoquant l'éclatement de son pneu avant droit. Il était désormais évident qu'elle n'était plus en mesure de terminer l'épreuve, mais Ning doutait que James et Bruce laissent une excellente élève échouer sur une tricherie aussi grossière.

Léon fut le premier à s'engager dans le couloir des stands, Alfie dans son sillage. Ning observait attentivement leur duel, de façon à éviter la collision en cas de fausse manœuvre.

Au niveau de la tribune incendiée, des bottes de foin matérialisaient quatre parcours individuels. Ning s'engagea dans celui qui lui avait été attribué. Elle accomplit un trajet sinueux jusqu'à un panneau lui indiquant d'effectuer un demi-tour au frein à main.

Elle manqua complètement la manœuvre, mais se rassura en considérant qu'il s'agissait de sa seule erreur de conduite et qu'il ne lui restait plus que quelques centaines de mètres à parcourir.

Elle slaloma entre des cônes de signalisation puis effectua une interminable marche arrière avant d'emprunter une rampe métallique menant à la remorque d'un camion. Elle lâcha un soupir de soulagement, coupa le moteur puis détacha son harnais. Constatant que l'espace confiné où elle avait rangé la voiture ne lui permettait pas d'ouvrir la portière, elle ôta son casque et s'extirpa du véhicule par le toit ouvrant. Enfin, elle glissa sur le capot et sauta hors de la remorque.

Ses deux adversaires avaient employé la même stratégie pour s'extraire de leur véhicule. Alfie se trouvait déjà au pied du drapeau marquant le point de rassemblement. Léon se précipita sur lui et lui flanqua un coup de tête casqué qui le força, malgré sa taille et son poids, à reculer de trois pas.

— Tu es un malade ! cria Léon.

— Moi, un malade ? rugit Alfie en esquivant un second coup de tête. C'est toi qui as commencé par me balancer contre la barrière.

— Tu avais foiré ton départ. Tu devais me céder le passage.

Alfie saisit Léon par le col, balaya ses jambes et le plaqua au sol.

— Je vais te massacrer, minus ! hurla-t-il.

Il lui porta trois coups de poing avant que Ning ne parvienne à le ceinturer.

— Laissez tomber, rugit-elle. Vous êtes vraiment débiles, ma parole !

Bruce et James accoururent vers les lieux du pugilat.

— Ning, je t'annonce que tu as obtenu ton certificat, dit ce dernier tandis que Léon se relevait péniblement. Quant à vous, les garçons, vous avez complètement perdu les pédales.

Bruce hurla au visage d'Alfie.

— Règle numéro un ?

— La sécurité, gémit son élève.

— Et c'est maintenant que tu t'en souviens ? tonna James. Vous avez renversé tellement d'obstacles que j'ai arrêté de les compter. Vous êtes de bons pilotes, et vous auriez pu obtenir votre certificat les doigts dans le nez. Seulement, vous vous êtes comportés comme de parfaits crétins.

— Nous avons été sympas avec vous toute la semaine, ajouta Bruce. Et c'est comme ça que vous nous remerciez ? Ce délire aurait pu très mal se terminer. Malheureusement, étant donné que nous ne sommes que des instructeurs remplaçants, nous n'avons pas le pouvoir de vous infliger des punitions.

Alfie esquissa un sourire discret.

— Mais nous rédigerons un rapport vous concernant, ajouta James. Attendez-vous à être convoqués chez la directrice dans les jours à venir.

Grace et sa Golf rejoignirent les lieux à bord d'une dépanneuse conduite par le T-shirt noir Kevin Sumner. Casque sous le bras, elle sauta de la cabine et toisa les garçons.

— Ne t'inquiète pas, dit Bruce. Nous t'accordons le certificat. On ne peut pas te sanctionner à cause d'une manœuvre illégale accomplie par un concurrent. Toutes nos félicitations.

— Le stage est terminé, conclut James en consultant sa montre. Ning et Grace, vous rentrez au campus avec nous. Alfie et Léon, vous vous chargerez de ramasser les mannequins et les bottes de foin. Si vous faites vite, Kevin pourra vous raccompagner lorsqu'il aura ramené toutes les voitures au garage. Dans le cas contraire, vous rentrerez à pied. Douze kilomètres de marche devraient vous permettre de réfléchir aux conséquences de vos actes.

18. Finir en beauté

Ryan dîna en compagnie de Max Black et de quelques camarades du campus, puis il se présenta au premier étage pour sa deuxième réunion de la journée. Si la première s'était déroulée dans un climat intime, presque amical, la seconde lui fit l'effet d'un procès mené par la Sainte Inquisition espagnole.

La salle de conférences du campus était équipée d'un dispositif constitué d'écrans LCD répartis sur trois murs de la salle. Ainsi, Zara pouvait voir et entendre ses interlocuteurs comme s'ils étaient assis à sa table : le Dr D, chef de l'ULFT, se trouvait à Dallas ; le ministre britannique de l'Intelligence Service s'exprimait depuis Manchester ; le secrétaire d'État américain était en visite au Pakistan. La réunion était présidée depuis Washington DC par la sénatrice Madeline White, qui dirigeait les travaux du comité sénatorial sur le renseignement. Les spécialistes de la vie politique américaine la soupçonnaient de vouloir se lancer dans la course à la magistrature suprême en 2016.

Amy et Ryan assistèrent à la réunion depuis une pièce contiguë équipée d'une glace sans tain. Le Dr D lut un bref rapport, résuma les circonstances dans lesquelles son unité avait pris le contrôle du Clan Aramov, entrepris son démantèlement et identifié les groupes criminels qui faisaient appel à ses services.

— Il y a environ cinq mois, un certain Elbaz est entré en contact avec un représentant du Clan en Amérique du Sud, dit-elle. Il cherchait à affréter un avion-cargo et son équipage. Il ne s'est pas présenté comme un membre du MIJ, mais ses intentions sont devenues claires dès le début des négociations.

« Nous avons rapidement appris qu'il entretenait des liens avec des responsables corrompus de l'armée chinoise disposés à lui céder des explosifs, puis il nous a révélé l'existence d'une cellule terroriste dormante sur le territoire des États-Unis. Nous l'avons aidé à mettre en place les opérations de livraison depuis le Kirghizistan. L'un des appareils du Clan a pris livraison de onze tonnes d'explosifs en Chine, puis les a acheminées jusqu'à Manta, en Équateur, où le chargement a été transféré dans un appareil détourné.

« L'ULFT avait prévu d'intercepter la cargaison, les pirates de l'air et les membres de la cellule américaine du MIJ. Malheureusement, pour des raisons qui restent à éclaircir, Elbaz a modifié son plan de vol au dernier moment. C'est ainsi qu'il a pu mettre en œuvre la deuxième phase de son plan.

La sénatrice White fut la première à réagir à cet exposé.

— Dr D, je crois que tout le monde est parfaitement au fait de ce qui s'est passé ces derniers jours. Mais comment avez-vous pu planifier cette opération, alors que vous saviez que son échec, parfaitement prévisible, se solderait par l'importation sur notre territoire d'une quantité industrielle d'explosifs militaires ?

Le Dr D, qui avait participé à d'innombrables réunions au plus haut niveau, ne se laissa pas démonter par le ton agressif de son interlocutrice.

— Nous estimions qu'il était impératif de débusquer la cellule dormante du MIJ. Le seul moyen, c'était de suivre les explosifs jusqu'à leur point de livraison en Alabama.

— Et je suppose que vous classez la mort du pilote Tracy Collings parmi les pertes et profits ? Vous saviez que sa famille serait retenue en otage et qu'elle serait soumise à un odieux chantage. Vous auriez pu vous inquiéter du sort qui lui était réservé. Je vous rappelle au passage que deux hommes du FBI ont été tués en entrant dans le Boeing, qu'un agent britannique a été abattu à Oak Ranch et que six civils ont perdu la vie à Jackson, en Louisiane. Et je ne parle ni des dommages matériels estimés à un demi-milliard de dollars, ni des conséquences économiques désastreuses de la fermeture de la moitié des magasins du pays durant le Black Friday.

Le secrétaire d'État américain prit la parole :

— Sénatrice, nous ne participons pas à un meeting politique. Nous ne sommes pas ici pour porter des accusations, mais pour examiner les faits de façon objective.

— Ah vraiment ? répliqua la sénatrice. Eh bien, puisqu'il faut nous en tenir aux faits, pourriez-vous me dire, cher collègue, si le Président a approuvé personnellement cette opération ?

L'homme afficha une moue embarrassée.

— Le Président en a été informé lors du point quotidien concernant les services de renseignement. Cependant, vous imaginerez aisément que l'importance de ses fonctions ne lui permet pas d'étudier en détail toutes nos activités.

La sénatrice observa quelques secondes de silence avant de revenir à la charge.

— Et avez-vous pensé à sa cote de popularité, lorsque le peuple américain découvrira que le Clan Aramov, placé sous le contrôle de nos services, s'est rendu complice des actes terroristes du MIJ ?

— Pourrions-nous garder notre calme, je vous prie ? intervint Zara. Des erreurs ont été commises et, malheureusement, des morts sont à déplorer. Mais le MIJ comptait éliminer au moins dix mille innocents lors de ces attaques. En outre, Elbaz a été capturé, son bras droit Mumin éliminé, et de nombreux membres de la cellule américaine du MIJ sont sous les verrous. Il faudrait ne rien connaître à la lutte antiterroriste pour imaginer qu'une opération aussi complexe puisse se dérouler sans dommages collatéraux. Toute considération politicienne mise à part, le résultat est un succès, même si je le qualifierais de relatif.

— Vous êtes une professionnelle du renseignement, Mrs Asker, gronda la sénatrice White. Et il se trouve que je suis une politicienne. Les risques que vous avez pris vous semblent peut-être acceptables, mais nous parlons de citoyens américains tués sur leur propre sol. De mon point de vue, aucune perte civile n'est acceptable.

— La flotte du Clan Aramov compte plus de soixante-dix appareils, lança le Dr D. Mais ce sont des centaines de cercueils volants qui participent quotidiennement aux opérations de contrebande internationale. Si nous avions rejeté la demande d'Elbaz, il aurait fait appel à un autre réseau. En outre, je me permets de vous rappeler que tous les explosifs ont été saisis.

— Certes, mais vous omettez de préciser que cette saisie doit beaucoup à la chance, précisa la sénatrice. Au vu des événements survenus le week-end dernier, il n'est plus tolérable qu'une organisation dépendant du gouvernement américain — fût-elle ultra secrète, comme c'est le cas de l'ULFT — se rende complice d'actes criminels d'une telle ampleur. Je n'ai qu'une proposition : le Clan Aramov ne sera pas démantelé en deux à trois ans comme prévu initialement, mais en quatre-vingt-dix jours. Dès que nous aurons produit les éléments prouvant l'implication du Clan dans les attentats du MIJ, nous le frapperons à mort.

Le Dr D était hors d'elle.

— Mesurez-vous vraiment l'atout que constitue le Clan Aramov, depuis que nous en exerçons le contrôle ? Jamais plus nous n'aurons une telle opportunité. Les dizaines d'organisations criminelles de premier plan qui font appel à ses services se trouvent désormais dans notre ligne de mire. Mais nous avons besoin de temps. Agir précipitamment pourrait ruiner tous nos efforts.

Le secrétaire d'État américain lâcha un soupir.

— En tant que représentant du président des États-Unis, je dois à regret approuver la proposition de la sénatrice White. J'ai conscience de l'intérêt du Clan Aramov en tant que source de renseignement. Mais lorsque l'opération a été validée, personne n'imaginait que ce réseau de contrebande se trouverait impliqué dans des actions terroristes sur le sol américain.

Le Dr D s'éclaircit la gorge.

— Si cela est nécessaire, je suis disposée à abandonner mes fonctions à la tête de l'ULFT. Il suffirait à mon remplaçant d'établir de nouvelles règles excluant le sol des États-Unis du champ d'action du Clan Aramov.

La sénatrice White fixa la caméra d'un œil glacial.

— Après la débâcle de la semaine dernière, je pensais que votre lettre de démission était déjà rédigée. Il est trop tard pour changer les règles, Dr D. Votre unité s'est rendue complice d'une attaque terroriste sur le sol américain. Notre priorité, désormais, c'est de faire en sorte que le public n'en soit jamais informé. L'opération Aramov doit être bouclée dans les plus brefs délais, puis l'ULFT sera démantelée.

— Le MI6 pourrait remplacer l'ULFT à la tête du Clan, suggéra Zara.

Le ministre du Renseignement britannique lui lança un regard noir.

— Le gouvernement n'approuvera pas ce jeu de chaises musicales. Les élections approchent, et il est hors de question que les Américains nous refilent la patate chaude.

∙∙∙

La réunion se poursuivit ainsi pendant une heure, sans que rien ne fasse fléchir les politiciens. Ils étaient paralysés par la peur du scandale. Si leur électorat apprenait qu'une organisation contrôlée par les services secrets américains avait permis l'importation des onze tonnes d'explosifs et, en toute connaissance de cause, laissé des terroristes prendre en otage la famille de Tracy Collings, les conséquences seraient catastrophiques.

L'ULFT était condamnée et le Dr D poussée vers la sortie. Dans quatre-vingt-dix jours, la flotte du Clan Aramov serait envoyée à la casse et le Kremlin évacué.

— J'ai l'impression d'être une gamine sortant du bureau du proviseur, dit Zara lorsque Amy et Ryan quittèrent la salle d'observation. C'est bien beau, la démocratie, mais les politiciens gouvernent le nez collé aux sondages.

— Aramov est lié aux principaux réseaux criminels de la planète, maugréa Ryan, que cette entrevue avait mis hors de lui. Si on ferme le Kremlin dans trois mois, l'opération n'aura servi à rien.

— C'est ce que je me suis tuée à répéter pendant deux heures. Mais à moins que tu n'aies l'intention de prendre le Parlement d'assaut et d'organiser un coup d'État, CHERUB doit obéir aux ordres du gouvernement.

Amy avait des raisons personnelles de déplorer les dernières décisions.

— Vu que le Dr D et Ted Brasker approchaient de la retraite, je pensais avoir une chance d'accéder à un poste de commandement. Mais je ne suis qu'un agent subalterne, et mon expérience au sein d'une unité dissoute pour cause de dysfonctionnements ne devrait pas améliorer ma réputation.

— Tu n'as aucun souci à te faire, la rassura Zara. Dès qu'un poste de contrôleur de mission se libérera, tu seras la bienvenue à CHERUB.

Amy haussa les épaules.

— Je te remercie, mais je n'ai jamais envisagé de travailler au campus. Je préfère aller de l'avant que de me retourner sur le passé.

— Si j'avais ton physique, ricana Ryan, j'épouserais un milliardaire de quatre-vingts ans et j'attendrais qu'il casse sa pipe.

Amy esquissa un sourire puis lui adressa une petite claque à l'arrière de la tête. À cet instant son téléphone se mit à vibrer.

— Le Dr D m'a appelée, dit Ted, à l'autre bout du fil. Elle était en larmes. Moi, je me fous de ces politicards. Et puis, je commence à me faire vieux. Je ferai valoir mes droits à la retraite dès qu'on en aura terminé avec le Clan. Mais il nous reste quatre-vingt-dix jours, et j'ai bien l'intention de finir en beauté. Est-ce que je peux compter sur toi, Amy ?

— Pourquoi pas ? s'esclaffa-t-elle. De toute façon, ma carrière ne vaut plus un clou.

— Alors faites vos valises et trouvez-vous un avion. Je veux que Ryan et toi soyez de retour au Kremlin au plus vite pour terminer ce que nous avons commencé.

19. Kirghizistan

Dès le lendemain, Ryan et Amy empruntèrent un vol régulier à destination de Dubaï.

Lorsqu'ils furent parvenus à destination, Amy s'envola aussitôt pour l'aéroport de Bichkek-Manas International. Les dispositions de la mission excluant que les deux coéquipiers rejoignent leur affectation simultanément, Ryan, démoli par le décalage horaire, passa une nuit à l'hôtel. Le lendemain matin, il se rendit en taxi à Sharjah afin de rejoindre le Kirghizistan à bord d'un appareil de la flotte Aramov.

Les Converse souillées de neige boueuse, il franchit les portes du Kremlin à l'heure du déjeuner. Les mécaniciens et les pilotes rassemblés dans le foyer ne lui adressèrent pas un regard. À l'évidence, la nouvelle de la mort de son « père » n'avait pas encore filtré.

Les équipages du Clan formaient de petites communautés. Leurs membres discutaient volontiers des derniers bulletins météo et des filières d'approvisionnement en pièces de rechange avec leurs autres collègues, mais ils évoquaient rarement leur destination et la nature de leur chargement. Le transport de marchandises illicites était un métier à risques. Ils craignaient de susciter les convoitises. Dévoiler que l'on s'apprêtait à acheminer une importante quantité de cocaïne, c'était prendre le risque de voir son appareil détourné.

Les deux ascenseurs étant hors-service, Ryan gravit péniblement les marches menant au troisième étage. Avant de devenir le quartier général du Clan Aramov, le Kremlin avait abrité une garnison de l'armée de l'air soviétique. Les anciens dortoirs avaient été grossièrement divisés en appartements à l'aide de minces cloisons de plâtre. Les toilettes et les douches exhalaient une puanteur tenace où se mêlaient effluves d'égout et relents de tabac froid que l'on ne pouvait dissiper qu'en gardant sa fenêtre ouverte. Or, en ce mois de novembre, la température extérieure ne dépassait pas zéro degré.

Malgré ces nombreux désagréments, l'appartement bas de plafond que Ryan avait partagé avec Kazakov était plutôt douillet. Ils avaient neutralisé le néon vissé au plafond et s'étaient procuré des lampes offrant une lumière moins crue. Les meubles et la kitchenette, de style purement soviétique, conféraient aux lieux un cachet anachronique.

Ryan avait écumé les boutiques de matériel électronique du bazar Dordoï, dans la ville voisine de Bichkek, et s'était offert les objets de contrefaçon les plus laids qu'il ait pu dénicher.

Il était particulièrement fier de sa station d'accueil pour iPod Nanasonic, de sa télévision Sony orange à karaoké intégré et de son portable Dell, ou Toshiba, selon que l'on se référait au logo placé au verso de l'écran ou à l'autocollant apposé sur le clavier.

Il gratta une allumette et alluma une bougie parfumée. Il en avait acheté une quantité industrielle de façon à dissiper la puanteur ambiante et à pallier les coupures électriques qui frappaient le Kremlin au moins deux fois par semaine.

Ryan considéra longuement les affaires de Kazakov éparpillées dans l'appartement, puis il décida qu'il valait mieux les trier sans plus attendre. Le cœur serré, il plaça vêtements, bottes et effets sans valeur dans un grand sac-poubelle. Il rangea un rasoir coupe-chou à manche d'ivoire, une paire de lunettes de soleil Oakley et un petit album de photos dans une valise à roulettes. Ryan doutait que quiconque les réclame jamais, mais il se sentait incapable de faire disparaître toute trace de son coéquipier moins d'une semaine après sa disparition.

En théorie, Natalka se trouvait au collège, mais elle séchait si fréquemment les cours qu'il décida d'aller frapper à la porte située au bout du couloir. Il se trouva confronté à sa mère, Dimitra, l'une des trois femmes pilotes employées par le Clan Aramov. Elle était trapue et affichait des manières un peu viriles afin de se fondre dans l'univers masculin du Kremlin, mais elle était bienveillante et attentive au bien-être de sa fille.

Alors que la plupart des membres du personnel vivaient loin de leur famille demeurée en Ukraine ou en Russie, Dimitra et Natalka partageaient un appartement plus vaste que celui de Ryan, situé à distance respectable des toilettes communes. Il disposait d'une grande fenêtre d'angle et d'un balcon de béton craquelé que seules des barres d'acier rouillées maintenaient en place, et sur lequel nul n'osait plus s'aventurer.

— Je ne voulais pas vous réveiller, dit Ryan en constatant que la femme portait une robe de chambre.

— Mais non, ne t'inquiète pas, répondit-elle en désignant un uniforme élimé placé sur le dossier d'une chaise. Je dois décoller dans moins d'une heure.

Ryan se réjouissait à l'avance de pouvoir profiter de l'appartement avec Natalka en l'absence de sa mère.

— Tu veux du café ? demanda Dimitra en se déplaçant vers la cuisinière. Tu sais, j'ai appris, pour ton père. Je suis vraiment navrée...

— Oh, vous êtes au courant ? On m'avait pourtant demandé de ne rien dire à personne.

— Tu sais, je vis ici depuis si longtemps... Mais nous ne devons pas être très nombreux à savoir. Que vas-tu faire, à présent ?

Ryan haussa les épaules. En vérité, il se réjouissait que Dimitra le prenne en pitié, car elle constituait une excellente source d'informations.

— Je ne sais pas trop. Quand je me suis retrouvé seul en Amérique, j'ai contacté un associé du Clan à New

York, et on m'a ramené ici. J'imagine que les Aramov vont me trouver des petits boulots.

— Et ta famille ? Tu n'as pas de mère ? Pas de tante ? Pas de grands-parents ?

Ryan secoua la tête.

— Il paraît que j'ai des cousins en Ukraine, mais je ne les ai jamais rencontrés. Je vivais seul avec mon père depuis des années.

— De toi à moi, Josef Aramov est entièrement responsable de ce qui s'est passé. Comment a-t-il pu accepter de louer un avion à des terroristes ? Cette affaire va nous attirer les pires ennuis. Ce ne serait jamais arrivé si Irena ou Leonid étaient encore aux manettes.

— Tous les membres du Clan sont de votre avis ? demanda Ryan.

— C'est un faible et un imbécile, répondit Dimitra en tendant à Ryan une tasse de café noir. Cette année, nous avons perdu huit appareils, soit dix pour cent de notre flotte. Selon certaines rumeurs, plusieurs employés envisagent de quitter l'organisation pour rejoindre Leonid.

Ryan savait que la disparition des huit avions faisait partie du plan de démantèlement progressif mis en œuvre par l'ULFT, mais l'inquiétude manifestée par Dimitra démontrait qu'il existait une réelle possibilité que les équipages quittent le Clan ou, pire, disparaissent avec des appareils et forment un nouveau réseau de contrebande.

— Leonid ? s'étonna Ryan. Qu'est-il devenu, celui-là, depuis que sa mère lui a coupé une oreille et l'a chassé du pays ?

— Aucune idée. Je n'ai jamais été très proche de lui, mais il a encore beaucoup de soutiens au sein du Kremlin.

— J'ai entendu dire qu'il se trouvait en Russie.

— Alors tu en sais plus que moi, sourit Dimitra en terminant son café. Je serai de retour vendredi. À ce moment-là, je verrai ce que je peux faire pour te trouver du boulot. Mais maintenant, il faut que je me prépare.

Ryan salua Dimitra puis se rendit au foyer du rez-de-chaussée. Natalka possédait un téléphone mobile, mais le Clan employait des brouilleurs électroniques afin de perturber le réseau GSM aux environs du Kremlin. Il commanda un Coca et consulta le menu du jour. Dans la plus pure tradition soviétique, il ne proposait que deux plats : de la soupe à la tomate et de la pizza réchauffée au micro-ondes.

— Salut ! lança Natalka, qui venait de descendre du bus scolaire.

Elle portait un anorak et une écharpe qui masquait la partie inférieure de son visage, mais Ryan pouvait deviner sa silhouette élancée et son petit nez constellé de taches de rousseur.

André, onze ans, le plus jeune fils de Leonid Aramov, lui adressa un signe de la main avant de s'engager dans l'escalier.

— Je suis désolée pour ton père, dit Natalka.

Elle caressa les cheveux de Ryan puis déposa un baiser sur ses lèvres.

— Tu dois être tellement malheureux... soupira-t-elle.

— Ça me fait du bien de te retrouver, dit-il avant de la serrer dans ses bras.

Dimitra n'ayant pas encore quitté le Kremlin, ils s'enfermèrent dans la chambre de Ryan. Quand Natalka eut ôté son anorak, son écharpe et ses bottes, ils roulèrent sur le lit et s'étreignirent passionnément. À l'extérieur, des bourrasques battaient les murs du bâtiment. La télévision diffusait un épisode de *Transformers*, mais l'un comme l'autre ne se sentaient pas le courage de se lever pour récupérer la télécommande.

— On pourrait foutre le camp, dit-elle en promenant un orteil sur la cheville de Ryan. Ton père n'est plus là et ma mère n'en a rien à foutre de ma gueule.

— N'importe quoi. Ta mère est cool, et elle t'adore.

— Ouais, ouais, murmura Natalka, les yeux dans le vague. N'empêche, je nous verrais bien loin d'ici, dans un pays chaud. On traînerait au bord de la mer, on dînerait dans de super restaurants et on se dorerait au soleil.

— Arrête, tu m'excites, gloussa Ryan en glissant une main entre les cuisses de sa petite amie.

Elle se déroba puis lui donna un baiser chaste.

— Pour ça, on verra plus tard, quand on sera dans les îles...

— Ils vendent des lampes à bronzer, au bazar, plaisanta-t-il.

— Je n'ai rien mangé de la journée, dit Natalka avant de sauter du lit. Il te reste quelque chose à grignoter ?

Elle se traîna jusqu'à la kitchenette et inspecta le contenu du réfrigérateur.

— Gagné ! s'exclama-t-elle en brandissant une boîte de six œufs. Je vais nous préparer une super omelette.

Ryan appréciait la présence de Natalka. Elle était drôle et désirable. Cependant, ces retrouvailles, dont il avait tant rêvé, lui laissaient un goût amer. Une seule pensée occupait son esprit : il ne passerait que quelques semaines au Kremlin. Dès qu'il aurait regagné le campus, elle disparaîtrait à jamais de sa vie.

20. Révélation

André, onze ans, était le petit-fils d'Irena Aramov et le fils cadet de Leonid Aramov, héritier déchu coupable d'avoir commandité l'assassinat de sa sœur et tenté d'éliminer sa propre mère.

S'il portait le nom de famille le plus redouté du Kirghizistan, il avait hérité de sa mère Tamara un tempérament pacifique et enthousiaste. Lorsque Leonid avait été chassé du Clan avec ses fils aînés Boris et Alex, André et sa mère avaient été autorisés à demeurer au Kremlin.

Ryan n'avait pas beaucoup d'atomes crochus avec André, mais les résidents en âge d'être scolarisés étaient peu nombreux, et il leur arrivait de traîner ensemble, faute de mieux.

Cependant, la fréquentation du plus jeune membre du Clan n'avait pas que des mauvais côtés. Il vivait au dernier étage, un véritable palais en comparaison des niveaux inférieurs. Ses occupants disposaient d'une connexion Internet haut débit et de trois cents chaînes TV par satellite. En outre, André possédait la quasi-totalité des jeux pour PlayStation 3.

Ryan et Natalka descendirent du bus scolaire et se dirigèrent vers les portes du Kremlin.

— Pourquoi as-tu accepté son invitation ? chuchota Ryan en désignant André, qui trottinait devant eux. Tu ne crois pas qu'on a mieux à faire ?

— Je ne suis pas ta chose, répondit Natalka. En plus, Leonid a laissé dix cartouches de clopes dans son appartement, et comme je n'ai plus un rond…

Ryan leva les yeux au ciel. Il adorait Natalka, mais ses défauts étaient parfois difficiles à tolérer. Elle fumait comme un pompier et n'avait strictement aucun scrupule. Il lui arrivait de flirter avec des individus nettement plus âgés dans le seul but de se faire payer un verre. Ce jour-là, elle avait accepté l'invitation d'André afin de puiser dans le stock de cigarettes de son père.

— Oh, arrête de bouder, gronda-t-elle, ou je te donnerai une bonne raison de faire la gueule.

Lorsqu'ils se trouvèrent dans l'ascenseur en compagnie d'André, consciente que sa remarque avait pu blesser Ryan, elle glissa une main sous son blouson puis posa l'autre sur ses fesses.

— Eh, maman, on a de la compagnie ! cria André en déboulant dans l'appartement.

En dépit des milliards de dollars que le Clan avait amassés en trente années d'activités, les lieux n'étaient ni vastes ni luxueux.

— Vous resterez dîner ? demanda Tamara à l'adresse des deux adolescents.

Cette petite femme aux traits eurasiens consacrait sa vie à l'éducation de son fils. Il obtenait d'elle tout ce qu'il voulait, jouets et gadgets électroniques, et se régalait quotidiennement de délicieux plats mijotés.

— Oui, volontiers, lança Natalka en suspendant son anorak au portemanteau. Honnêtement, je suis morte de faim.

André rejoignit sa chambre, alluma télé et PlayStation 3 puis configura les préférences de FIFA 12 de façon à disputer un tournoi à trois joueurs. Une heure plus tard, alors que la compétition faisait rage, une délicieuse odeur de viande rôtie s'échappa de la cuisine.

— Dis donc, ça sent drôlement bon ! lança joyeusement Amy en entrant dans l'appartement.

Si Ryan et Kazakov avaient infiltré le Clan au plus bas niveau hiérarchique, Amy, conformément à son scénario de couverture, se faisait passer pour la petite amie de Josef Aramov, l'individu falot et intellectuellement limité qui, en tant que dernier représentant adulte de la famille, occupait la tête de l'organisation. Lorsque l'ULFT en avait pris les commandes, le Dr D avait fait de lui son homme de paille en échange de l'immunité judiciaire et de l'obtention d'une nouvelle identité dès que l'opération de démantèlement serait achevée.

— Je voudrais parler à Ryan en privé, dit Amy. C'est au sujet de son père…

Elle s'isola dans le couloir avec son coéquipier, à une vingtaine de mètres de la porte de l'appartement.

— Ton retour s'est bien passé ? demanda-t-elle.

Ryan haussa les épaules.

— Pas trop mal. Mais les gens sont nerveux, en bas. Tout le monde sait que c'est un avion du Clan qui a explosé, dans l'Alabama. Ils redoutent des représailles américaines.

— Ils n'ont pas tort, sourit Amy. Un gros coup est en préparation. Quatre avions du Clan chargés d'armes à destination de l'Afrique vont être interceptés par l'US Air Force sous mandat des États-Unis.

— Fais attention. Les employés parlent de mutinerie, au foyer. Selon certaines rumeurs, Leonid est en train de monter un réseau rival. Il aurait l'intention de s'emparer des meilleurs avions avant que Josef ne foute le Clan par terre. Plusieurs équipages auraient déjà accepté de le rejoindre.

— Rien de plus tangible que des rumeurs ?

— Non, dit Ryan. Kazakov avait de nombreuses relations, des types avec qui il se soûlait au bar. Moi, je ne les connais pas vraiment. Tu as repris contact avec Dan ?

Dan, dix-huit ans, était l'un des hommes de main du Clan. Amy en avait fait un informateur.

— Ses observations rejoignent les tiennes, répondit Amy. Des rumeurs, mais rien de concret.

— L'idéal, ce serait de retrouver Leonid et de le mettre hors d'état de nuire, suggéra Ryan.

— En effet. Où qu'il se trouve, il continuera à nous causer des problèmes. Mais notre priorité reste le démantèlement du Clan et la collecte d'informations concernant les groupes criminels qui font appel à ses services.

Amy marqua une pause avant de détailler le nouveau plan de l'ULFT.

— Lorsqu'ils apprendront que quatre appareils ont été saisis par les Américains en Afrique, les employés vont se mettre à flipper. Josef annoncera que seules les opérations vitales à la survie du Clan sont maintenues, et que chacun est libre de quitter la base en attendant que les choses se tassent. Leur paye sera provisoirement maintenue, bien entendu.

— Ils partiront avec les avions ? demanda Ryan.

— Mais non, voyons. Les appareils resteront ici. Les membres d'équipage recevront leur salaire pendant quelques mois, mais l'organisation ne reprendra jamais ses activités.

— OK, ça tient debout.

— Ryan, je dois t'informer que je n'aurai plus besoin de toi quand le plan sera mis en place.

— Je ne pourrai pas rester au moins jusqu'à Noël ?

— Pas de panique, sourit Amy. Tu auras tes six semaines, comme prévu. Mais je préférerais que les choses n'aillent pas trop loin entre Natalka et toi. Tu dois te souvenir que votre relation est provisoire. De quoi aurais-je l'air, si je te ramène au campus le cœur en miettes ?

Ryan baissa les yeux.

— L'entraînement que j'ai reçu devrait me permettre de contrôler mes émotions, mais je suis raide dingue de cette fille. Je n'ai rien fait pour que ça se produise, mais c'est comme ça, je n'y peux rien.

Amy posa une main sur l'épaule de son coéquipier.

— Rassure-toi, tu n'es pas le premier agent de CHERUB à te trouver dans cette situation. Les adolescents sont de vrais cœurs d'artichaut, et les instructeurs n'ont pas encore trouvé de parade à ce phénomène.

— J'essaye de ne pas penser à notre séparation. Je ne veux pas gâcher le peu de temps qui nous reste.

À cet instant, Tamara passa la tête dans le couloir.

— J'ai préparé du canard rôti, lança-t-elle. Amy, aimerais-tu te joindre à nous pour le dîner ?

...

Leur repas achevé, Ryan et Natalka regagnèrent le troisième étage. André s'isola dans sa chambre pour regarder la télévision. Tamara, qui menait une vie solitaire depuis que son mari avait été chassé du Kremlin, semblait apprécier la compagnie d'Amy. Les deux femmes terminèrent leur bouteille de vin puis placèrent assiettes, verres et couverts dans le lave-vaisselle.

— Je sais que tu n'es pas vraiment la petite amie de Josef, annonça Tamara.

Malgré le trouble que lui causait cette révélation, Amy s'efforça d'afficher une expression impassible.

— Qu'est-ce que tu veux dire ?

— J'ai commis une énorme erreur en épousant Leonid Aramov, mais je ne suis pas idiote pour autant. Je t'ai entendu parler à Ryan. J'ai appris qu'Irena se trouvait aux États-Unis pour suivre un traitement contre le cancer. Quant à ta relation avec Josef... Sérieusement, il peut à peine enchaîner trois phrases, le pauvre. Bref, je sais que c'est toi qui contrôles le Clan, quel que soit le gouvernement pour lequel tu travailles.

Amy considéra fixement son interlocutrice. Comment pouvait-elle être aussi bien informée ?

— Tu veux mettre Leonid hors d'état de nuire, n'est-ce pas ? ajouta Tamara.

— Oh, je comprends. Il y a des micros cachés.

— Exact. Leonid en a truffé tout l'étage. Mais tu n'as pas à t'inquiéter. Je suis la seule à être au courant.

— Très bien, lâcha Amy. Qu'est-ce que tu attends de moi ?

— Quand le Clan sera démantelé, je me retrouverai seule avec André. Je serai sans un sou, et je n'ai nulle part où aller. Leonid fait une fixation sur moi depuis que j'ai quinze ans. S'il est encore en vie, il fera tout pour me récupérer. Après notre divorce, il m'a forcée à rester ici, parce que l'idée que je refasse ma vie lui est insupportable.

— Je pourrais sans doute intervenir en ta faveur, dit Amy. Oh, ne t'attends pas à recevoir une fortune, mais vous obtiendrez une nouvelle identité et assez d'argent pour repartir du bon pied.

— J'ai de la famille en Russie, expliqua Tamara. Une mère, des frères, des neveux, des nièces. Si je disparais, Leonid pourrait s'en prendre à eux.

— Je regrette, mais je ne peux pas aider tous ces gens.

— Je sais bien. Mais tu cherches à le localiser, et moi, je veux qu'il disparaisse de ma vie. Alors je suis prête à t'aider à l'arrêter, ou à le liquider.

— Tu sais où il se trouve ? demanda Amy.

Tamara secoua la tête.

— Ce n'est pas si simple. Mais avant qu'Irena ne chasse Leonid, il me mettait la pression pour qu'on se remarie. S'il apprend que j'ai besoin d'aide, je suis certaine qu'il trouvera un moyen de me contacter.

— Qu'est-ce que tu as en tête ?

— Il faut lui faire croire que je suis en danger, ou que j'ai été mise à la porte du Kremlin sans un sou. Quelque chose comme ça.

— As-tu un moyen de le joindre ?

— Pas directement. Irena a expulsé tous ses complices, mais un détail lui a échappé. Leonid est complètement parano. Il y a des années, il a chargé un type de surveiller ses propres hommes. Et ce mouchard se trouve toujours ici même, au Kremlin.

— Quel est son nom ? demanda Amy.

— Igor, répondit Tamara.

21. Labyrinthe

Le samedi matin, Ryan retrouva Amy dans l'un des bureaux du quatrième étage. C'était une ancienne salle de commandement disposant d'une immense table permettant le déploiement de cartes d'état-major. Des décennies durant, des généraux soviétiques y avaient établi le plan de vol des avions espions chargés de survoler l'Europe de l'Ouest, au-delà du rideau de fer.

Chaussé de baskets détrempées, Ryan portait un long sweat-shirt et un pantalon de survêtement.

— Tu sens le chien mouillé, marmonna Amy.

— J'ai fait une séance de musculation et cinq kilomètres de footing. Ce n'est pas une partie de plaisir, avec ce froid, mais il est hors de question que j'échoue aux tests physiques à mon retour au campus.

— Tu es tellement raisonnable. Moi, une fois, je me suis gravement relâchée lors d'une de mes premières missions. Pour retrouver le statut opérationnel, j'ai dû me lever à six heures du matin tous les jours pendant deux mois pour participer à des séances de remise en forme.

— Puisqu'on parle de relâchement, j'imagine que tu t'es assurée que cette salle n'était pas sur écoute ? sourit Ryan.

— Arrête, j'ai tellement honte…

— T'inquiète, tout le monde peut commettre une erreur. Et la tienne nous a été très profitable.

Amy posa un dossier sur la table puis le fit glisser vers son coéquipier.

— Igor Mutko, dit-elle. Selon Tamara, il s'agit de l'espion de Leonid Aramov.

L'homme d'une trentaine d'années dont la photo était agrafée à la couverture présentait des traits typiquement russes. Il était plutôt séduisant, large d'épaules, le front barré d'une frange sophistiquée qui lui donnait des airs de chanteur pour adolescentes.

— Je l'ai déjà croisé, annonça Ryan. Sympa, mais très porté sur la bouteille. Kazakov a disputé quelques parties de poker avec lui.

Au fil des pages, il découvrit le dossier militaire d'Igor. Il ne contenait rien de particulier, à l'exception d'une lettre de recommandation concernant l'obtention de la médaille du courage, une demande qui avait été rejetée.

— Ce type n'a rien d'un héros de guerre, fit observer Ryan. Je me demande ce qui a pu pousser Leonid à faire appel à ses services.

— Il faisait peut-être partie du FSB, le Bureau de sécurité fédérale russe, dit Amy. Nous n'avons malheureusement pas accès à ces informations. Quoi qu'il en soit, je doute que nous ayons affaire à un amateur.

— Quel est son poste officiel dans l'organisation ?

— En théorie, il fait partie de l'équipe de déneigement. Mon œil.

Durant l'hiver, des employés travaillaient sans relâche pour maintenir la piste en état et éviter que la glace ne se forme sur les ailes des appareils. Contrairement aux pilotes et aux mécaniciens, qui venaient pour la plupart de Russie ou d'Ukraine, cette main-d'œuvre faiblement qualifiée chargée d'intervenir dans des conditions météorologiques extrêmes était composée de paysans kirghiz.

— Il a l'air plutôt élégant, dit Ryan. Les membres de l'équipe de déneigement passent leur vie sur les pistes. Ils ne franchissent les portes du Kremlin que pour toucher leur paye. Ils sont plutôt… rustiques.

— J'aurais dû détecter cette anomalie depuis des mois, soupira Amy. Mais je n'ai jamais épluché les registres de paye.

Ryan lui adressa un clin d'œil complice.

— Le Clan compte plus de trois cents membres d'équipage. Ajoute à ça les mécaniciens, les cuistots, les employés administratifs, le personnel d'entretien, les épouses et les enfants, ce sont sept cents personnes qui vont et viennent dans cette baraque. Il est impossible de les tenir toutes sous surveillance.

— Nous devons découvrir la façon dont Igor communique avec Leonid, alors qu'Internet est bridé, les lignes fixes placées sur écoute et le signal GSM brouillé.

— Il y a des dizaines de cybercafés au bazar Dordoï, dit Ryan, et davantage au centre de Bichkek. En plus, il suffit de quitter la vallée pour accrocher le réseau.

— J'ai posé quelques questions à gauche et à droite. Apparemment, Igor cherche à entretenir de bonnes relations avec tout le monde. Il offre tournée générale sur tournée générale et laisse ses adversaires gagner au poker. Selon Dan, il passe son temps à déposer des employés à Bichkek et se charge de certaines questions d'intendance.

— D'intendance ?

— Par exemple, il lui arrive de remplir le frigo des membres d'équipage en leur absence ou de déposer leur linge à la laverie. En échange, il se contente de quelques soms[1] pour payer l'essence, ou d'un verre de vodka. Mais il présente toujours ces services comme des gestes d'amitié.

Ryan hocha la tête.

— Igor soigne son image auprès des pilotes, ce qui doit favoriser les confidences.

— Voilà qui est parfaitement résumé, sourit Amy.

— Difficile de le filer jusqu'à Bichkek sans se faire repérer. D'un autre côté, le bazar est tellement vaste

---

1. Le som est la monnaie officielle du Kirghizistan. (NdT)

qu'il sera impossible de le retrouver une fois qu'il se sera fondu dans la foule.

— J'ai déjà réfléchi à ce problème. Dan a confié à Igor un essuie-glace cassé pour qu'il trouve le modèle identique…

— Et tu y as placé un mouchard, pas vrai ?

— Pas plus gros qu'un bouton de chemise, sourit Amy. Son rayon d'action ne dépasse pas un kilomètre, mais il nous permettra de filer Igor dans les allées du bazar tout en gardant nos distances. Il nous mènera à un cybercafé, à un bar disposant d'une connexion Wifi ou à l'endroit d'où il passe ses coups de fil. Dès que nous saurons à quoi nous en tenir, nous pourrons intercepter ses signaux, tracer son téléphone et découvrir ses identifiants Internet. Avec un peu de chance, il nous conduira à Leonid.

— As-tu envisagé de perquisitionner son appartement ? demanda Ryan.

— Il a dû prendre ses dispositions. Je ne le crois pas assez stupide pour laisser traîner des pièces à conviction.

•:•

Trois heures plus tard, Ryan traînait dans le bazar Dordoï en grignotant un naan. Le marché, qui occupait une surface d'un kilomètre sur deux, était le plus vaste d'Asie centrale. C'était un lieu d'approvisionnement pour les clients locaux, mais aussi une plaque tournante du commerce régional.

Il rassemblait plus de huit mille boutiques établies dans des containers entassés sur deux niveaux. En ce début de week-end, la foule était si dense qu'il était difficile de mettre un pied devant l'autre.

Ryan sentit son iPhone vibrer dans sa poche.

— Eh, t'es passé où ? grogna Natalka. On est samedi, je te signale. Je pensais qu'on passerait la journée ensemble.

Ryan avait quitté discrètement le Kremlin avant de rejoindre Bichkek à bord de l'un des vieux taxis qui stationnaient en permanence devant le bâtiment. Il s'attendait à cet appel et avait une excuse toute prête.

— Je n'arrêtais pas de penser à mon père, dit-il, alors je suis allé me balader.

— Oh, je suis désolée. Où te trouves-tu ?

— Au bazar. Je te ramènerai un petit cadeau.

— Des cigarettes ? se réjouit Natalka.

— Ne compte pas sur moi pour t'aider à choper le cancer.

— Je pourrais attraper un taxi et te rejoindre…

— Ne le prends pas mal, Natalka, mais je préfère rester seul. On se retrouve plus tard ?

— OK, soupira Natalka. Ma mère ne rentre que demain. Elle nous a laissé à peu près trente litres de soupe.

Ryan éclata de rire.

— C'est vraiment gentil de sa part d'avoir pensé à moi, mais franchement, je préférerais bouffer mes rognures d'ongles des pieds.

— Je comprends, s'esclaffa Natalka. Je revendrai ce qui reste à un peintre en bâtiment.

Un discret signal sonore se fit entendre dans la poche de Ryan.

— Attends, je te reçois mal, là, dit-il. On se voit plus tard. Je vais essayer de nous trouver un DVD pour ce soir. Je t'aime.

— Moi aussi, je t'aime !

Ryan se glissa entre deux boutiques et lança l'application permettant de lire les informations émises par le mouchard d'Igor.

Deux points apparurent à l'écran, signe que les innombrables cabines métalliques dédoublaient le signal : Igor se trouvait-il à deux cents mètres à l'est ou à quatre cents mètres au nord-ouest ?

Ryan fréquentait le bazar au moins une fois par semaine depuis qu'il vivait au Kremlin, mais il s'était toujours senti désorienté dans ce labyrinthe de containers strictement identiques. Il rejoignit une allée moins fréquentée où étaient rassemblées les bijouteries et les horlogeries, puis déboucha sur des étals de vente à emporter installés au centre d'une des artères principales du marché.

Cinq secondes plus tard, les deux points figurant sur l'écran se rejoignirent. Sa cible se trouvait à moins de dix mètres de sa position. Il scruta la foule, puis repéra

Igor au fond de la boutique d'un coiffeur, assis sur un tabouret, une serviette à carreaux nouée autour du cou. Derrière lui, un Kirghiz d'une soixantaine d'années manipulait une paire de ciseaux.

Ryan recula de quelques pas de façon à se fondre dans la cohue puis s'adossa innocemment à la paroi rouillée d'un container.

Igor quitta l'échoppe dix minutes plus tard, un mouchoir plaqué sur sa nuque rougie par le feu du rasoir, et se mêla au flot des promeneurs. Ryan aurait pu le suivre tout en restant hors de son champ de vision, mais il lui fallait aussi surveiller son comportement.

Après avoir acheté des fruits et des légumes, sa cible s'offrit un verre de thé et une pâtisserie puis se dirigea vers une zone que Ryan n'avait jusqu'alors jamais visitée. Elle était occupée par des commerçants chinois en articles de gros. Leurs vitrines proposaient une multitude d'objets de contrefaçon, des calendriers d'équipes de football européennes aux réveils électroniques Hello Kitty.

Les rares clients, des hommes d'affaires en costume-cravate, marchandaient avec acharnement. Ryan ne se sentait pas à sa place. Conscient que son allure juvénile attirait tous les regards, il dut se résoudre à laisser Igor prendre de l'avance et à suivre sa progression sur l'écran de l'iPhone.

Deux cents mètres plus loin, il découvrit une cinquantaine de containers dont les parois étaient ornées de logos de constructeurs automobiles. Des guirlandes constituées de fil de fer et d'enjoliveurs se balançaient au-dessus de sa tête.

Tandis que Ryan étudiait l'écran de son téléphone mobile, Igor sortit d'une boutique Lada située à moins de dix mètres de sa position. Il s'étonna de voir le point figé sur l'écran, puis il supposa que sa proie, chargée de sacs, avait abandonné l'essuie-glace défectueux.

Désormais, il ne pouvait plus se fier qu'à sa vue. Il redoutait d'être détecté, mais excluait de rentrer bredouille au Kremlin. Aussi décida-t-il de poursuivre sa traque pendant quelques minutes.

Chargé d'un sac à dos et de deux énormes cabas, Igor rejoignit le parking, mais au lieu de monter à bord de son break Toyota, il plaça ses achats dans le coffre puis s'engouffra dans un café situé derrière la gare routière du bazar.

Ryan patienta quelques secondes avant d'y entrer à son tour. Il dénombra cinquante tables, mais seulement six clients. Juchées sur un podium, deux danseuses au physique peu avantageux se déhanchaient. Des jeunes femmes légèrement vêtues et outrageusement maquillées occupaient les tabourets alignés devant le bar. Il considéra leur maigreur et en déduisit qu'il s'agissait de toxicomanes.

Installé à une table à côté de la scène, Igor s'entretenait avec un Russe aux cheveux blonds, aux épaules larges et au nez cassé. Ryan s'assit près de la porte de façon à pouvoir observer l'ensemble de la salle. Une serveuse plantureuse vint à sa rencontre et lâcha d'une voix mécanique :

— Je suis Lulu, votre hôtesse. Vous buvez quelque chose ?

— Un Coca, répondit-il sans cesser d'épier les deux hommes.

La jeune femme inscrivit la commande sur un calepin puis désigna le bar.

— L'une de nos filles est-elle à votre goût ?

— Oh, je ne pensais pas qu'il s'agissait de ce genre d'établissement... Je ne suis pas... Je veux dire, est-ce qu'il est possible de prendre un verre, tout simplement, pendant que j'attends mon bus ?

Lulu lui adressa un clin d'œil.

— Nous sommes dans un pays libre, dit-elle. Mais tu ne devrais pas être aussi timide, mon grand. Appelle-moi si tu veux qu'une fille te tienne compagnie.

— Non, vraiment, ça ira. J'ai déjà une copine.

Dès que la serveuse eut tourné les talons, il se concentra sur Igor et l'homme au nez cassé. Le premier posa des papiers sur la table. Le second lui remit une liasse de billets.

Jusqu'alors, Ryan pensait que Leonid Aramov communiquait avec ses complices grâce aux technologies modernes, mais l'héritier déchu du Clan avait perdu l'essentiel de sa fortune lorsque l'ULFT avait pris le contrôle de ses comptes bancaires en ligne. À l'évidence, il avait retenu la leçon et s'était tourné vers des méthodes plus traditionnelles.

— Votre Coca, dit la serveuse en posant sur la table une canette et une facture annonçant un montant trois fois supérieur au coût d'un soda dans un établissement ordinaire.

Ryan était impatient de prendre une photo de l'interlocuteur d'Igor, mais par souci de discrétion, il préféra ranger son iPhone et utiliser l'appareil de la taille d'un morceau de sucre que lui avaient fourni les services techniques de CHERUB. Tout en portant le verre à ses lèvres, il effectua trois clichés.

Quelques secondes plus tard, les deux hommes se levèrent puis échangèrent une accolade. L'inconnu se glissa derrière le bar. Igor se dirigea droit vers Ryan.

Il s'exprima d'une voix blanche, ni amicale ni hostile.

— Je t'ai vu dans le miroir, quand j'étais chez le coiffeur. Puis dans le rétroviseur, quand j'étais sur le parking.

— Je vous connais, répondit Ryan, malgré l'effroi que lui causait cette confrontation. Vous habitez au Kremlin. Je vous ai vu jouer au poker avec mon père.

— Ah, tu es le fils de Kazakov... J'ai appris ce qui lui était arrivé. Toutes mes condoléances, mon garçon.

Ryan haussa les épaules et scruta le fond de son verre.

— Ouais. Bon. C'est comme ça.

— Tu n'as pas acheté grand-chose, pour quelqu'un qui vient de passer des heures à traîner dans le bazar, fit observer Igor.

— Je n'ai pas beaucoup d'argent. Mon père m'a laissé quelques milliers de dollars, mais l'avenir est plutôt flou. Je me suis juste baladé.

— Mais pourquoi es-tu entré dans ce bar ?

— On m'a dit qu'on pouvait y trouver des filles. Je pensais que ça me consolerait.

— Je ne suis pas sûr que tu aies frappé à la bonne porte, sourit Igor. Si tu veux t'envoyer en l'air, je peux te conseiller une centaine d'autres endroits où tu en auras vraiment pour ton argent.

Ryan désigna les filles alignées devant le bar.

— À vrai dire, je serais prêt à casser ma tirelire pour que ces toxicos se rhabillent. Elles vont finir par me filer des cauchemars.

Igor éclata de rire puis posa un billet de dix soms sur la table.

— Si tu as l'intention de rentrer au Kremlin, je peux te raccompagner.

— OK, pas de refus, sourit Ryan. C'est super sympa.

22. Beau gosse

— Igor n'a pas arrêté de me poser des questions sur ce qui s'est passé aux États-Unis. Je n'ai pas dit grand-chose, juste que nous avons perdu l'argent d'Irena et que je me suis rendu à New York en bus pour retrouver le contact du Clan après la mort de Kazakov.

Ryan venait de rejoindre Amy dans la salle des cartes. Cette dernière connecta l'appareil photo miniaturisé à son ordinateur portable.

— Salut, beau gosse, sourit-elle lorsque le premier cliché de l'inconnu apparut à l'écran.

— Tu le connais ? demanda Ryan. Je trouve qu'il res-semble à Igor. Tu crois qu'ils sont frères ?

— Je ne sais pas, marmonna Amy en zoomant sur le visage du Russe au nez cassé. Tu te souviens du jour de l'explosion, sur la plage ?

— C'est un moment que je ne suis pas près d'oublier.

Lors de la première phase de la mission, il s'était ins-tallé dans une luxueuse villa voisine de celle de Galenka Aramov, la fille d'Irena. Il avait alors pour mission de se lier à son fils Ethan et de rassembler des informations concernant le Clan. L'opération avait pris fin brutalement lorsque deux tueurs avaient débarqué à bord d'un canot pneumatique, assassiné Galenka et piégé sa maison. Ethan n'avait dû sa survie qu'à l'intervention de Ryan, qui l'avait aidé à fuir quelques minutes avant l'explosion.

— Quand Ethan s'est trouvé hors de danger, expliqua Amy, je suis retournée me poster à l'extérieur pour surveiller la villa de Galenka et j'ai aperçu les deux tueurs, pendant qu'ils retournaient vers le canot. Et je pense qu'Igor était l'un d'eux. Son visage est très caractéristique, mais je ne peux pas être sûre à cent pour cent... Quoi qu'il en soit, Ethan a vu les assassins bien mieux que moi. Je vais transmettre la photo à Ted Brasker, qui la lui montrera pour confirmation.

— Et ensuite ?

— Je vais me renseigner sur Mr Nez Cassé, mais ça ne va pas être facile, vu que je suis seule à pouvoir enquêter à l'extérieur du Kremlin.

— Tu ne peux pas demander des renforts ?

Amy secoua la tête.

— Nous avons été chargés de démanteler le Clan, pas de traquer Leonid. Je doute qu'on nous attribue des agents pour mener une opération de renseignement sans lien direct avec notre ordre de mission.

— Je croyais pourtant que le Dr D n'avait pas renoncé à le capturer.

— Ça, je n'en doute pas, mais elle quittera ses fonctions dans quelques semaines, et ses supérieurs hiérarchiques de la CIA surveillent ses moindres faits et gestes.

— Dans ce cas, nous pourrions faire appel à CHERUB. Pendant la réunion, Zara a montré qu'elle était dans notre camp.

— Ma foi, je n'avais pas envisagé cette possibilité. Décidément, que ferais-je sans toi ?

Ryan, que les charmes d'Amy ne laissaient pas indifférent, rougit à ce compliment.

— Sur la route du retour, Igor m'a posé un tas de questions sur les gens du Kremlin. Quand je lui ai expliqué que je fréquentais André Aramov, il a manifesté des signes de nervosité. Il m'a demandé de lui transmettre toute information le concernant, et il a précisé qu'il se montrerait généreux.

— Excellent. Tamara est convaincue que Leonid prendra contact avec elle s'il apprend qu'elle a des ennuis.

— Du coup, il n'y a plus qu'à servir à Igor une histoire inventée de toutes pièces.

— Pas encore, répondit Amy. Pour l'instant, contente-toi de te montrer amical avec lui. Si tu vas trop vite, tu risques d'éveiller ses soupçons. Je dois m'entretenir avec Zara. Avec son expérience, elle nous aidera à jouer ce coup en finesse. Nous devons forcer Leonid à sortir de son terrier, mais compte tenu de son caractère violent, il nous faudra adopter une stratégie qui ne menace pas la sécurité d'André et de Tamara.

Le lendemain matin, Zara Asker frappa à la porte de l'appartement de James.

— Une minute, je suis à poil ! cria ce dernier.

Il accueillit la directrice en peignoir, les cheveux trempés et la mine renfrognée.

— Comment vas-tu ? demanda Zara. Oh, tu ne m'as pas l'air très en forme.

Un désordre indescriptible régnait dans la pièce. Des fragments de céramique étaient éparpillés sur la moquette. Parmi eux, Zara reconnut l'anse d'une tasse, puis elle remarqua une large tache de café sur l'un des murs.

— Je nettoierai tout ça, bredouilla James.

— Ce n'est pas l'état de cette chambre qui m'inquiète, mais ce qui t'a poussé à perdre le contrôle de tes nerfs.

James haussa les épaules.

— C'est à cause de Kerry. Elle était censée me rejoindre ici pour Noël. Maintenant, elle dit que le billet est trop cher.

— Si elle a des problèmes financiers, nous pouvons étudier sa situation. CHERUB ne laisse jamais tomber ses anciens agents.

James secoua la tête.

— J'ai largement de quoi lui offrir ce billet. Le problème n'est pas là. En fait, je crois qu'elle a l'intention de me quitter. Du coup, je...

— Les psys du campus sont à ta disposition si tu as besoin de te confier, interrompit Zara. Ne crois pas que tes problèmes m'indiffèrent, mais j'ai une matinée chargée, et je suis venue te parler d'une affaire importante.

— Pardonne-moi, dit James en ramassant les débris de la tasse. Tu as quatre mômes et un job de dingue. Je n'aurais pas dû t'ennuyer avec mes histoires.

— On m'a dit le plus grand bien de ton travail d'instructeur. Ning et Alfie ont beaucoup apprécié la façon dont tu as mené le stage. Et Mr Pike est également très satisfait de l'aide que tu lui as apportée cette semaine. Bref, la place de Kazakov est libre. Si tu poses ta candidature, sache que je répondrai favorablement à ta demande.

James hocha la tête.

— Je suis heureux d'être de retour au campus, mais je ne crois pas être taillé pour le métier d'instructeur. Il faut quand même un sacré fonds de cruauté pour en faire baver à des gamins lors d'un programme d'entraînement. Ce boulot me rendrait malheureux.

— Pour être honnête, j'avoue que je partage entièrement ton point de vue. Mais nous cherchons quelqu'un pour remplacer Kazakov, dont les fonctions associaient instruction et contrôle de mission.

— Kerry a l'intention de rester aux États-Unis pendant au moins deux ans.

— Mais cette place est à pourvoir de toute urgence, insista Zara. Il me faudra une réponse début janvier, dernier délai.

— Il faut que je réfléchisse.

— James, il y a autre chose… J'ai besoin de ton aide dans un dossier un peu particulier.

— De quoi s'agit-il ?

— Tu sais qu'Amy travaille pour l'ULFT, n'est-ce pas ? demanda Zara.

— Oui. Elle a l'air passionnée par son boulot.

— L'unité va être dissoute en raison de son implication dans les attaques du Black Friday. Mais Amy est déterminée à capturer un criminel nommé Leonid Aramov avant que l'organisation ne ferme ses portes. Je vais te faire parvenir un dossier concernant l'opération, mais voici en gros de quoi il s'agit.

« Amy et moi avons établi un plan consistant à débusquer Aramov avec la complicité de son ex-femme et de son fils cadet. Le problème, c'est qu'ils ignorent tout des techniques de combat et du travail de renseignement. Du fait de cette inexpérience, ils pourraient se trouver en danger au cours de l'opération.

— En somme, il faudrait que je leur fasse suivre un entraînement express ? résuma James.

— Le MI6 s'occupera de Tamara, répondit Zara. Ils disposent d'un programme très efficace réservé aux diplomates en poste dans les pays à haut risque. Mais CHERUB est la seule organisation en mesure d'entraîner efficacement un garçon de onze ans.

James hocha la tête.

— Et combien de temps durera cette formation individuelle ?

— Dix jours. Ce n'est pas suffisant pour améliorer son endurance et sa masse musculaire. Je voudrais que tu établisses un programme centré sur les fondamentaux. Manœuvres de self-défense, maniement d'armes et protocoles de communication sécurisés. Mr Pike se tiendra à ta disposition, mais cette opération étant prioritaire, je t'accorderai le matériel et le personnel dont tu auras besoin.

— Pourquoi m'as-tu désigné ? s'étonna James. Tu n'as pas d'instructeur plus expérimenté ?

— Premièrement, Amy affirme qu'André est extrêmement timide, et tu sais t'y prendre avec les enfants. Deuxièmement, il parle mal anglais, et Kazakov était notre seul instructeur russophone. Je suis désolée de devoir te lâcher dans le grand bain aussi précipitamment, mais compte tenu de la maigreur de nos effectifs, je n'ai pas d'autre solution.

23. La tête ailleurs

HUIT JOURS PLUS TARD

Amy régla son réveil sur quatre heures et demie du matin, s'habilla à la hâte puis alla frapper à la porte de Tamara.

André l'accueillit en pyjama. Elle enjamba les bagages entassés dans l'entrée et rejoignit Tamara dans la cuisine.

— Tout est prêt ? demanda-t-elle. Je m'assurerai que personne n'entre ici en votre absence. Ne t'inquiète pas pour les objets de valeur que tu ne peux pas emporter.

Tamara se tourna vers son fils, qui avait pris place à la table du salon et somnolait devant un bol de céréales.

— Mange, mon chéri. Ils nous serviront de la nourriture anglaise dans l'avion. Difficile comme tu es, je suis sûre que tu refuseras d'en avaler une miette.

Mais André, qui s'était réveillé trois heures plus tôt qu'à l'ordinaire, ne put avaler plus de trois cuillerées. Il quitta la table et se dirigea d'un pas traînant vers la salle de bains.

Vingt minutes plus tard, au sortir de la douche, il trouva Ryan en compagnie des deux femmes. Amy récapitula une dernière fois les étapes du plan.

— Pour dramatiser la situation, tout le monde devra croire que vous vous êtes volatilisés, dit-elle. Dès que vous quitterez l'appartement, vous rabattrez vos capuches afin de minimiser les chances d'être reconnus. Vous passerez par les escaliers, franchirez la porte coupe-feu donnant sur l'arrière du bâtiment, marcherez jusqu'aux étables puis emprunterez le sentier de montagne. Soyez prudents, le sol est gelé.

— Tu ne viens pas avec nous ? s'inquiéta André.

— Ryan a étudié le trajet, le rassura Amy. Comme tu le sais, je suis censée être la fiancée de ton oncle Josef. Je ne peux pas me permettre d'être aperçue en votre compagnie. Lorsque vous aurez quitté la vallée, vous déboucherez sur une route goudronnée. C'est là que le chauffeur vous attendra. Il vous remettra vos cartes d'embarquement et vos passeports britanniques. Le trajet jusqu'à l'aéroport de Manas durera une quarantaine de minutes. L'avion de la British Airways décollera à huit heures. Nous ne nous attendons pas à rencontrer des difficultés particulières, mais un agent du MI6 se faisant passer pour une hôtesse de la compagnie vous prendra en charge dès que vous aurez franchi la douane. Elle vous conduira jusqu'au salon VIP, de façon à ce que les passagers ne puissent vous voir avant votre embarquement.

— Quand arrivera-t-on à Londres ? demanda André.

— Le vol durera une dizaine d'heures. Compte tenu du décalage horaire, vous vous poserez vers midi, heure locale. Vous retrouverez vos instructeurs à l'aéroport, puis vous serez conduits jusqu'à vos centres d'entraînement respectifs.

André lança à sa mère un regard anxieux. Ryan se demandait s'il serait capable de supporter la vie au campus, malgré un programme taillé sur mesure.

— Mon ange, lança Tamara, va jeter un dernier coup d'œil à ta chambre, et vérifie que tu n'as rien oublié d'important.

Amy et Ryan s'isolèrent dans le couloir.

— Je veux que tu restes à l'aéroport jusqu'au décollage de l'avion, dit-elle. Tiens-moi informée du moindre événement imprévu. Maintenant, je dois retrouver Josef pour régler les derniers détails de l'opération en Afrique.

Amy poursuivait patiemment la stratégie de démantèlement de la flotte du Clan. Six Ilyushin avaient été saisis à Sharjah, aux Émirats arabes unis. Officiellement, les inspecteurs chargés du contrôle technique avaient estimé qu'ils n'étaient pas en mesure de voler. En vérité, les responsables de l'aéroport n'avaient reçu aucun pot-de-vin depuis plusieurs mois.

Dix jours plus tôt, Amy avait conclu un accord légal avec une organisation non gouvernementale britannique. Trois appareils devaient effectuer des rotations entre l'Afrique et le Kirghizistan à des fins humanitaires. Dans le cadre de leur première mission, ils seraient interceptés par l'US Air Force, les soutes bourrées d'équipement militaire. Les équipages seraient incarcérés dans des établissements pénitentiaires américains et encourraient de longues peines pour avoir violé les lois réglementant le commerce des armes.

Amy souhaitait inspirer aux membres d'équipage qui ne se trouvaient pas encore au chômage technique un sentiment d'insécurité maximal et permettre à Josef de prononcer l'interruption temporaire des activités du Clan sans éveiller les soupçons de ses complices et de ses fournisseurs.

·:·

— La nuit a été difficile ? demanda Natalka en retrouvant Ryan dans l'entrée du Kremlin. Tu as l'air déchiré.

— Je n'ai pas beaucoup dormi, dit-il en épaulant son sac de classe.

Ryan s'était levé à quatre heures du matin, avait guidé André et Tamara le long d'un sentier enneigé, les avait accompagnés jusqu'à l'aéroport puis avait patienté dans le terminal délabré en buvant des litres de mauvais café. Dès le décollage de l'appareil à destination de Londres, il avait suivi le trajet en sens inverse et était monté dans sa chambre pour enfiler des vêtements secs quelques minutes avant le départ du bus scolaire.

— J'ai rêvé de toi, murmura Natalka lorsqu'ils passèrent devant les deux gardes armés qui surveillaient l'entrée du bâtiment. Tu faisais du cheval torse nu.

— Oh! s'esclaffa Ryan. Et je parie que j'étais mons-trueusement sexy.

— Petit prétentieux! Mais bon, ouais, j'avoue, tu n'étais pas trop mal.

Ils montèrent dans le bus et trouvèrent une fillette de huit ans installée à leur place habituelle, sur la banquette du fond.

— Dégage ou je te casse les dents, gronda Natalka en brandissant le poing, provoquant son départ précipité.

Lorsqu'ils se furent assis, elle passa son écharpe autour du cou de Ryan et l'attira vers elle.

— Tu es tout rouge, dit-elle tandis que le véhicule s'ébranlait. Tu as été courir, ce matin?

— Non, je crois que j'ai attrapé la crève, toussota Ryan. Tu ferais mieux de te tenir à l'écart.

— Si tu as chopé un microbe, il doit traîner dans tout le Kremlin, répondit Natalka avant de l'embrasser avec passion.

Sa bouche avait le goût des deux cigarettes qu'elle fumait chaque jour avant de partir au collège, mais Ryan, qui se consumait d'amour, s'en fichait éperdument.

— Ma mère était salement en rogne, ce matin, dit-elle lorsque le bus quitta la vallée et s'engagea sur la route de Bichkek.

— Ce n'est pas une grande nouvelle. Vous vous engueulez tous les matins.

— Cette fois, ce n'est pas après moi qu'elle en avait, expliqua Natalka. Il paraît qu'un des pilotes a raté son atterrissage.

— Oui, vers minuit. J'ai entendu un bruit de tôle froissée. En regardant par la fenêtre, j'ai vu passer le vieux camion anti-incendie.

— Ce crétin a cassé son train avant. Les réparations prendront au moins trois jours. Du coup, ma mère doit s'envoler pour l'Afrique alors qu'elle est rentrée tard la nuit dernière.

Sous le choc, Ryan ne parvint pas à masquer son trouble.

— Qu'est-ce que tu as ? demanda Natalka.

— Rien, rien, bredouilla-t-il. Je me dis que... qu'elle sera encore plus de mauvais poil à son retour.

Bien entendu, Natalka ignorait que les trois avions feraient escale au Pakistan pour embarquer à l'insu de leurs pilotes un stock d'armes américaines. À mi-chemin de la République démocratique du Congo, ils seraient pris en chasse par deux chasseurs F18 et escortés jusqu'à une base de l'US Air Force. Les membres d'équipage seraient accusés de trafic d'armes, un crime passible de trente ans de détention, puis enfermés dans une prison militaire.

Sur la demande de Ryan, Amy avait fait en sorte que l'emploi du temps de Dimitra ne lui permette pas de participer à l'opération en Afrique, mais l'accident survenu au cours de la nuit remettait tout en cause. Elle contrôlait les affaires du Clan au plus haut niveau, et n'était pas tenue informée des détails opérationnels mineurs, comme le choix d'un appareil et d'un équipage de remplacement.

Ryan, qui n'avait pas emporté son mobile, se sentit désemparé. Il devait trouver au plus vite un moyen de joindre sa coéquipière. Mais s'il y parvenait, était-il encore possible de rayer Dimitra de la liste d'équipage sans éveiller les soupçons ?

Tandis qu'il ruminait ces sombres pensées, Natalka le dévisageait intensément.

— Allô Ryan ? lança-t-elle. Ici la Terre. Il y a quelqu'un ?

— Hein ?

— Tu es tout bizarre, aujourd'hui.

Ryan considéra le regard pétillant de sa petite amie. Il essaya en vain d'imaginer sa réaction, lorsqu'elle apprendrait que sa mère était retenue dans une prison, à l'autre bout du monde.

— C'est juste que… Pardonne-moi, j'ai un peu la tête ailleurs…

24. Dans le collimateur

Les jeunes occupants du Kremlin suivaient un enseignement en langue russe dans un établissement des faubourgs de Bichkek. Dès son entrée dans le sinistre bâtiment de béton, Ryan était parvenu à contacter Amy en se glissant dans un bureau inoccupé, mais les quatre équipages étaient sur le point de décoller et elle ne disposait d'aucune excuse crédible pour retenir Dimitra.

Ryan dut faire acte de présence jusqu'à la fin des cours, mais il était comme sourd aux exposés de ses professeurs. Il se trouvait dans un tel état de tension nerveuse qu'il avait l'impression qu'une grenade était sur le point d'éclater dans sa poitrine. Malgré lui, il ressassait sans relâche des scénarios catastrophes susceptibles de causer la mort de Dimitra au cours de l'opération d'arraisonnement de l'US Air Force.

De retour au Kremlin, il s'efforça de faire bonne figure. Les deux amoureux dînèrent simplement puis passèrent la soirée à écouter de la musique à plein volume, enlacés sur le grand lit de Dimitra. Excédé par le vacarme, le mécanicien qui occupait le studio voisin martela la cloison de coups de poing.

— Fous-nous la paix, vieux con ! cria Natalka en frappant au mur à son tour. Ça fait cinq ans que je supporte tes ronflements !

Elle s'agenouilla sur le lit. Elle ne portait qu'une chaussette, un slip noir et un T-shirt blanc. Ryan sourit, mais son esprit était ailleurs, peuplé de F18 et d'Ilyushin. Il imaginait Dimitra allongée face contre terre sur une piste d'atterrissage, tenue en joue par un soldat américain en uniforme camouflage. Le radio-réveil placé sur la table de nuit indiquait vingt et une heures. Si tout s'était passé comme prévu, cette scène s'était déroulée environ une heure plus tôt.

— Tu veux dormir ici ? demanda Natalka en posant la tête sur les genoux de Ryan.

Les deux amoureux n'avaient jamais passé la nuit ensemble. Ryan se demandait si elle lui proposait de coucher avec elle. Cette idée était aussi attirante qu'effrayante, car il n'avait pas la moindre expérience dans ce domaine. Natalka, elle, avait entretenu plusieurs relations avec des garçons plus âgés, et il la soupçonnait d'avoir fait le grand saut. Il redoutait de mal s'y prendre et d'essuyer des moqueries.

— Pourquoi pas ? bredouilla-t-il. Est-ce que tu veux dire que…

— Non, dit fermement Natalka. Mais il y a de la vodka. On pourrait se soûler et sécher les cours de demain, qu'est-ce que tu en dis ?

Ryan éclata de rire. Natalka tira de sous le lit une bouteille de vodka bon marché.

— Va chercher des verres et du Pepsi, dit-elle.

Le système de sonorisation du Kremlin se mit à crachoter. Ce dispositif était une relique de l'ère soviétique, et la plupart des haut-parleurs étaient hors d'usage. Le plus proche de l'appartement se trouvait à l'extrémité du couloir. À cette distance, l'annonce était inintelligible.

— Qu'est-ce qu'ils racontent ? demanda Ryan en plaçant une main en coupe contre son oreille. J'ai reconnu les mots *points de rassemblement*.

— Encore des mécanos bourrés qui font les cons, soupira Natalka. Si c'était vraiment important, ils auraient déclenché l'alarme.

Au même instant, une sirène retentit. Frappés par cette coïncidence, les deux adolescents éclatèrent de rire.

— On ferait mieux d'aller voir, dit Ryan en se penchant pour attraper le jean de Natalka roulé en boule sur la moquette.

Craignant de devoir évacuer le bâtiment en raison d'un incendie, ils se vêtirent chaudement puis, les ascenseurs s'étant bloqués automatiquement lorsque l'alarme avait été actionnée, ils se mêlèrent à la foule des employés qui dévalaient les escaliers.

Ces derniers demeuraient étrangement calmes. À en croire les bribes de conversation qui parvenaient aux oreilles de Ryan, tous les occupants du Kremlin devaient se réunir dans le foyer pour entendre une annonce importante.

— Natalka ! s'exclama Vlad en bousculant deux individus qui lui bloquaient le passage.

Âgé de dix-huit ans, ce Russe aux cheveux blonds, fils d'un agent de trafic, était réputé pour sa lenteur d'esprit. Il passait le plus clair de son temps à soulever des haltères dans la salle de musculation à ciel ouvert aménagée derrière le Kremlin. Contrairement à Ryan, qui utilisait cette installation pour se maintenir en forme, Vlad, adepte du culturisme le plus radical, ne devait ses pectoraux et ses biceps saillants qu'à l'usage massif de stéroïdes anabolisants.

— Eh bien, qui voilà ? lança Natalka sur un ton aigre. Même les cafards quittent le navire ?

Vlad et Natalka avaient entretenu une brève relation. Ryan n'en connaissait pas les détails, mais leurs quatre ans de différence d'âge étaient à ses yeux proprement scandaleux.

— Je n'arrive pas à croire que vous soyez toujours ensemble, dit Vlad.

Ayant attendu en vain que les deux adolescents réagissent à cette provocation, il se tourna vers Ryan et lança :

— Alors comme ça, il paraît qu'on t'a vu traîner dans le café de la gare routière. Espèce de petit vicelard !

Ryan manqua de s'étrangler.

— Tu racontes n'importe quoi, répliqua-t-il.

Mais Natalka était intriguée. Ryan lui avait fait faux bond le samedi précédent. Il était rentré du bazar les mains vides, et lui avait lancé un regard bizarre lorsqu'il était descendu de la voiture d'Igor.

— Alors, laquelle tu as choisie ? ricana Vlad. Su-Ling ? Lucy ? Valenka ? As-tu attrapé la gale, des poux ou la chaude-pisse ?

Igor, qui passait le plus clair de son temps au bar, n'avait à l'évidence pas su tenir sa langue.

— J'ai bu un Coca et je me suis tiré, plaida Ryan en ralentissant le pas pour permettre aux occupants du premier étage de s'engager dans la cage d'escalier.

Natalka était hors d'elle.

— Aucun bus ne dessert le Kremlin. Qu'est-ce que tu foutais là-bas ?

— Je me baladais, c'est tout. J'ai traîné pendant des heures.

Conscient que Natalka n'était pas convaincue par ces explications, Vlad décida de porter le coup fatal.

— N'essaye pas de nous faire croire que tu ne savais pas où tu mettais les pieds, Ryan. Il y a des photos de filles à poil affichées dans la vitrine. Il faudrait être aveugle pour ne pas les voir.

Vlad disait vrai, mais ces clichés étaient exposés à un seul angle de l'établissement, et Ryan, qui avait progressé furtivement afin de ne pas être repéré par Igor, avait longé le mur opposé. Hélas, il lui était impossible d'en informer Natalka sans trahir sa couverture.

— Ces filles sont à vomir, insista le jeune Russe. La moitié d'entre elles se défoncent à l'héroïne.

Franchement, tu devais vraiment être mort de faim pour entrer dans ce rade !

— Je n'ai rien fait, je te dis ! Et la drogue n'a pas l'air d'être un problème pour toi, vu les tonnes d'anabolisants que tu t'envoies.

Vlad éclata de rire et pointa du doigt la braguette de son rival.

— Si j'étais toi, Natalka, je ne m'enverrais pas en l'air avec ce morveux avant qu'il ne soit passé à la douche de désinfection.

— Je n'ai fait que boire un Coca, je le jure, répéta Ryan.

Parvenus au rez-de-chaussée, ils trouvèrent une foule compacte rassemblée dans le foyer, dont le bar avait baissé son rideau de fer. Il prit Natalka par le bras et l'attira à l'écart de Vlad.

— Lâche-moi, grogna-t-elle. Tu n'es qu'un menteur. Tu savais très bien où tu mettais les pieds.

— Mon père vient de mourir, gémit Ryan. J'étais complètement démoli. Je ne savais plus ce que je faisais.

Natalka plissa les yeux. Elle essaya de s'éloigner, mais l'assistance était désormais si compacte qu'elle ne put même pas faire un pas en arrière.

— Je sais bien que tu étais triste, mais comment as-tu pu penser qu'une partie de galipettes avec l'une de ces putes pourrait te consoler ?

Vlad, qui se trouvait à deux mètres, lança une nouvelle pique.

— Dis-moi, gamin, tu as payé le petit extra pour faire ça sans capote ?

Ryan était à bout de nerfs, mais la foule et les biceps hypertrophiés de son adversaire le dissuadèrent de régler ce différend à coups de poing.

— Vlad me cherche, chuchota-t-il à l'adresse de Natalka. Il est jaloux. Qui ne le serait pas ? Tu es tellement jolie…

La mine sombre, la jeune fille se déroba lorsque Ryan essaya de lui donner un baiser.

— Tous les mecs me dégoûtent, dit-elle en le repoussant violemment. Ne me touche pas.

— La chance a tourné, petit pervers ! lança Vlad en adressant à son rival un clin d'œil provocateur.

— Pourquoi tu ne te trouves pas une nana de ton âge ! cracha Ryan. Espèce de dégueulasse !

À cet instant, Josef et Amy franchirent la double porte du Kremlin. La foule se tut et s'écarta sur leur passage.

Josef n'avait pas l'allure d'un homme régnant sur un empire criminel d'envergure internationale. Grand et mince, le visage mangé par une longue barbe, il portait un jean un peu court et un blouson du même tissu.

Il se fraya un passage jusqu'au bar, se hissa sur une banquette puis se tourna vers l'assistance. Jusqu'alors, Amy, consciente qu'il n'avait pas l'étoffe d'un chef, avait fait en sorte qu'il demeure dans l'ombre. L'ULFT l'avait choisi pour homme de paille en raison de son statut d'héritier des Aramov, mais en ces moments dramatiques, lui seul pouvait s'adresser aux membres du Clan.

— Ce matin, marmonna-t-il, quatre appareils se sont envolés pour le Congo.

La moitié des trois cents personnes présentes dans la salle, ne pouvant entendre distinctement ce discours, jouèrent des coudes pour se rapprocher de l'orateur.

— J'ai été informé que ces avions ont été contraints d'atterrir par un déploiement de chasseurs de l'US Air Force.

Des exclamations se firent entendre aux quatre coins du foyer. Ryan se tourna vers Natalka qui, à en croire son regard vide, ne mesurait pas les implications de cette annonce.

— Notre organisation est dans le collimateur des autorités internationales, déclara Josef en s'épongeant le front à l'aide d'un mouchoir monogrammé. C'est pourquoi nous allons devoir suspendre provisoirement nos activités, le temps que la pression retombe.

Il observa une pause et se tourna vers Amy, comme s'il avait oublié son texte. À contrecœur, elle dut se résoudre à prendre la parole.

— Les membres d'équipage ont été arrêtés, dit-elle. Ils vont être conduits aux États-Unis.

— Non ! hurla Natalka.

Un murmure parcourut l'assistance. La plupart des employés partageaient la même conviction : c'était la décision de procurer un appareil au MIJ qui avait conduit le Clan à la catastrophe. À leurs yeux, Irena avait commis une erreur majeure en chassant Leonid du Kremlin. Josef n'était bon qu'à changer les ampoules et à bricoler la plomberie.

Amy lui adressa un coup de coude pour l'encourager à poursuivre son discours.

— Vous êtes libres de regagner vos foyers, dit Josef. Il n'y aura pas d'opérations jusqu'à ce que nous ayons de nouveau les coudées franches. Vous recevrez trois mois de salaire. Nous vous recontacterons dès que nous serons en mesure de nous remettre au travail.

Abasourdie, la foule observait un silence absolu. Pâle comme un linge, Natalka tremblait de tous ses membres.

— Je suis tellement désolé, dit Ryan.

Il essaya de l'enlacer, mais elle se précipita vers la cage d'escalier. Tandis que des questions fusaient dans l'assistance, il la suivit jusqu'au troisième étage.

— Natalka ! cria-t-il. Attends-moi. Je suis là. Je t'aime.

— Tu n'es qu'un sale fils de pute d'obsédé, comme tous les mecs ! hurla la jeune fille avant de s'engouffrer dans son appartement et de lui claquer la porte au nez. Laisse-moi tranquille. Je te déteste !

Sur ces mots, elle fondit en sanglots.

— S'il te plaît, implora Ryan, planté sur le paillasson. Tu ne peux pas rester toute seule. Si ça se trouve, tout finira par s'arranger pour ta mère.

Pour toute réponse, Natalka jeta un objet pesant contre la porte.

25. Visite médicale

À seize heures, une heure et demie après son arrivée au campus, André Aramov retrouva James dans une salle du bloc médical.

— Comment s'est passée la visite de contrôle ? demanda James dans un russe un peu rouillé.

— Pas trop mal, murmura le garçon en récupérant ses vêtements posés sur une chaise.

André ne ressemblait en rien aux autres résidents de CHERUB, des enfants recrutés selon des critères physiques, intellectuels et comportementaux extrêmement exigeants. Il gardait les yeux rivés sur le carrelage et semblait avoir peur de son ombre.

— Je peux appeler ma mère ?

— Vous vous êtes dit au revoir à l'aéroport il y a moins de quatre heures. Et tu lui as déjà passé un coup de fil depuis la voiture.

— Je voulais juste savoir si elle était arrivée à son centre d'entraînement.

James était indécis : devait-il mettre André en confiance afin qu'il sorte de sa coquille ou employer la manière forte ? Compte tenu de la brève durée du programme d'entraînement, il n'aurait pas de seconde chance si son élève se montrait défaillant.

— Dis-moi, as-tu des talents particuliers ? demanda-t-il. Je ne veux pas savoir si tu peux toucher ton nez avec ta langue. Je parle de compétences qui pourraient être utiles pendant une mission d'infiltration.

Sur ces mots, James tira la langue, la courba vers le haut et en posa la pointe à la base de son nez. André esquissa un sourire timide, puis s'assit sur la chaise pour enfiler ses chaussettes.

— Je ne suis pas mauvais comme pickpocket, dit-il. Mon père m'a expliqué comment m'y prendre, parce qu'il voulait que je vole je ne sais plus quoi à l'oncle Josef.

— Ça pourrait nous être utile, lâcha James en remettant à sa recrue un T-shirt orange beaucoup trop large. Tu devras le porter en permanence. Tu n'es pas autorisé à parler aux autres résidents du campus, et ils n'ont pas le droit de t'adresser la parole.

— C'est quoi cet endroit ? Un centre d'entraînement pour enfants ?

— En quelque sorte.

— Mais à quoi ça sert ?

— Nous les préparons à mener certaines opérations, comme celle qui va permettre l'arrestation de ton père.

— Et ces T-shirts de toutes les couleurs, qu'est-ce qu'ils signifient ? Les petits portent du rouge, mais les autres sont en gris, en bleu, en noir, et ça ne dépend pas toujours de leur âge...

James était plutôt satisfait. S'il pouvait aider André à vaincre sa timidité, il était impossible d'influer sur son intelligence. Par chance, il était évident que son élève jouissait d'un certain sens de l'observation et d'une excellente faculté d'analyse.

Une infirmière fit son apparition, poussant devant elle un chariot chargé de deux pinces chirurgicales sous emballage stérile, de divers récipients et de deux sachets de poudre.

— Je vais prendre l'empreinte de vos conduits auditifs, dit-elle.

Un peu inquiet, André se tourna vers son instructeur.

— Nous allons utiliser un système d'émetteur-récepteur miniaturisé dissimulé dans notre oreille, expliqua James. Sa portée est d'environ deux kilomètres. Nous nous servirons de ce dispositif à l'entraînement, et sans doute lors de l'opération.

L'infirmière versa le contenu des sachets dans un gobelet puis ajouta quelques gouttes d'eau distillée. Le mélange se mit à siffler puis à bouillonner.

— Elle va faire couler ça dans mon oreille ? s'étrangla André. Est-ce que ça va faire mal ?

— Je ne sais pas, c'est la première fois que je fais ça, admit James. J'ai vécu loin d'ici pendant des années. À mon époque, ce type d'émetteur n'existait pas. On devait se contenter de micros-cravates et d'oreillettes classiques.

L'infirmière remua la mixture qui prit bientôt l'aspect d'une pâte grisâtre.

— Vous allez placer un coude sur le bureau, puis pencher la tête jusqu'à ce qu'elle repose de façon stable sur votre épaule. Quand je verserai le mélange, vous tirerez légèrement sur votre lobe de façon à ce qu'il coule bien jusqu'au fond de votre oreille. Des questions ?

James se tourna vers André.

— Tu as tout compris ?

— Mon anglais est aussi bon que ton russe, répondit le garçon.

— James, à toi l'honneur, dit l'infirmière.

La substance tiédie par la réaction chimique s'enfonça dans son conduit auditif en produisant des gargouillis assourdissants.

De l'autre côté du bureau, André pencha la tête à son tour afin d'exposer son oreille. Il tira la langue et tenta vainement de toucher son nez.

James sourit, ce qui ne fut pas du goût de la jeune femme.

— Cette substance durcit en trente secondes. Vos visages doivent rester immobiles, sinon, il faudra tout recommencer.

— Cette fille a des fesses sublimes, dit James en russe.

Remarquant l'expression hilare d'André, l'infirmière comprit que ses patients se moquaient d'elle. Elle lâcha un grognement réprobateur puis, à l'aide d'une pince, récupéra les moulages et les déposa dans un flacon.

— Allez, vous pouvez filer, dit-elle. Ce sera prêt dans vingt-quatre heures. Passez par le secrétariat et prenez un rendez-vous pour mercredi. Je vous apprendrai à mettre en place les émetteurs et à utiliser les commandes, puis je vous donnerai quelques conseils d'entretien.

...

Ryan croisa Amy dans l'escalier, à hauteur du premier étage.

— Natalka est complètement démolie, chuchota-t-il. Elle s'est enfermée dans son appartement et elle refuse de me laisser entrer.

— Elle est sous le choc. Elle finira bien par se calmer.

— La situation est un peu plus compliquée. Cet enfoiré de Vlad lui a dit qu'on m'avait aperçu au bordel, derrière la gare routière.

— Pardon ? s'étrangla Amy. Tu es allé au bordel ?

— C'est là qu'Igor a rencontré Mr Nez Cassé.

— Oh, merde. Écoute, je vais faire de mon mieux pour aider Dimitra, mais pour le moment, je voudrais que tu parles à Igor. Le bar a rouvert, et il s'y est précipité. Après ce qui s'est passé aujourd'hui, je suis certaine qu'il va foncer au bazar pour informer Leonid. Je veux être certain qu'il lui dira ce qui est arrivé à André et Tamara.

— C'est exactement ce que je comptais faire, dit Ryan. Quelle est l'ambiance, en bas ?

— Ceux qui ont perdu des amis lors des arrestations noient leur chagrin dans l'alcool. Les autres fêtent leurs trois mois de congés payés en se soûlant comme des cochons. Bref, tout le monde est déchiré, comme d'habitude.

Ryan descendit au foyer, dont le bar était pris d'assaut. La centaine de fauteuils et de chaises mise à la disposition de la clientèle était occupée. Ceux qui n'avaient pu y trouver place étaient assis sur les tables et les accoudoirs. Cette foule débordait jusque dans l'entrée du Kremlin.

Igor était installé en compagnie d'une petite cour à une table ovale intégralement recouverte de verres et de bouteilles de vodka. Ryan se fraya un passage jusqu'à lui, s'accroupit à ses côtés puis chuchota à son oreille.

— Vous m'avez demandé de vous tenir informé si j'apprenais quelque chose. On pourrait parler en privé ?

— Maintenant ? grogna Igor.

— C'est à propos d'André et Tamara.

L'homme haussa un sourcil, écrasa sa cigarette et vida son verre en deux gorgées avant de quitter son fauteuil.

— Veuillez m'excuser, lança-t-il à l'adresse de ses compagnons. J'ai une affaire à régler avec ce gamin.

— Il va sûrement te demander de le déposer à la gare routière, s'esclaffa Vlad, debout près de la table, en brandissant une bouteille de vodka.

Ryan lui adressa un doigt d'honneur puis conduisit Igor jusqu'à un recoin mal éclairé, près de la porte anti-incendie donnant sur l'arrière du bâtiment.

— Cinq mille soms par information, dit-il. Notre accord tient toujours ?

— Bien sûr, si le tuyau est valable.

— André et Tamara ont quitté le Kremlin.

Igor se raidit.

— Pardon ?

— J'ai reçu un appel d'André au milieu de la nuit. Sa mère était en larmes. Apparemment, Josef s'en est pris à elle.

— Comment ça, *s'en est pris à elle* ? Il a essayé de la liquider ?

— Je ne sais pas, elle n'a rien dit à André, mais elle était dans un tel état que je dirais que Josef a sûrement tenté de la violer. Elle a commandé un taxi et lui a donné rendez-vous sur la route, au-dessus de la vallée. Mais comme ils ne pouvaient pas transporter tous leurs bagages, j'ai accepté de les aider.

— Ils ont dit où ils allaient ?

— Non, mais André a parlé de billets d'avion.

Igor consulta sa montre.

— A-t-il dit à quelle heure ils devaient décoller ?

— Je pense qu'ils sont partis depuis longtemps.

— Pas sûr, si on compte la procédure d'enregistrement et les contrôles de sécurité. Quand sont-ils montés dans le taxi ?

— Ce matin, vers cinq heures et quart.

Igor tripota nerveusement sa frange. Ryan connaissait les raisons de son trouble : si Leonid apprenait que son ex-épouse avait quitté le Kremlin sans que son fidèle homme de main n'en sache rien, sa colère serait incontrôlable.

— Et ce n'est que maintenant que tu viens me trouver ? hurla-t-il.

— Après les avoir accompagnés, il a bien fallu que j'aille en cours…

— Les cours…, soupira le Russe.

— Alors, je peux avoir mes cinq mille soms ? demanda Ryan.

— Je te les aurais donnés, si tu n'avais pas attendu seize heures pour me prévenir, gronda Igor, l'écume aux lèvres. Maintenant, je n'ai aucune idée de l'endroit où ils ont bien pu se tirer.

— Je ne savais pas qu'ils étaient si importants pour vous…

— Tiens, voilà mille soms, grommela l'homme en tendant à Ryan deux billets de banque.

Ce dernier considéra les coupures avec mépris.

— Il n'a jamais été question de délai. J'ai trahi la confiance de mon ami André, et vous m'offrez juste de quoi bouffer pendant une semaine.

— Mais j'avais précisé que les informations devaient être utiles. Estime-toi heureux de recevoir ce pourboire.

— André fait partie de mes amis sur Facebook, dit Ryan. Vu qu'il n'est pas très malin, je crois que je n'aurai aucun mal à découvrir où il se cache.

— Et si tu y parviens, tu recevras cinq mille soms, comme prévu.

— Et vous croyez vraiment que je vais continuer à travailler avec quelqu'un qui ne tient pas ses promesses ?

Igor secoua la tête puis remit à Ryan les quatre mille soms manquants.

— Tâche de ne pas abuser de ma confiance, grogna-t-il. N'oublie pas que ton père est mort, que tu n'as aucun moyen de gagner ta vie et que tu n'as pas beaucoup d'amis dans les parages.

26. Un compte à régler

James avait reçu l'ordre de tenir André à l'écart des autres résidents du campus pendant toute sa période d'instruction. En conséquence, son élève dormait sur le canapé de son appartement.

Lorsqu'il ouvrit l'œil, le mardi matin, il trouva l'enfant planté devant le téléphone fixe, son T-shirt orange tombant jusqu'aux genoux. Le front barré d'une ride, il étudiait l'affichette où figurait la procédure permettant de joindre un correspondant à l'extérieur du campus.

— Tu n'as jamais été séparé de ta mère, n'est-ce pas ? demanda James. Ils n'organisent pas de voyages scolaires, au Kirghizistan ?

André haussa les épaules.

— La moitié des enfants de mon école n'ont même pas de quoi s'offrir un sandwich le midi. Une fois, mon père m'a emmené au Japon, pour visiter le Disneyland de Tokyo, mais il n'arrêtait pas de piquer sa crise. Comme d'habitude, il a tout gâché.

La pendule du radio-réveil indiquait six heures cinquante-huit.

— On ferait mieux de ne pas traîner, dit James. J'ai réservé le stand de tir à partir de sept heures quarante-cinq. Compose le huit, tu tomberas sur les cuisines. Explique-leur que nous n'avons pas accès au réfectoire, puis commande ce dont tu as envie.

— Et pour ma mère ?

— Tu l'appelleras ce soir. Comme ça, tu pourras lui parler de ta journée.

— OK, dit André en décrochant le combiné.

Il se figea puis se tourna vers James.

— Mais je ne sais pas ce qu'il y a au menu…

— À peu près tout ce que tu peux imaginer. Œufs, bacon, céréales, jus de fruits… Prends-moi des pancakes au chocolat, de la mangue, du café et une orange pressée.

— Des pancakes au chocolat, répéta André, tout sourire. Je crois bien que je n'y ai jamais goûté.

— Je te les recommande, lança James en se glissant hors du lit. Oh, il faut absolument que je te trouve un T-shirt à ta taille. On dirait que tu portes une robe.

Il s'enferma dans la salle de bains afin de se raser et de prendre une douche. Lorsqu'il en sortit, il eut la surprise de trouver un garçon de seize ans en T-shirt bleu marine poussant un chariot chargé de victuailles.

— Jake Parker ! s'exclama-t-il. Tu travailles au room service, maintenant ? Tu n'as pas perdu les bonnes vieilles habitudes, à ce que je vois.

— Hin hin, très drôle, grogna Jake. C'est l'hôpital qui se fout de la charité.

— On doit lui donner un pourboire ? demanda André.

James éclata de rire.

— Certainement pas. Jake est puni. C'est pour ça qu'il travaille aux cuisines.

— La prochaine fois, gloussa l'intéressé avant de quitter les lieux, je cracherai sur tes pancakes, Adams.

L'instructeur et son élève s'installèrent à une petite table pliante.

— Nous allons commencer par une séance de tir, puis nous nous rendrons au dojo pour étudier quelques enchaînements. Ensuite, je t'enseignerai les bases de la conduite automobile. Après le déjeuner, nous nous rendrons au camp d'entraînement pour des exercices un peu plus corsés.

Les traits d'André se figèrent.

— Comment ça, *plus corsés* ?

— Permets-moi juste de te donner un conseil : ne relâche jamais ton attention, car tout ce que tu auras appris durant la matinée te permettra d'accomplir les épreuves de l'après-midi.

∴

Comme prévu, André tira au pistolet, au fusil d'assaut et au pistolet-mitrailleur, conduisit à vitesse modérée sur les routes de campagne aux abords du campus puis se rendit au dojo pour recevoir sa première leçon de self défense. Compte tenu de la brièveté de son séjour à CHERUB, Miss Takada, la spécialiste des arts martiaux, avait élaboré un programme de dix sessions de quatre-vingt-dix minutes centrées sur le maniement du couteau et les techniques élémentaires de combat au corps à corps ciblant les parties les plus vulnérables du corps humain. James prit soin de ménager son élève en lui prodiguant une foule d'encouragements.

À midi, ils se rendirent à la salle à manger du personnel et commandèrent une assiette de pâtes sauce végétarienne. André, qui semblait avoir gagné en confiance, était un véritable moulin à paroles.

— Ce pistolet-mitrailleur... Bon sang, quand j'ai appuyé sur la détente... Les cibles sont parties en morceaux, c'était complètement dingue ! Comment s'appelle ce truc déjà ?

— Un Uzi, répondit James.

— Dis, on pourra retourner au stand de tir ?

— Oui, après-demain. C'est prévu au programme. Mais dans ton cas, le maniement des armes n'est pas prioritaire. Tu te prépares à mener une mission de renseignement, pas une opération commando. Tu n'auras sans doute pas l'occasion de tirer un seul coup de feu, à moins que les choses ne tournent à la catastrophe.

— Et pour la conduite ?

— Nous continuerons demain. C'est un point important, car tu dois être capable de prendre la fuite en cas de danger imminent. Mais il te faudra aussi suivre des cours théoriques qui risquent d'être beaucoup moins divertissants.

Leur repas achevé, ils se dirigèrent vers le camp d'entraînement. À la vue des installations et du vertigineux parcours d'obstacles aménagé à proximité, André pâlit.

— Il faut que je monte là-haut ? demanda-t-il en considérant les plateformes haut perchées reliées par des poutres et des cordages.

— Rassure-toi, répondit James. Un élève sur six se blesse lors de son premier passage. Comme nous n'avons que dix jours, nous allons éviter de passer par la case infirmerie.

— Il y a déjà eu des morts ?

— Pas cette année, plaisanta James.

Ils franchirent le portail couronné de barbelés donnant accès au cube de béton qu'occupaient les recrues lors du programme d'entraînement. Le groupe en cours d'instruction se trouvant à des milliers de kilomètres, ils entrèrent dans le bâtiment et trouvèrent le dortoir désert. Les lits étaient faits au carré et les effets des élèves parfaitement alignés dans des casiers individuels. Au fond de la salle, André remarqua une douche collective et une rangée de cuvettes de WC dépourvues de cloisons de séparation.

— C'est ici que je me serais entraîné, si on avait eu plus de temps ? demanda le garçon. Les élèves sont obligés d'aller aux toilettes ici, devant tout le monde ?

James se remémora brièvement les souffrances endurées lors des cent jours de programme. L'état d'épuisement extrême où les maintenait Mr Large abolissait alors toute pudeur. S'installer sur les toilettes, c'était l'occasion, une ou deux fois par jour, de s'asseoir et de rester immobile pendant quelques minutes.

Une jeune fille aux yeux bridés et à la mine sévère entra dans le dortoir. James lui avait demandé de choisir une tenue propre à impressionner son élève, et elle s'était parfaitement acquittée de sa tâche. Vêtue de noir des rangers à la casquette, elle portait des bracelets de cuir hérissés de clous chromés. Un bâton de défense tonfa de cinquante centimètres de long était suspendu à sa ceinture.

— Je te présente Fu Ning, dit James. Durant ces premières heures de formation, j'ai pu constater que tu étais attentif et que tu avais une excellente mémoire. Mais ce qui me préoccupe, c'est de savoir si tu seras capable de mettre ces enseignements en œuvre dans des circonstances extrêmement stressantes, si tu seras capable d'accomplir une tâche précise tout en sachant que tu n'es plus à l'entraînement et que tu n'auras pas de seconde chance.

À ces mots, la confiance et l'enthousiasme dont André avait fait preuve depuis le déjeuner se dissipèrent. Il hocha la tête puis baissa les yeux en signe de soumission.

— Fu Ning est une ancienne championne de boxe, poursuivit James. Elle est aussi ceinture noire de judo et de karaté. Elle est très rapide, très musclée, et elle a un compte à régler avec toi.

— Mais je ne l'ai jamais rencontrée, protesta timidement le garçon. Qu'est-ce que tu racontes ?

James s'adressa à sa complice.

— Parle-lui de ta mère.

— Elle a été kidnappée et torturée pendant deux jours par une bande de criminels, cracha Ning. Lorsqu'elle leur a livré les informations qu'ils recherchaient, ils l'ont étranglée. Quant à moi, j'ai été battue. On m'a cassé un orteil, brûlé le ventre avec de l'eau bouillante et versé du jus de citron dans les yeux.

— Et comment s'appelait le chef de ces tueurs ?

— Leonid Aramov.

— Oh, quelle étrange coïncidence, gloussa James en se tournant vers André. Je suis certain que Ning aimerait beaucoup connaître ton nom.

Le garçon recula vers l'un des lits.

— Non, répondit-il fermement.

— Fu Ning, ricana James, je te présente André Aramov, le fils préféré de Leonid.

— Je déteste mon père ! s'étrangla le garçon. J'ai aidé ma grand-mère à se débarrasser de lui !

Ning, qui avait longuement étudié le dossier d'André, n'ignorait rien de ses sentiments à l'égard de Leonid, mais conformément aux instructions de James, elle fit mine de découvrir l'information.

— Je vais te massacrer, sale morveux ! hurla-t-elle en détachant le tonfa accroché à sa ceinture. Ça fait si longtemps que je rêve de me venger des Aramov !

André courut se réfugier derrière James. Son expression traduisait une profonde perplexité.

— Tu as dit que tu ne me ferais pas monter sur les plateformes par peur que je ne me blesse, lança-t-il à l'adresse de son instructeur. Et tu la laisserais me passer à tabac ?

— Les conséquences d'une chute sur le parcours d'obstacles sont imprévisibles. Mais Ning est une professionnelle. N'est-ce pas, ma petite fleur des champs ?

— Affirmatif, chef. Je peux infliger des souffrances inimaginables sans laisser la moindre séquelle.

— Parfait, dit James en consultant sa montre. Les grilles du camp sont bouclées. Il est exactement quatorze heures six. L'épreuve durera une heure. André, je t'accorde deux minutes d'avance, puis je lâcherai Ning à tes trousses. Chaque fois qu'elle parviendra à te capturer, elle fera de toi ce qui lui plaira pendant trois minutes, puis tu retourneras te planquer. Et ainsi de suite.

— Lorsque j'ai accepté de participer à cet entraînement, il n'était pas question de chasse à l'homme ! protesta le garçon. Je croyais que tu étais mon ami, James.

— Je *suis* ton ami, André. Et tu m'es si cher qu'il est hors de question que je t'envoie en mission si j'estime que tu n'as pas le cran nécessaire.

— S'il te plaît…

— Deux minutes… C'est parti !

Constatant qu'André demeurait figé, Ning fit un pas dans sa direction. L'enfant détala hors du bâtiment comme s'il avait le diable à ses trousses.

— Une minute trente ! cria James avant de se tourner vers sa complice. Très réussie, ta tenue. Franchement, tu me fous la trouille.

— Et maintenant, je fais quoi ?

— Vu son état de panique, je pense qu'il va passer une demi-heure à courir dans tous les sens. Nous allons le surveiller sur les caméras de surveillance. Dès qu'il sera planqué, tu iras le débusquer et tu feras en sorte qu'il t'échappe de justesse. Dix minutes avant la fin de l'épreuve, tu le captureras.

— Et ensuite ?

— Repère une belle flaque de boue et balance-le dedans. Hurle-lui dans les oreilles autant que tu voudras, mais ne lui fais pas de mal.

— Ça marche.

— Ça te dirait, une tasse de thé ? demanda James en sortant de sa poche les clés du bureau des instructeurs.

La petite pièce était équipée d'une rangée d'écrans de surveillance reliés aux nombreuses caméras dissimulées dans le camp d'entraînement.

— Regarde-le cavaler, sourit Ning en s'asseyant devant la console. Je crois qu'il va pisser dans son froc.

Sur l'un des moniteurs en noir et blanc, André dévala un remblai sur les fesses, jeta un coup d'œil anxieux par-dessus son épaule puis se remit à courir.

James esquissa un sourire, brancha la bouilloire électrique puis souleva le couvercle d'une boîte à biscuits en forme de bonhomme de neige. Aussitôt, les premières notes de *Jingle Bells* se firent entendre.

— Un petit gâteau, chère collègue ?

27. La mort dans l'âme

DIX JOURS PLUS TARD

Un calme irréel régnait sur la base aérienne. La fréquence des décollages et des atterrissages était passée de quatre par heure à deux par jour. En ce cinquième jour avant Noël, les derniers résidents avaient installé quelques guirlandes dans les parties communes. Le décor, inchangé depuis les années 1970, n'en était que plus déprimant.

Si la plupart des membres d'équipage avaient regagné leur foyer, Amy tenait à entretenir l'illusion que la suspension des activités ne durerait que quelques mois. Dans les hangars, des mécaniciens poursuivaient les opérations d'entretien. Sur les pistes, les équipes de déneigement étaient à pied d'œuvre.

La circulation du bus scolaire avait été interrompue. Par souci d'économie, les trois enfants en âge d'être scolarisés qui étaient demeurés au Kremlin rejoignaient désormais leur établissement en taxi. Natalka, elle, ne s'était pas rendue au collège depuis l'arrestation de sa mère. En vérité, elle ne quittait pratiquement plus sa chambre.

— Je peux entrer ? demanda Ryan après avoir frappé trois coups à la porte de l'appartement.

Ne recevant pas de réponse, il tourna la poignée et constata que le verrou n'était pas tiré. Il régnait dans le salon un silence si pesant qu'il redoutait de trouver Natalka pendue ou vidée de son sang dans la baignoire. Des albums photo étaient entassés sur la table basse. Le plan de travail de la cuisine était jonché de boîtes de conserve vides. L'air empestait le tabac froid. À son grand soulagement, il trouva son amie assise sur son lit, une paire d'écouteurs sur les oreilles.

— Qu'est-ce que tu fous ici ? hurla-t-elle. Dégage de ma chambre ! Tu n'as pas le droit de débarquer comme ça !

— J'ai frappé avant d'entrer, plaida Ryan avant de désigner ses Converse souillées de neige boueuse. J'ai laissé une paire de pompes ici. Celles-là sont trempées.

Natalka se pencha pour ramasser une basket et la lui lança au visage.

— Maintenant, dégage !

— Je… je pourrais avoir la deuxième ?

— Je ne sais pas où elle est, soupira Natalka en pointant les vêtements éparpillés sur la moquette. Tu n'as qu'à fouiller.

Sur ces mots, elle se tourna vers le mur et enfouit son visage dans un oreiller. Elle ne portait qu'un ample T-shirt. Ryan contempla ses jambes nues. Malgré ses cheveux sales et en bataille, elle était terriblement sexy.

Il souffrait le martyre depuis qu'ils avaient rompu. Chaque soir, prostré dans sa chambre, il pensait à Kazakov et Natalka, et mesurait ce qu'il avait perdu. Pour se vider l'esprit, il effectuait de longs footings nocturnes autour de la base, ne s'interrompant que lorsque la douleur chassait tout autre préoccupation.

— C'est bon, je l'ai, dit-il. Tu ne veux pas que je fasse un peu de ménage ?

— Qui es-tu ? demanda Natalka, sans détourner la tête.

— Un garçon qui tient à toi, répondit Ryan, ravi que son ex-petite amie se décide enfin à engager la conversation.

— Épargne-moi tes conneries ! rugit-elle. Je me rappelle la première fois que je t'ai vu.

— Moi aussi. C'était dans le hall, le jour de ma rentrée au collège.

— Non, dit Natalka en se redressant brusquement. J'ai beaucoup réfléchi. Quand tu t'es pointé avec ton père, j'ai tout de suite eu le sentiment bizarre que je t'avais déjà rencontré. Et puis je me suis souvenue : Ryan Brasker.

Ryan sentit son sang se glacer dans ses veines. Son amie venait de prononcer le nom d'emprunt qu'il avait employé lors de la première phase de la mission, lorsqu'il était chargé de se lier à Ethan Aramov. Il fit de son mieux pour masquer son trouble, mais il n'avait pas la moindre idée de la façon dont Natalka avait bien pu tomber sur cette information.

— Tu as besoin de sortir de cette chambre, dit-il. Prends une douche, va faire un tour. Je ne dis pas que tu es en train de devenir folle, mais...

— Ça date de l'époque où je traînais avec Ethan Aramov. Il essayait de prouver que Leonid avait assassiné sa mère. Il avait un pote en Californie qui le renseignait sur le piratage informatique. J'ai vu sa photo de profil sur Facebook, mais ce n'est qu'hier que j'ai fait le rapprochement. Si je connaissais ton visage quand tu es arrivé au Kremlin, c'est parce que je l'avais vu sur la page d'Ethan.

Saisi de panique, Ryan s'efforça d'afficher une expression détachée. Au moins, le profil Facebook au nom de Ryan Brasker avait été effacé, et Natalka n'était pas en mesure de prouver ce qu'elle avançait.

— Je t'assure que tu délires. Ça fait des jours que tu rumines des idées noires. Tu es en train de dérailler...

— Tu n'as fait que me mentir, pendant tout ce temps ? demanda Natalka d'une voix étrangement posée.

— Tu crois pouvoir te fier à ta mémoire ? Tu passes ton temps à chercher tes clés, et tout à coup, tu te souviens d'avoir vu mon visage sur Facebook, il y a huit mois. Tu devrais sortir de ton trou, arrêter de fumer et manger autre chose que de la nourriture en boîte.

— Tu es un connard, répliqua Natalka. Je t'aimais bien. En fait, je crois même que je t'aimais tout court, mais tu m'as menée en bateau depuis le début.

— Allez, prends une douche et habille-toi, insista Ryan. Je t'invite à dîner au foyer. Je n'en peux plus de te voir dans cet état.

Natalka s'accorda quelques secondes de réflexion puis cracha :

— C'est bon, tu as récupéré tes pompes ? Alors tire-toi.

La mort dans l'âme, Ryan quitta la chambre et fit halte dans le vestibule. Il s'adossa à un mur du salon, ferma les yeux et respira profondément.

Natalka était à deux doigts de la vérité. Lorsqu'il avait rejoint le Kremlin en compagnie de Kazakov, la possibilité qu'Ethan ait pu dévoiler des informations concernant son mystérieux complice californien n'avait pas été prise en compte.

Par chance, compte tenu de sa détresse psychologique, il doutait que Natalka parvienne à convaincre quiconque qu'elle avait enregistré le visage d'un garçon aperçu sur Facebook huit mois plus tôt, sur la liste d'amis d'Ethan. Dès que possible, Ryan informerait Amy de cet incident. Son ex-petite amie devrait sans doute quitter le Kremlin pour rejoindre sa famille à Kiev, et cette pensée lui était tout simplement insupportable.

...

Lorsque Ryan regagna sa chambre, il avala quelques fruits au sirop, enfila un bas de survêtement et chaussa les New Balance à la semelle incrustée de boue qu'il réservait à la pratique du jogging. Il clippa à l'élastique de son pantalon la petite radio à ondes courtes achetée au bazar Dordoï, sélectionna la fréquence de *Voice of America*, enfonça les écouteurs dans ses oreilles puis descendit les escaliers quatre à quatre. Parvenu au rez-de-chaussée, il franchit la porte anti-incendie donnant sur les pistes de décollage.

Il s'engagea sur le sentier menant aux hangars d'entretien à l'instant où débutait le flash d'informations de dix-sept heures. Le journaliste annonça que trente-deux hommes et une femme avaient été appréhendés, conduits jusqu'à une base polonaise de l'US Air Force puis déférés devant un tribunal militaire. En Louisiane, le président des États-Unis avait assisté aux obsèques des victimes des attaques du Black Friday.

« *Lors d'une conférence de presse, le porte-parole de la Maison Blanche n'a pas souhaité préciser si d'autres mesures de représailles seraient prises à l'encontre des auteurs et complices des attentats...* »

Quatre-vingt-minutes plus tard, Ryan regagna son appartement. Avant même qu'il ait pu se déchausser, Amy, installée dans le canapé, actionna l'interrupteur d'une lampe placée sur une étagère.

— Nom de Dieu, tu m'as fichu une trouille bleue ! s'exclama-t-il.

Amy remarqua que l'une des chaussettes de son coéquipier était tachée de sang.

— La vache ! Qu'est-ce qui t'est arrivé ?

— T'inquiète, il n'y a rien de grave, la rassura Ryan, le souffle court. Je me suis juste cassé la gueule dans les rochers.

— Assieds-toi, dit-elle, l'air anxieux, en désignant l'antique fauteuil qui lui faisait face. Je vais jeter un coup d'œil.

— Ne t'en fais pas, je te dis. Qu'est-ce que tu foutais dans le noir ?

— Nous ne sommes pas censés nous rencontrer. Vu que tu étais en balade, je ne pouvais pas me permettre d'allumer la lumière.

— Ce n'est qu'un peu de sang, insista Ryan en s'affalant dans le fauteuil. C'est toujours pareil. Une fois la plaie nettoyée, on découvrira qu'elle n'est pas plus grande qu'une tête d'épingle.

Il plissa les yeux lorsqu'Amy posa son pied sur la table basse afin d'ôter sa chaussette.

— Je me fais du souci pour toi, dit-elle.

Lorsqu'elle eut exposé les jambes de Ryan, elle découvrit une multitude de plaies plus ou moins récentes.

— À compter de ce jour, je t'interdis de courir la nuit. Ou alors, reste dans le périmètre de la base.

— D'accord, maman, répliqua Ryan sur un ton hostile.

— OK. Je crois que tu es un peu déprimé. Et ton bien-être compte autant que le bon déroulement de la mission.

— Je reconnais que j'ai déjà été en meilleure forme. Natalka m'a plaqué. Et puis, j'ai du mal à me remettre de la mort de Kazakov. Mais je ne vais pas me jeter par la fenêtre, si c'est ce qui t'inquiète.

Amy se leva, marcha jusqu'à la kitchenette et chercha un torchon propre afin de nettoyer la plaie de son coéquipier.

— Bon sang, Ryan ! Il faut que tu nettoies cet évier. Et cette odeur... c'est ce que je pense ?

— Quand je me lève pour pisser la nuit, tu crois vraiment que je me traîne jusqu'aux toilettes collectives ? Il y a de l'eau de Javel dans le placard du bas.

— Je ne suis pas ta bonne, gronda-t-elle en passant une serviette en tissu sous le robinet.

Elle s'agenouilla devant Ryan.

— Aooooow ! lâcha ce dernier lorsqu'elle commença à nettoyer sa jambe.

— Je pourrais trouver un prétexte afin de te permettre de quitter le Kremlin pendant quelques jours, dit Amy. Ça te dirait de passer Noël au campus, avec tes copains ? De passer des vacances loin de cet endroit sinistre ?

— Je vais bien, je te dis.

— Ryan. Tes tibias sont couturés de cicatrices et tes pieds constellés d'ampoules. Admets-le, le traitement que tu t'infliges n'a rien à voir avec ta crainte d'être soumis à un programme de remise en forme à l'issue de la mission.

— Je suis ici depuis huit mois et l'opération sera terminée dans quelques semaines. Après tout ce que j'ai traversé, j'estime avoir le droit de remplir mon rôle jusqu'au bout.

Amy secoua la tête puis se concentra sur les jambes de Ryan.

— Je crois qu'il ne sera pas nécessaire de te poser des points de suture. Mais il fait un froid terrible, dehors. Imagine un peu ce qui serait arrivé, si tu t'étais assommé en tombant ? Tu serais mort d'hypothermie, imbécile !

— C'est bon, ça va, j'ai compris. Je courrai autour des pistes, c'est promis. Quand je retournerai en Angleterre, je passerai au moins six mois au campus. Je retrouverai mes potes, je suivrai des séances de psychothérapie avec Jennifer Mitchum, et j'essayerai de ne plus penser à Natalka.

— Tu es un garçon formidable, Ryan. Tu sais que tu peux venir me parler, chaque fois que tu as des problèmes ?

— Je le sais, Amy. Mais au fait, tout cela n'explique toujours pas pourquoi tu m'attendais dans le noir.

— Tamara et André ont presque terminé leur entraînement.

— André s'en est bien sorti ?

— Pas trop mal, à ce qu'on m'a dit. Dès que tu auras pris ta douche, je voudrais que tu ailles trouver Igor. Tu lui diras que tu as reçu un message d'André via Facebook, qu'il se trouve avec sa mère à Dubaï, et qu'ils n'ont plus un sou.

— Mais il va me poser un tas de questions.

— Évidemment. À ce moment-là, pour que tes intentions soient tout à fait claires, tu lui demanderas

237

une rallonge financière. Engage-toi à trouver l'adresse d'André et de Tamara en échange de vingt mille soms.

— Ça va le rendre dingue.

— Sans doute. Mais à l'inverse, si tu laisses filer l'info trop facilement, il risque de se poser des questions.

— Très bien, lâcha Ryan. Il est presque dix-neuf heures. Il doit déjà être au bar, alors je ferais mieux de me magner si je veux avoir une chance de lui parler avant qu'il ne soit complètement beurré.

28. Comme sur des roulettes

— Oui, maman, je suis avec James, dit André, mobile vissé à l'oreille. Il me reste juste une dernière épreuve, et j'en aurai terminé. Et toi, comment ça se passe ?

Le coupé Mercedes de la flotte de CHERUB remontait une rue bordée de pubs et de restaurants où des employés de bureau célébraient Noël entre collègues. Après dix jours passés côte à côte vingt-quatre heures sur vingt-quatre, James et André avaient tissé un fort lien d'amitié.

— Quoi ? glapit André. Tu as obtenu ton dimanche ?

Il fronça les sourcils, se pencha vers James et écarta l'iPhone de sa bouche.

— Ils lui ont accordé un jour de repos, dit-il sur un ton lourd de reproche.

— Et tu crois que ça m'a amusé, moi, de travailler tout le week-end ?

— Oui maman ? reprit l'enfant. D'accord maman.

De nouveau, il se tourna vers son instructeur.

— Elle te remercie de t'être occupé de moi.

— Dis-lui qu'on se verra demain, à l'aéroport.

— Elle a entendu, confirma André.

James ralentit à l'approche d'un passage piéton.

— On y est presque, dit-il. Il faut que tu raccroches.

Ils se trouvaient dans un quartier moins engageant. Pubs et restaurants avaient cédé la place à des agences de location de voitures, des stands de nourriture à emporter et des guichets de bookmakers. James emprunta une allée donnant accès à un groupe d'immeubles aux murs constellés de graffitis.

— À demain, maman, conclut l'enfant avant de mettre fin à la communication et d'étudier les environs. Quel endroit pourri. On se croirait au Kirghizistan.

— Le moment est venu de me prouver que tu as retenu tout ce que je t'ai appris. Pour la première fois, tu vas accomplir une véritable mission. Si tu restes concentré, tout se passera comme sur des roulettes.

James ouvrit la boîte à gants et en sortit un émetteur récepteur de la police britannique.

— Décris-moi une dernière fois les détails de l'opération. Je veux être certain que tu as tout mémorisé.

— J'emprunte l'escalier pour accéder au centre commercial désaffecté, puis la ruelle située à gauche de l'agence de voyages, là où se rassemblent les dealers. Je demande à parler à ce type…

— Son prénom ?

— Joachim.

— Et s'il n'est pas là ?

— À l'un de ses lieutenants : Gabriel, celui qui porte la barbe, ou Pugs, que je reconnaîtrai à son double menton. Si l'un de ces trois-là se trouve sur place, je fais passer le message. Sinon, je continue à marcher droit devant moi.

— Bien, dit James en actionnant l'émetteur dissimulé dans son oreille. Test. Un, deux, un, deux.

— Je te reçois fort et clair, répondit André.

James porta le micro de l'émetteur de police à hauteur de son visage.

— Ici unité six. Le gamin est avec moi. Vous êtes en position ?

Une voix métallique jaillit du haut-parleur.

— Content que tu sois de la partie, mon garçon. L'un de nos gars a effectué une brève reconnaissance. Joachim et Pugs se trouvent à l'endroit prévu. Toutes les unités de police sont en position.

— Parfait. Je vous envoie André.

James posa le micro sur ses cuisses et adressa un sourire à son protégé.

— Ne prends aucun risque, d'accord ? Tu imagines de quoi j'aurais l'air si tu te faisais tuer maintenant, lors du dernier exercice ?

André lança un rire nerveux puis ouvrit la portière.

— Il n'y a pas de parking dans le coin, ajouta James. Je passerai te prendre dans dix minutes, devant le terrain de jeux situé de l'autre côté de la cité.

Tandis que l'enfant trottinait vers les marches de béton, James passa la marche arrière et rejoignit la rue principale.

Pour minimiser les risques d'arrestation, les dealers avaient établi une procédure parfaitement huilée : le client remettait à l'un d'eux l'argent de la transaction, puis récupérait son achat auprès d'un complice, quelques mètres plus loin. Ce dernier n'avait en sa possession que quelques sachets de drogue. Il était régulièrement approvisionné par un troisième individu qui puisait dans un stock conservé à proximité, dans une cache secrète.

Pour espérer démanteler ce trafic, les policiers devaient simultanément en arrêter les acteurs et saisir leur marchandise. Si tout se déroulait comme prévu, André leur permettrait d'opérer ce coup de filet.

Il gravit l'escalier, traversa une terrasse bordée de boutiques abandonnées puis se dirigea vers une ruelle encombrée de détritus. Il aperçut aussitôt des silhouettes, à une trentaine de mètres de sa position.

— J'en vois trois, murmura-t-il. Joachim se trouve parmi eux.

— Parfait, répondit James. Avance, et tâche d'avoir l'air détendu.

Joachim, âgé de dix-neuf ans, était un individu au front bas et aux épaules larges. Il avait reçu plusieurs condamnations, mais avait toujours échappé à la prison. Pugs était obèse. Il organisait des combats de chiens. L'un de ses pitbulls était enchaîné à un parc à vélos.

Dix pas derrière les deux dealers se tenait un individu au comportement nerveux vêtu d'un survêtement Adidas. Il ne conservait sur lui qu'un seul sachet d'héroïne et dissimulait une petite réserve dans la bouche d'aération d'une ancienne laverie automatique située non loin de là.

— Tu es Joachim ? haleta André, comme s'il venait de courir un kilomètre sans s'arrêter.

Malgré la terreur qu'il éprouvait, il affichait une expression sereine.

L'intéressé fit un pas dans sa direction.

— T'es qui toi ? gronda-t-il, frappé par l'accent russe de son interlocuteur. Comment tu connais mon nom ?

— Je suis le neveu de Sergei, mentit André.

Il venait de prononcer le prénom du trafiquant qui contrôlait ce quartier de la ville.

— Des mecs de la bande des Slashers lui sont tombés dessus au club de billard, poursuivit-il. Il paraît qu'ils sont très nombreux. Il m'a chargé de vous prévenir.

Joachim ne mordit pas à l'hameçon.

— Sergei ne m'a jamais dit qu'il avait un neveu.

— Je suis en Angleterre pour les fêtes de Noël. Je vis à Moscou.

Redoutant une descente imminente du gang rival, Pugs détacha son chien. Joachim sortit un mobile de la poche de son blouson.

— C'est inutile, dit André. Sergei a paumé son téléphone pendant la bagarre.

En vérité, la ligne avait été suspendue sur ordre de la police.

— Bon, je me tire. Il m'a conseillé de ne pas traîner.

— Ça ne répond pas, confirma Joachim en se tournant vers Pugs. Tu as déjà vu ce gamin, toi ?

— Non. Mais il a le même accent que Sergei, et je préfère ne pas courir de risque. Tu te souviens de la fois où les Slashers ont attrapé les mecs de St Albans ? Ils leur ont arraché les ongles, et les ont forcés à les bouffer.

Joachim rangea son mobile puis s'adressa à son troisième complice.

— Vince, il y a des Slashers dans le coin. On ferme la boutique.

— J'avertis Reggie ?

— Ouais, mais dis-lui de laisser le matos à sa place.

— Eh, c'est tout ce qui nous reste pour la période de Noël, fit observer Pugs. Tu veux abandonner le stock alors que les Slashers traînent sur notre territoire ?

— OK, grogna Joachim. Vince, va chercher Reggie, mais magne-toi le train. Il faut qu'on se casse en vitesse.

André se dirigea vers l'extrémité de l'allée en prenant soin de ne pas hâter le pas. En prévision du coup de filet, les policiers avaient pris position dans les boutiques désaffectées en fin d'après-midi.

Vince s'engouffra dans un hall d'immeuble, et en jaillit trente secondes plus tard, un quatrième individu sur les talons. Chacun d'eux était chargé d'un énorme sac à dos. À l'instant où ils rejoignirent Pugs et Joachim, les forces de l'ordre passèrent à l'action et déboulèrent de leurs cachettes. Un cri se fit entendre.

— À plat ventre ! J'ai dit : à plat ventre !

André, qui avait parcouru une vingtaine de mètres, ne put résister à la tentation de jeter un coup d'œil par-dessus son épaule.

Les policiers prirent position de façon à couper la retraite des dealers. Seul Pugs osa tenter sa chance, mais il ne parcourut qu'une dizaine de mètres avant de recevoir un violent coup de matraque aux mollets. Lorsqu'il roula sur le sol, il lâcha la laisse qui retenait son pitbull. Ce dernier s'en prit aussitôt au postérieur de l'agent qui essayait de menotter son maître. L'un de ses collègues tenta vainement de le saisir par le collier. Une volée de coups appuyés lui arracha un couinement, puis il lâcha prise et fila dans l'allée sans demander son compte.

— Ripper, couché ! hurla Pugs, les mains liées derrière le dos.

André, qui s'était remis en route, entendit les maillons de la laisse tinter derrière lui. Saisi de panique, il se mit à courir.

— J'ai un chien au cul ! hurla-t-il dans sa langue natale.

Aussitôt, la voix de James résonna dans son oreille.

— Reste où tu es, mais ne le regarde pas dans les yeux. Et surtout, ne cours pas. Sinon, il te prendra pour une proie.

— Trop tard, haleta André.

Il tourna à l'angle de l'allée et s'engagea dans l'espace étroit qui séparait deux hautes grilles, le pitbull sur les talons.

— Je vais… je vais prévenir les flics, bredouilla James, à court de stratégie.

Ripper gagnait rapidement du terrain. À l'approche d'un container à ordures, André bondit sur le couvercle, s'agrippa au sommet de la clôture et tenta de s'y hisser. Dans la manœuvre, il renversa la poubelle et dispersa une montagne de déchets dans le passage. Entendant claquer les mâchoires du molosse, il trouva l'énergie nécessaire pour passer une jambe au-dessus de la grille puis il se laissa tomber de l'autre côté.

Le chien referma les crocs sur le vide puis passa sa frustration sur une bouteille de ketchup en plastique dénichée parmi les ordures. André se trouvait dans une courette jonchée de jouets cassés et d'appareils électro-ménagers hors d'usage.

Il poussa l'une des portes du bâtiment le plus proche et découvrit une vaste salle au sol tapissé de linoléum. Dans un angle, des paquets cadeaux étaient empilés au pied d'un sapin de Noël. Une infirmière était étendue sur un canapé.

— Sale petit voleur ! hurla-t-elle en se dressant d'un bond.

Avant que le garçon n'ait pu esquisser un geste, elle le saisit brutalement par le col et le plaqua contre un mur.

— Je vais appeler la police !

Au même instant, André entendit la voix de James résonner dans son oreille.

— Alors, comment ça se passe ? Tu t'en es tiré ?

Il tendit un bras, s'empara d'un bibelot en porcelaine exposé sur une étagère, puis en porta un coup sec à l'arrière du crâne de la jeune femme. Lorsqu'elle eut perdu connaissance, il l'allongea sur le sol en position latérale de sécurité, emprunta un couloir puis ouvrit la porte donnant sur la rue.

— James, où es-tu ?

Dans son dos, des bruits de pas attirèrent son attention. En se retournant, il vit l'infirmière avancer dans sa direction, la démarche gauche et les cheveux en bataille. James signala sa position par un coup de klaxon. En tournant la tête, André repéra la Mercedes grise stationnée devant un feu tricolore, à une cinquantaine de mètres de sa position, et sprinta dans sa direction.

— Tout va bien ? demanda James lorsque son jeune coéquipier prit place à ses côtés.

— Démarre, haleta ce dernier avant de claquer la portière.

James enfonça brutalement la pédale d'accélérateur, soulevant un nuage de gomme.

— Bon sang ! s'exclama André. C'était un monstre, ce clebs. S'il m'avait attrapé…

— Il est inutile de te prendre la tête avec *ce qui aurait pu arriver*. Les flics sont très contents du résultat de l'opération, et tu ne t'es pas fait bouffer les fesses par ce pitbull. C'est un résultat plutôt satisfaisant, pour un débutant.

29. Dodge Challenger

Sur le chemin du retour, André, qui s'était remis de ses frayeurs, raconta dans les moindres détails les événements qu'il venait de vivre.

— Ce type, Vince... Tu aurais dû voir la taille du flic qui s'est jeté sur lui ! J'ai bien cru qu'il allait étouffer. À ton avis, il y en avait pour combien, dans les sacs à dos ?

— Difficile à dire, mais probablement pas plus de quelques milliers de livres. Ce ne sont que des dealers de rue, pas des narcotrafiquants.

— Ils vont aller en prison pour longtemps ?

— Je ne sais pas. Joachim risque de prendre cher, parce qu'il a déjà un lourd casier judiciaire.

La Mercedes roulait sur une voie à double sens, à moins de cinq kilomètres du campus.

— Alors j'en ai terminé avec l'entraînement ? demanda André.

James hocha la tête.

— Dès notre arrivée, tu monteras dans ta chambre pour préparer tes bagages, puis nous irons dîner.

Ensuite, je te conseille de ne pas te coucher trop tard, parce que nous devrons nous mettre en route pour l'aéroport à six heures du matin.

— Tu vas me manquer, dit André. Grâce à toi, j'ai appris tellement de choses en l'espace de dix jours.

— J'avais peur que tu n'aies pas le cran nécessaire, mais tu t'es débrouillé comme un chef.

À l'approche d'un restaurant McDonald's, James remarqua une Dodge Challenger garée sur le parking, un véhicule caractéristique à la carrosserie orange vif et aux portières ornées du numéro quatre-vingt-quatorze.

— Attends, on va se marrer, gloussa-t-il avant de freiner brutalement puis de s'engager sur la bretelle menant au fast-food.

— Tu as faim ? s'étonna André. Je croyais qu'on devait dîner au campus.

— Non, j'ai juste un compte à régler. Je sais à qui appartient cette chiotte.

— Cette chiotte ? Tu délires. Cette bagnole est géniale, sans doute la plus cool que j'aie jamais vue.

Après avoir garé la Mercedes sur le parking, James conduisit André jusqu'aux portes automatiques du restaurant.

— Je veux que tu cries un truc du genre : « Oh, bon sang, un type est en train de vandaliser cette voiture orange. »

Son élève le considéra d'un œil suspicieux.

— C'est encore une de tes embrouilles d'instructeur ?

— C'est une embrouille, en effet, mais tu n'es pas concerné. Allez, fais ce que je te demande avant qu'on ne m'identifie.

— Eh ! hurla André. Un malade est en train de massacrer cette bagnole orange !

Les clients qui patientaient devant le comptoir tournèrent la tête dans sa direction. James plongea sous une table à l'instant où une jeune femme blonde, surgie de la salle du restaurant, se précipita vers son protégé.

— Il est encore là ? gronda-t-elle. Je vais le défoncer !

Lorsqu'elle débaula sur le parking, James courut jusqu'à la table qu'elle venait d'abandonner et se mit à dévorer ses frites.

— Un petit creux, André ?

Quelques secondes plus tard, l'inconnue regagna l'établissement. Elle portait un jean délavé, des Converse et une ample chemise à carreaux.

— C'est ta copine ? demanda André.

— Ma sœur, rectifia James en adressant à l'intéressée un geste de la main. Salut, Lauren, comment tu vas ?

— Espèce de fumier ! grogna-t-elle. Tu ne perds rien pour attendre.

— Ta bagnole est fabuleuse ! s'exclama André.

— Un cadeau de mon copain pour mon dix-huitième anniversaire, sourit-elle. V8 six litres quatre, cinq cents chevaux, vitesse de pointe deux cent quatre-vingts kilomètres-heure. Un peu gourmande, mais quel pied de la conduire !

— Pour être honnête, dit James, moi aussi je serais prêt à coucher avec Rat pour posséder une bombe pareille. Au fait, comment va ton petit copain milliardaire ?

— Il est parti faire la bringue à la montagne avec ses potes de foot de l'université. Je suis censée le récupérer à la gare demain après-midi. Il va encore être dans un état lamentable.

— Génial. On va passer Noël ensemble, comme au bon vieux temps. On se retrouve tout à l'heure ?

— Je suis enchanté de t'avoir rencontrée, Lauren, dit poliment André.

Sur ces mots, il quitta le restaurant en compagnie de son instructeur.

— Ta sœur est mortelle, soupira-t-il.

James éclata de rire.

— Laisse tomber, mon gars. Je crois que tu as les yeux plus gros que le ventre.

．．．

Il était plus de vingt-trois heures lorsqu'Igor, qui avait dîné à Bichkek, regagna le bar du Kremlin en compagnie de trois secrétaires et de deux pilotes.

— On est foutus, bredouilla l'un d'eux, à peine capable de tenir debout. Foutus !

— Je lève mon verre à ce merdier pour la dernière fois ! ajouta son collègue.

Amy s'était efforcée de convaincre les employés de la base que le Clan avait suspendu ses activités à titre provisoire, mais la plupart n'avaient pas mordu à l'hameçon. En outre, ils savaient pertinemment que les compagnies aériennes ne se bousculeraient pas pour employer des quadragénaires dont la qualification se limitait à des appareils obsolètes.

Ryan se posta devant le bar et commanda un Coca.

— J'ai reçu un message d'André, glissa-t-il à l'oreille d'Igor. Il faut qu'on parle.

L'homme lui adressa un sourire complice.

— Laisse-moi une minute, chuchota-t-il, le temps de me débarrasser de ces emmerdeurs.

Il se tourna vers ses compagnons et désigna une table du foyer.

— Allez vous asseoir, je ramène la vodka, dit-il avant de rejoindre le comptoir.

— Il se trouve à Dubaï, lâcha Ryan. Il n'a rien dit de plus, mais je vais essayer de le cuisiner. Apparemment, Tamara n'a plus un rond. Tiens, au fait, puisqu'on parle de fric…

Igor lui remit un rouleau de cinq mille soms.

— Si j'arrive à les localiser, je vous en demanderai vingt mille, dit Ryan en empochant les billets.

L'homme fit la grimace.

— Bien, j'imagine que c'est un prix correct pour une telle information, dit-il avant de tourner les talons et de rejoindre ses compagnons.

Ryan termina son Coca. Ses jambes blessées le faisant horriblement souffrir, il décida qu'il était temps de regagner son appartement. À cet instant, il vit le visage de Natalka se refléter dans son verre.

Elle s'était enfin décidée à quitter sa chambre. Après s'être douchée et coiffée, elle avait enfilé une jupe ultra-courte et une paire de ballerines. Sa démarche était gauche, signe qu'elle avait puisé dans le stock d'alcool de sa mère. Elle se cramponnait au bras hypertrophié de Vlad.

Ce dernier choisit délibérément les tabourets placés à côté de Ryan.

— Vodka, lança-t-il. Un rhum-Coca pour ma copine, et une limonade pour le gamin.

Ryan lui lança un regard méprisant. Conscient de la tension qui régnait au sein du trio, le barman se contenta de servir Vlad et Natalka.

— Salut Ryan, bredouilla cette dernière en se penchant sur le comptoir. Tu sais quoi ? Je m'éclate avec lui. Il est super baraqué, et il ne me prend pas pour une conne.

— Je porte un toast à toutes les jolies filles de la terre, sourit Vlad.

Natalka lâcha un éclat de rire sans joie, vida son verre en cinq gorgées puis se pendit à son cou. Ryan eut la sensation qu'on venait de le poignarder à mort.

— Ça faisait des siècles que je n'avais pas été avec un homme, un vrai, ricana son ex-petite amie.

— Tu ne devrais pas être couché, à cette heure, Ryan ?
lança Vlad avant de se tourner vers le barman. Un autre
pour ma petite femme.

Il glissa les mains jusqu'aux fesses de Natalka, la souleva de terre puis la força à s'asseoir sur ses genoux.
Ryan, qui se refusait à quitter le foyer et à admettre sa
défaite, se sentit submergé par la haine.

— Bois, roucoula Vlad à l'oreille de sa conquête. J'ai
vingt cartouches de Dunhill dans ma chambre.

Elle se déroba mollement à son étreinte.

— Eh, où est-ce que tu vas ?

— Aux toilettes, bredouilla Natalka avant de fouler
d'un pas hésitant la moquette constellée de brûlures
de cigarette.

Dès qu'elle se trouva hors de portée de voix, Vlad se
mit à ricaner.

— Ça ne te fait rien, de savoir que je vais m'envoyer
en l'air avec ton ex ?

— Elle a quatorze ans. Il n'y a vraiment pas de quoi
être fier.

— Eh, ce n'est pas ma faute à moi, si Dieu lui a donné
ces fesses et ces nibards. Il m'a donné pour mission de
fabriquer plein de petits Vlads !

— Si tu crois qu'il te reste un seul spermatozoïde, avec
tous les produits dopants que tu t'envoies..., répliqua
Ryan en affichant une mine dégoûtée.

Sur ces mots, il quitta son tabouret.

— C'est ça, au dodo, minus, gloussa Vlad.

Ryan se dirigea vers l'escalier. Il éprouvait des sentiments confus. Il n'aspirait qu'à se réfugier sous la couette et oublier cette scène affreuse, mais son attachement pour Natalka n'avait pas faibli, et il redoutait que son rival ne la maltraite.

Même si son entraînement à CHERUB avait fait de lui un redoutable combattant, il avait vu Vlad soulever une barre de deux cent quarante kilos et manipuler des haltères qu'il était quant à lui incapable de détacher du râtelier. En cas d'affrontement, il doutait de pouvoir encaisser plus de quelques coups. Il n'aurait que peu de temps pour mettre son adversaire hors d'état de nuire.

Natalka tituba hors des toilettes et se jeta au cou de Vlad.

— Je vais m'occuper de toi, ma mignonne, dit ce dernier en passant un bras autour de sa taille.

Tandis qu'il la traînait vers l'ascenseur, Ryan s'engagea dans la cage d'escalier et gravit les marches quatre à quatre. Parvenu sur le palier du troisième étage, il avisa un extincteur qui, à en croire son certificat de contrôle, était périmé depuis six ans. Mais il ne se souciait que de son poids. Il l'arracha à son support mural, franchit la porte coupe-feu donnant sur le couloir puis se glissa dans un renfoncement à proximité de la cage d'ascenseur.

Quelques secondes plus tard, Natalka, saisie d'une violente quinte de toux, tituba hors de la cabine.

— Tu as dégueulé sur ma chemise préférée, espèce de salope, rugit Vlad.

— Je n'ai pas fait exprès…, gémit la jeune fille.

— Tu mérites une bonne correction.

Il la saisit par les cheveux puis la tira vers sa chambre. Une révoltante odeur de vomissures assaillit les narines de Ryan.

— Eh, ducon ! lança ce dernier.

À l'instant où son adversaire tourna la tête, il le frappa en plein visage à l'aide de l'extincteur puis lui adressa un coup de pied à l'abdomen qui le força à se plier en deux. Natalka lâcha un cri perçant, glissa le long d'un mur puis s'effondra sur la moquette.

Vlad, qui était demeuré conscient, attrapa la cheville de son agresseur, le renversa sur le sol puis arma un formidable direct qui frôla le crâne de Ryan, traversa la fine cloison de plâtre et y resta prisonnier. Ce dernier en profita pour lui porter un coup de coude à la tempe.

Lorsqu'il se redressa, il constata que ses vêtements étaient mouchetés de sang. Natalka se pencha en avant, rendit tripes et boyaux, puis leva la tête dans sa direction. Son regard exprimait-il de la haine ou de la gratitude ? Aux yeux de Ryan, il était indéchiffrable.

Soudain, elle fléchit le cou et ferma les paupières.

— Natalka ? dit-il en lui pinçant doucement la joue.

Constatant qu'elle demeurait sans réaction, il plaça les mains sous ses aisselles puis hissa son corps inerte sur son dos.

— Bon sang, tu pèses une tonne, gémit-il. Je crois qu'il est grand temps de te mettre au lit.

30. Un type normal

Les dix jours d'entraînement intensif ayant laissé James et son élève dans un profond état d'épuisement, Lauren les conduisit à l'aéroport à bord de sa Challenger.

Ils retrouvèrent Tamara et son instructeur du MI6 dans un fast-food du terminal cinq. André se jeta au cou de sa mère puis se mit à pleurnicher lorsque James lui annonça qu'il était temps de se dire au revoir. Le petit garçon lui offrit une boîte de pastilles à la menthe achetée dans une boutique de duty free puis fondit en larmes avant de rejoindre la salle d'embarquement.

— Il est trop chou, dit Lauren. Personnellement, il ne m'est jamais venu à l'idée de faire des cadeaux à mes instructeurs. À mon avis, tu es beaucoup trop coulant.

— André est intelligent, mais il ne supporterait pas deux heures de programme d'entraînement. Tu veux un bonbon ?

James fit rouler deux pastilles dans la main de Lauren, puis ils se mirent en route.

— Alors, quand est-ce qu'elle débarque, la femme de ta vie ? demanda Lauren.

— Kerry ne viendra pas. Ça ne marche pas terrible entre nous, en ce moment.

— Ah. Elle t'a encore trouvé au lit avec une de tes copines de fac ?

— Qu'est-ce que tu vas chercher ? lança James. On dirait que tout le monde me prend pour un maniaque sexuel. Je suis un type *normal*, avec des envies *normales*.

Lauren leva les yeux au ciel.

— Je te connais par cœur. Tu es plutôt beau gosse. Les filles te font du rentre-dedans, et tu ne sais pas dire non.

— Tu sais que tous les gamins du campus sont persuadés que je me suis envoyé en l'air dans la fontaine ?

— Excellent ! s'esclaffa Lauren. Figure-toi que c'est moi qui ai lancé cette rumeur.

— Quoi ? Mais qu'est-ce qui t'a pris ?

— Je ne sais pas trop. C'était pendant une soirée. Je m'ennuyais. J'ai raconté un peu n'importe quoi, histoire d'alimenter la conversation.

James éclata de rire.

— Bon sang, tu n'as pas idée à quel point tu me manques !

— Ma fac est à une heure du campus, dit Lauren. Si tu décides de t'installer en Angleterre, on pourra se voir plus souvent.

— Ouais, ce serait cool.

— Bon, c'est quoi le problème entre Kerry et toi ? Juste un coup de mou, ou quelque chose de plus grave ?

James haussa les épaules.

— Je ne sais pas trop. Ça fait tellement longtemps qu'on est ensemble. Il n'y a plus cette étincelle, tu sais… C'est sans doute inévitable, après quelques années.

— Elle ne va quand même pas fêter Noël toute seule ?

— Elle ne m'a rien dit. Mais il y a ce type, Mark. Elle le voit un peu trop souvent à mon goût. Si ça se trouve, ils ont prévu de passer la soirée ensemble.

— Pas cool, soupira Lauren.

— J'ai pété les plombs quand elle m'a annoncé qu'elle ne me rejoindrait pas mais, depuis, j'ai pris le temps de réfléchir. Ça ne fonctionne plus, entre elle et moi. Je crois que je vais accepter la proposition de Zara.

Après avoir traversé le terminal, ils empruntèrent un escalator puis grimpèrent dans le monorail qui desservait le parking courte durée.

— Et toi ? demanda James. Ton mec, l'université et tout le reste ?

— Le premier trimestre était génial. Rat est adorable, mais je n'en dirais pas autant de certains de ses copains. CHERUB me manque, évidemment, mais on en est tous là, pas vrai ?

...

Craignant que Vlad n'exerce des représailles dès son réveil, Ryan fit un saut à son appartement afin de récupérer le pistolet automatique de Kazakov. Il nettoya le visage de Natalka, l'étendit sur son lit, s'installa dans un fauteuil et alluma son iPhone. Amy lui avait communiqué le code d'accès au réseau wifi à haut débit du Kremlin. Une photo avait été postée sur son mur Facebook : Max et Alfie, ses meilleurs amis, portaient un déguisement identique associant bonnet de Père Noël et masque de *Scream* ; ils encadraient fièrement un yucca décoré de guirlandes multicolores.

Max, Alfie et Doris vous souhaitent un joyeux Noël et une année splendibuleuse !

Au matin, il fut réveillé par des coups discrets frappés à la porte.

— C'est moi, Amy ! chuchota sa coéquipière.

Ryan la fit entrer dans l'appartement.

— Comment va Natalka ? demanda-t-elle.

— Toujours dans les vapes.

— Le problème Vlad est réglé.

— Qu'est-ce que tu veux dire ?

— Son père l'a conduit à l'hôpital de Bichkek afin qu'il se fasse poser des points de suture, mais ils avaient prévu de rentrer en Russie dès aujourd'hui. Lorsqu'ils retourneront au Kremlin, ce sera pour récupérer leurs valises et sauter dans un avion.

— Voilà qui simplifie les choses.

— Sais-tu si Vlad a des copains qu'il pourrait charger de le venger ?

Ryan secoua la tête.

— Personne ne peut l'encadrer. Il traînait avec Alex et Boris, les grands frères d'André, mais depuis leur départ, il était livré à lui-même.

260

— C'est parfait, dit Amy en se penchant au-dessus de Natalka pour s'assurer qu'elle était toujours endormie. Grande nouvelle, nous avons recueilli des informations concernant Leonid. Tu avais raison pour Mr Nez Cassé : c'est le frère d'Igor. Il a beaucoup d'amis à l'ambassade russe de Bichkek. Ce sont eux qui lui permettent de contacter son patron grâce à leurs lignes diplomatiques sécurisées. La CIA a intercepté plusieurs de ces communications. Tiens-toi bien, tous ces appels étaient dirigés vers le Mexique.

— Merde alors. J'étais persuadé qu'il se planquait en Russie ou aux Émirats arabes unis.

— Moi aussi, évidemment. Mais en y réfléchissant bien, ce n'est pas si étonnant.

— C'est-à-dire ?

— Nous avons saisi la quasi-totalité des avoirs de Leonid, mais nous n'avons aucun moyen de le priver de son savoir-faire. Au cours de sa carrière au sein du Clan, il a noué des contacts avec des pilotes, des fonctionnaires corrompus, des fabricants d'armes... Au Mexique, les narcotrafiquants se disputent le contrôle des réseaux de contrebande vers les États-Unis. C'est sans doute la guerre de gangs la plus longue et la plus sanglante de tous les temps, et ces criminels sont constamment à la recherche d'armes. Un marché énorme pour Leonid et ses associés.

— Et les cartels sont immensément riches, ajouta Ryan.

— Leonid est un psychopathe, mais il est loin d'être idiot.

— Vous avez réussi à le localiser ?

— Les analystes de l'ULFT y travaillent, mais pour le moment, André et Tamara restent notre piste la plus solide.

— Igor avait l'air ravi, hier soir, quand je lui ai dit qu'ils se trouvaient à Dubaï.

— Ça ne m'étonne pas. Lors d'une des conversations que nous avons interceptées, Leonid a menacé de lui trancher la gorge si ses recherches échouaient.

— André et sa mère doivent être dans l'avion à l'heure qu'il est.

Amy hocha la tête.

— J'ai reçu un appel de James Adams. Ils ont décollé à l'heure prévue. Ils seront à Dubaï dans la soirée. Ted Brasker est chargé de les accueillir. Il leur a trouvé un hébergement dans un foyer pour travailleurs étrangers. Dès que leur arrivée sera confirmée, tu iras trouver Igor. Tu lui diras que tu t'es rendu au bazar et que tu as échangé des messages avec André par Internet, puis tu lui communiqueras leur adresse. Ensuite, nous n'aurons plus qu'à attendre que Leonid contacte Tamara.

— Et après, qu'est-ce qui va se passer ?

— Les appels que nous avons interceptés confirment les sentiments de Leonid à l'égard de Tamara. Elle lui dira qu'elle a quitté le Kremlin pour échapper aux assiduités de Josef, qu'elle n'a plus d'argent et qu'elle vit dans un taudis. Si tout se passe comme nous l'espérons, il mettra tout en œuvre pour qu'elle le rejoigne au Mexique avec André. Dès qu'ils seront sur place, ils nous informeront de l'endroit où ils se trouvent.

— Et ensuite ?

— Ta mission sera terminée, répondit Amy. Nous dirons à ceux qui s'étonnent de ton départ précipité que tu es parti vivre en Ukraine avec un membre de ta famille. La bonne nouvelle, c'est que tu passeras Noël au campus avec tes copains.

Ryan contempla le visage de Natalka.

— Tu avais dit que je pourrais rester ici un peu plus longtemps...

— Tu es fou d'elle, n'est-ce pas ?

— Je sais bien que je ferais mieux de rentrer en Angleterre, soupira Ryan. De toute façon, elle ne m'aime plus... Mais quand je pense que je ne la reverrai jamais, ça me rend complètement dingue.

Amy tendit la main vers le pistolet de Kazakov.

— Donne-moi cette arme. Tu n'en auras plus besoin, maintenant que nous sommes débarrassés de Vlad.

— C'est trop nul, lâcha Ryan.

Une larme roula sur sa joue. Il la chassa d'un revers de main puis leva les yeux vers le plafond constellé de taches d'humidité.

— J'aimerais trouver des mots pour te consoler, Ryan, mais je ne suis pas du genre à enjoliver la vérité. Quand tu rentreras au campus, tu vivras des moments terribles. Car seul le temps peut soigner un chagrin d'amour.

31. Bang bang

Après s'être traînée péniblement sous la douche,
Natalka, qui souffrait d'un sévère mal de crâne, enfila
un polo Armani de contrefaçon et un short taillé dans
un vieux jean. En début d'après-midi, elle fit irruption
dans l'appartement de Ryan, pieds nus et cigarette aux
lèvres.

— Salut, lança-t-elle avant de souffler un nuage de
fumée.

Étendu sur son lit, Ryan tâcha d'afficher un visage
impassible, mais il ne put réprimer un sourire.

— On ne t'a jamais appris à frapper avant d'entrer ?

Natalka haussa les épaules.

— J'ai ouvert un œil, cette nuit. Tu étais assis dans
le fauteuil de ma mère. Tu veillais sur moi.

Ryan posa le livre qu'il était en train de feuilleter.

— Je n'allais tout de même pas te laisser t'étouffer
dans ton vomi.

— Je peux m'asseoir ?

— On est dans un pays libre.

Natalka s'installa au bout du lit. L'un de ses genoux frôla les mollets de Ryan.

— Eh ben alors? fit-elle mine de s'étonner. Je n'ai pas droit à ma petite leçon de morale?

— Moi aussi, il m'est arrivé de faire des conneries.

— C'était drôlement courageux de t'attaquer à Vlad, soupira-t-elle avant de se pencher pour laisser tomber le mégot de sa cigarette dans le verre d'eau posé sur la table de nuit.

C'était tout Natalka. Elle savait que son ex-petit ami détestait la fumée, mais elle s'en moquait éperdument. Elle saisit les pieds de Ryan et les posa sur ses cuisses.

— C'est dingue. En général, les pieds des mecs sont immondes. Ongles jaunes, orteils poilus… Les tiens sont trop mignons. On dirait ceux d'un petit garçon, malgré toutes ces vilaines ampoules.

Sur ces mots, elle les porta à ses lèvres et y déposa un baiser.

— Tu es dingue, gloussa Ryan. Et moi, tu sais ce que je préfère chez toi?

Natalka s'assit à califourchon sur son ventre. Enivré par son parfum où se mêlaient tabac et gel douche, il était au paradis. Son regard s'aventura dans l'encolure de son polo. Un petit diamant se balançait sous son nez, suspendu au bout d'une chaînette d'argent.

— Non, dit-elle. Vas-y, je t'écoute.

Ryan se trouvait confronté à un dilemme. Devait-il louer sa vivacité d'esprit, ou, en toute honnêteté, admettre qu'il craquait pour sa poitrine? Avant qu'il n'ait pu se décider, à sa plus grande stupeur, Natalka baissa la tête et l'embrassa avec passion.

...

Les autorités de Dubaï se plaisaient à présenter leur ville-État comme un paradis niché au cœur du désert, une oasis hérissée de gratte-ciel proposant boutiques de luxe et installations balnéaires. En vérité, moins de vingt pour cent de la population étaient natifs de l'émirat. Les emplois les plus modestes étaient occupés par des immigrés sous-payés venus d'Inde, du Pakistan, du Bangladesh et des provinces chinoises les plus déshéritées.

Selon leur scénario de couverture, André et Tamara avaient quitté le Kremlin en emportant un modeste pécule. Après avoir rejoint Dubaï en première classe, ils s'étaient installés dans un petit immeuble dont les appartements, originellement destinés à des couples, accueillaient pour la plupart huit à dix travailleurs immigrés.

Ils disposaient d'une pièce au sol de béton nu, d'une minuscule salle de bains, de toilettes à la turque d'une saleté repoussante et de deux matelas constellés de taches. Pour regarder la télévision, utiliser le téléphone fixe ou brancher l'air conditionné, il leur fallait glisser régulièrement des pièces dans un monnayeur. Les cris des résidents, les sonneries de mobiles, la musique indienne diffusée à plein volume et les postes de télé diffusant des matchs de football formaient un vacarme assourdissant.

Posté près de la fenêtre, André observait cinq femmes à la peau mate qui, vêtues d'uniformes roses, préparaient le repas des ouvriers dans une cuisine à ciel ouvert aménagée dans la cour.

Tamara éprouva la fermeté des matelas.

— Ils ne sont pas si mal, dit-elle, et les draps sont propres.

— Il était sympa, ton instructeur ?

— Il m'a appris une foule de choses, mais c'était un vrai glaçon. Chaque jour, il interrompait l'entraînement à dix-sept heures trente précises pour retrouver sa famille. Nous n'avons pas vraiment sympathisé.

André enchaîna quelques mouvements de karaté puis fouetta les airs d'un coup de pied circulaire.

— James était génial. Et tu aurais dû voir la Dodge Challenger de sa sœur. Il n'y avait personne sur la route, ce matin, quand on est partis pour l'aéroport, alors elle a piqué une petite pointe de vitesse. C'était complètement dingue !

— Dis donc, il t'a drôlement marqué ce James. Tu n'as que son nom à la bouche depuis qu'on a quitté Londres.

— C'est le type le plus cool de l'univers, sourit André. Je voudrais tellement être comme lui, quand je serai plus grand.

— James, James, James, ânonna Tamara en esquissant à son tour une série de coups de poing. Je vais finir par croire que tu es tombé amoureux de lui.

— Eh, c'est pas mal du tout ! s'exclama le garçon, impressionné par la technique de sa mère.

— Mon instructeur m'a trouvée plutôt douée. Mais j'ai fait de la danse classique quand j'étais petite. Au fond, ce n'est pas si différent.

— Moi, c'est le tir que j'ai préféré. Et la conduite. James m'a autorisé à pousser la Mercedes à cent quatre-vingts kilomètres-heure.

— Bing ! lança Tamara en lui portant un coup de pied aux fesses qui l'envoya rouler sur l'un des matelas.

Elle bondit sur son fils, qui esquiva l'attaque en effectuant une roulade latérale.

— Ouf, j'ai failli me faire écraser par une baleine ! gloussa le garçon lorsque Tamara rebondit sur la couchette.

— On ne traite pas sa mère de baleine, jeune homme !

Elle lui tordit l'oreille, l'attira jusqu'à elle et déposa sur sa joue un baiser baveux.

— James était cool, mais il n'y a que toi que j'aime, maman, roucoula André.

Ils demeurèrent étendus sur le matelas. André étudia les fourmis qui progressaient en file indienne sur une applique de verre en matière plastique sur lequel un précédent occupant avait écrasé sa cigarette.

— Je ne serai jamais libre tant que ton père n'aura pas été éliminé ou jeté en prison, dit Tamara. Quand tout sera terminé, nous emménagerons en Russie, auprès de ma famille. Je t'inscrirai dans une bonne école. Avec ton intelligence, je suis sûre que tu deviendras médecin.

— Je ne supporte pas la vue du sang.

La jeune femme éclata de rire.

— Tu choisiras le métier qui te plaira. L'important, c'est que tu sois heureux. Amy a promis de veiller sur nous. Tout ce que je désire, c'est une petite maison, et une voiture rien qu'à moi. Je pourrai devenir coiffeuse, ou serveuse. Rien d'extravagant. Juste une vie normale pour toi et moi.

∴

Entendant son mobile vibrer sur la table de nuit, Ryan sortit la tête de la couette et constata qu'il venait de recevoir un email. Il avait passé une après-midi inoubliable lové contre Natalka, puis elle s'était endormie, vaincue par ses excès de la veille.

Il lança l'application *Mail* et trouva un message d'Amy.

André et Tamara sont en place. Igor a quitté le bazar. Il est en route pour le Kremlin.

Ryan aurait donné cher pour demeurer sous la couette. Il contempla longuement la poitrine de Natalka, se glissa hors du lit en prenant soin de ne pas la réveiller puis se vêtit à la hâte. La vie lui semblait merveilleuse. Même les flatteries absurdes concernant ses pieds lui semblaient justifiées. Un sourire béat sur les lèvres, il chaussa ses Converse.

Natalka lâcha un grognement puis le retint par un passant de son jean.

— Reste avec moi, gémit-elle.

— Je serai bientôt de retour. Igor doit me passer un truc que je lui ai demandé de ramener du bazar.

— Tu ne le trouveras pas au bar, à cette heure-ci...

— Si, on a rendez-vous, expliqua Ryan avant de récupérer ses clés, son portefeuille et un bloc-notes sur le plan de travail de la cuisine. Rendors-toi.

Il déposa un baiser sur les lèvres de Natalka, quitta l'appartement puis dévala l'escalier menant au rez-de-chaussée. Igor était accoudé au bar en compagnie de deux jeunes femmes. Dès qu'il aperçut son contact, il abandonna ses conquêtes et vint à la rencontre de Ryan.

— Voici l'info que vous cherchiez, dit Ryan avant d'exhiber un morceau de papier plié en quatre. Je veux mes vingt mille soms.

— Pas ici. Si on me voit te remettre un tel paquet de fric, ça risque de jaser. Suis-moi.

Ils s'isolèrent dans les toilettes des hommes, un couloir obscur encadré d'urinoirs.

— Comment l'as-tu obtenue ? gronda Igor.

— André avait commandé plein de jeux vidéo sur un site chinois avant son départ. Comme le service courrier s'est contenté de les déposer devant sa porte, j'ai proposé de les lui faire suivre.

— Si je comprends bien, tu as toujours accès au cinquième étage ? demanda Igor en sortant de sa poche une liasse de billets. Comment te débrouilles-tu, avec les gardes ?

Ryan haussa les épaules.

— Comme j'étais pote avec André, j'avais le droit d'aller et venir librement. Je suppose que personne n'a pensé à annuler cette autorisation.

— Intéressant. Ils sont combien, là-haut ?

— Deux gardes près de l'ascenseur, deux autres devant l'escalier.

— Non, je veux savoir qui vit au cinquième.

— Il ne reste plus que Josef et sa copine américaine.

— Amy. Tu la connais ?

— Je l'ai vue deux ou trois fois chez André et Tamara, répondit Ryan en empochant l'argent que lui tendait Igor. On se dit bonjour, rien de plus.

— Elle est bizarre, cette fille. Elle a débarqué de nulle part. Avant elle, Josef ne s'intéressait pas aux nanas. Il ne se déplaçait même pas pour participer aux petites fêtes que Leonid organisait dans le hangar avec les Coréennes.

— J'ai entendu dire qu'il l'avait rencontrée à Dubaï. Il paraît qu'elle était strip-teaseuse, ou prostituée, un truc dans ce goût-là.

Igor agita les hanches de façon obscène.

— J'avoue que j'en ferais volontiers mon affaire. Je comprends que Josef soit prêt à payer en échange de ses services. Il a largement les moyens, ce salaud.

L'expression d'Igor s'assombrit.

— On m'a parlé de la façon dont tu as massacré Vlad.

— Mon père m'a appris à assurer ma sécurité. Ça n'a rien de sorcier, d'assommer un type par surprise avec un extincteur.

— J'aurai peut-être une mission à te confier, dit Igor en tendant deux doigts, comme s'il brandissait une arme de poing. Je te procurerai un pistolet équipé d'un silencieux. D'après mes informations, il existe un couloir de service que les Aramov empruntaient pour se déplacer discrètement d'un appartement à l'autre. Tu te planqueras chez Tamara pendant quelques heures, le temps que Josef et Amy s'endorment, et puis… bang, bang !

Aux yeux de Ryan, cette annonce n'avait rien de surprenant. Leonid Aramov était un homme jaloux et brutal. L'idée que son frère ait pu convoiter Tamara lui était insupportable. En outre, il ignorait que l'ULFT contrôlait les affaires du Clan. La mort de Josef créerait les conditions propices à son retour aux affaires.

— Je veux bien vous conduire jusqu'à eux, mais je ne crois pas pouvoir tuer de sang-froid.

— Comme tu voudras. Mais si tu m'aides à me débarrasser de ces salauds, tu n'auras pas à le regretter. Je m'occuperai bien de toi, je te le garantis.

— À vrai dire, je suis livré à moi-même depuis la mort de mon père, et je ne croule pas sous les offres d'emploi. Josef devait me confier des petits jobs, mais il ne s'est pas encore manifesté.

— Parfait. Pour le moment, continue à ouvrir l'œil. Je te recontacterai prochainement.

32. Princesse

Lorsque le téléphone fixe se mit à sonner, André sentit son cœur s'emballer.

— Allô ?

— André ?

Ce dernier reconnut aussitôt la voix de son père.

— Papa ? C'est toi ?

— Non, c'est le pape.

La ligne était de mauvaise qualité. La pause de deux secondes qui précédait chaque réponse démontrait que Leonid se trouvait dans un pays lointain. À en juger par son ton cassant, André devina qu'il ne lui avait toujours pas pardonné d'avoir pris le parti d'Irena.

— Comment tu vas, mon garçon ?

— Comme ci, comme ça. Où es-tu ?

— Ça, tu le sauras très bientôt. Dis donc, tu dois avoir drôlement grandi en un an.

— Forcément, mais je ne me suis pas mesuré.

Un silence pesant s'installa. Père et fils cherchèrent en vain une banalité propre à alimenter la conversation.

— Passe-moi ta mère, dit enfin Leonid.

— OK, je vais la chercher.

Tamara posa une main rassurante sur l'épaule de son fils puis se saisit de l'appareil.

— Leonid ? lança-t-elle, feignant la surprise. Comment nous as-tu retrouvés ?

— Peu importe. J'ai essayé de te joindre sur ton mobile, quand j'ai appris que tu t'étais enfuie du Kremlin.

— J'ai été obligée d'en changer. La précédente ligne a été suspendue parce que je n'avais pas payé la facture.

— C'est vrai ce qu'on m'a dit à propos de Josef ?

— Je préfère ne pas en parler... Tu vas encore te mettre en colère.

— Et ce serait parfaitement justifié. Mon frère essaye de se taper ma femme, alors qu'il s'envoie une pétasse décolorée...

— Ton *ex* femme, rectifia Tamara. Tu m'as quittée pour une fille de dix-neuf ans, je te le rappelle.

— Je n'étais pas moi-même, à l'époque, se justifia Leonid. Tu es la seule qui ait jamais compté. Combien de fois ai-je insisté pour qu'on se remarie ?

Intérieurement, Tamara bouillait de rage. Elle n'avait jamais oublié le traitement barbare que Leonid et ses sbires avaient infligé à d'innombrables jeunes Coréennes du Nord en transit sur la base aérienne. Mais il lui fallait maîtriser cette colère. Si elle exécutait correctement le plan, cet homme détesté disparaîtrait à jamais de son existence.

— Tu me manques tellement, gémit-elle.

— Il paraît que tu n'as plus un sou.

— Je suis partie avec l'une des cartes de crédit de Josef, mais j'ai rapidement atteint le plafond. Les premiers jours, nous avons séjourné dans un hôtel, mais maintenant, nous vivons dans cet endroit horrible… André ne peut pas dormir à cause du bruit. Il ne va pas à l'école, et nos voisins jettent leurs ordures dans les escaliers.

— Si j'avais été au courant, je serais immédiatement venu à votre secours. Tu n'as plus à t'inquiéter. Je prends les choses en main.

— Mais… je croyais que tu étais ruiné.

— Ma mère m'a privé de la fortune familiale, mais elle m'a laissé de quoi refaire ma vie. Et mes nouvelles affaires sont plutôt florissantes.

— Il me faudrait juste quelques centaines de dollars… Leonid éclata de rire.

— Ma princesse, il n'est pas question que tu restes seule dans ce trou à rats. Tu vas venir vivre auprès de moi.

— Où ça ?

— Je ne peux rien te dire, mais je crois que tu vas adorer.

— Et pour André ? Il paraît que tu l'as menacé de mort, après ce qui s'est passé avec Irena. Je n'ai jamais cessé de t'aimer, Leonid. Mais si tu touches à mon garçon…

— C'est mon sang qui coule dans ses veines. Bien sûr, j'étais furieux, sur le coup, mais je l'aime, tout comme j'aime Alex et Boris.

— Alors, comment allons-nous procéder ?

— Je vais réfléchir. En attendant, ne t'éloigne pas trop de ton appartement et tiens-toi prête à quitter les lieux à tout moment.

— C'est compris.

— Je ne peux pas rester en ligne plus longtemps, conclut Leonid. Je t'adore, Tamara. Dis à André que tout est pardonné, et qu'il n'a rien à craindre.

— Entendu.

Elle observa quelques secondes de silence, puis lâcha dans un sanglot fabriqué :

— Moi aussi, je t'adore.

Elle raccrocha le combiné, lâcha un profond soupir puis se tourna vers son fils.

— Il t'a parlé de moi ? demanda André.

— Il dit qu'il t'a pardonné et qu'il t'aime autant que tes demi-frères.

Le garçon leva les yeux au ciel.

— Et il faudrait que je fasse confiance à un type qui a assassiné sa sœur et tenté d'empoisonner sa mère ?

— Je comprends ton point de vue. Mais il sait qu'il me perdra s'il t'arrive quoi que ce soit.

— Je le connais par cœur. Au début, il me ménagera, pour ne pas te faire de la peine, mais dès qu'il se sentira en confiance…

— Je sais. Mais nous ne resterons pas éternellement à ses côtés. Dès que l'opération sera en place, Amy et ses collègues le mettront hors d'état de nuire, et nous pourrons commencer une nouvelle vie.

— S'il faut que je change de prénom, je choisirais Kobe, dit André.

— Kobe ? Où as-tu été pêcher ça ?

— Kobe Bryant, le meilleur basketteur de tous les temps.

À cet instant, le portable Nokia bon marché rangé dans le sac à dos d'André se mit à vibrer. Il s'empara de l'appareil et découvrit l'inscription *Ted Brasker* affichée à l'écran.

— Tu as été brillant, dit ce dernier.

— Tu as enregistré l'appel de mon père ?

— Affirmatif. Il a utilisé une application de VOIP dont le serveur se trouve en Russie. Les équipes de Dallas affirment que ce procédé ne leur permet pas de le localiser.

— Tu crois qu'il a appelé depuis le Mexique ?

— Sans doute, mais nous n'avons aucun moyen de savoir dans quelle ville ni même dans quelle province il se trouve. Ton père a des complices à Dubaï et à Sharjah. Il ne lui faudra qu'un ou deux jours pour se procurer des faux documents et organiser votre transfert. Maintenant qu'il sait où vous vivez, il chargera sûrement l'un de ses hommes de vous garder à l'œil.

— OK, répondit André.

— Vous devrez garder constamment à l'esprit ce que vous avez appris durant vos dix jours d'instruction. Compte tenu de l'expérience de ton père, il est exclu de vous équiper d'un mouchard. Je suis convaincu qu'il inspectera vos affaires, et qu'il vous demandera de vous débarrasser de vos mobiles et de tout appareil disposant d'une connexion wifi. N'hésitez pas à nous joindre si vous trouvez un moyen de communication durant le voyage, mais ne prenez aucun risque. Le plus important, c'est que vous arriviez sains et saufs à destination, puis que vous nous informiez au plus vite de votre position par tout moyen disponible.

— C'est compris.

— Je serai déjà au Mexique à votre arrivée, mais c'est un pays immense, et nous ignorons tout de votre destination. Il se pourrait que vous soyez livrés à vous-mêmes pendant un ou deux jours.

33. Joyeux Noël

Tamara aurait voulu gâter son fils en ce jour de Noël, mais son scénario de couverture lui interdisait tout achat dispendieux. Elle était convaincue que Leonid l'avait d'ores et déjà placée sous surveillance, et il était impossible de dissimuler des paquets cadeaux dans la petite pièce où elle passait le plus clair de son temps en compagnie d'André. Cependant, les commerces et les restaurants étant demeurés ouverts en ce jour de fête chrétienne, ils empruntèrent un bus jusqu'à un centre commercial.

Ils dînèrent sur une terrasse dominant une immense piscine. À la fin du repas, elle lui offrit une boîte de chocolats, un jean et une paire de baskets. En dépit de ces égards, le garçon était démoralisé à la perspective de passer une quatrième nuit dans la chambre exiguë, sans pouvoir se défouler sur un jeu vidéo ni regarder une chaîne télé diffusant des programmes en langue russe ou anglaise.

Une heure plus tard, alors qu'il laçait ses nouvelles Converse assis sur un matelas, une odeur de brûlé lui chatouilla les narines. Il quitta l'appartement et se posta sur la coursive extérieure, qu'un grand nombre de résidents avaient déjà investie. De la fumée s'échappait d'une fenêtre de l'étage inférieur. En se penchant au-dessus de la rambarde, il aperçut une dizaine d'hommes qui tentaient de lutter contre les flammes à grand renfort de seaux d'eau.

Il passa la tête à l'intérieur de la chambre.

— Maman, ça crame en bas, lança-t-il. Ça a l'air sérieux.

Une partie des occupants de l'immeuble s'était ruée dans l'escalier afin d'échapper au sinistre. Les autres étaient demeurés sur la coursive, espérant que l'incendie serait promptement maîtrisé. Ce n'est que lorsque la sirène retentit qu'ils décidèrent d'évacuer les lieux. Tamara tendit un sac à dos à son fils.

Tandis qu'elle épaulait un bagage plus imposant, André se glissa dans l'appartement afin de récupérer sa montre, son mobile Nokia et le sac contenant ses cadeaux d'anniversaire. Enfin, ils se joignirent à la foule des immigrés qui se pressaient dans l'escalier.

À l'instant où ils atteignirent le premier étage, un réchaud à gaz explosa, provoquant une détonation assourdissante. Plusieurs fuyards enjambèrent la rambarde et se laissèrent glisser le long d'un tuyau d'évacuation des eaux de pluie. Saisi de panique, André se sentit emporté par le flot des résidents.

Étant parvenu tant bien que mal à demeurer debout, il atteignit la dernière marche de l'escalier. Il jeta un coup d'œil par-dessus son épaule et constata que sa mère se trouvait quelques mètres derrière lui. Un pompier désigna un point de rassemblement situé dans la cour intérieure d'un immeuble voisin. Lorsque Tamara et André furent à l'abri en compagnie d'une dizaine de Pakistanais portant un polo identique floqué du logo d'un fabricant d'ascenseurs, ils observèrent le bâtiment en flammes.

— Ne vous retournez pas, fit une voix dans leur dos.

André tourna instinctivement la tête et découvrit un grand Noir portant un blazer gris et des lunettes de soleil. À en juger par sa silhouette élancée et ses pommettes hautes, il était originaire d'Afrique de l'Est, probablement d'Éthiopie ou du Kenya.

— Je m'appelle Kenneth, dit l'homme. Ma Saab est garée derrière le bloc six. Laissez-moi trente secondes d'avance, le temps de démarrer le moteur.

D'épaisses volutes de fumée jaillissaient désormais des fenêtres du premier étage. Une seconde bonbonne de gaz explosa, semant l'effroi parmi les immigrés qui assistaient au désastre. André et Tamara frémirent à l'idée que le sinistre avait été déclenché délibérément afin de semer la confusion et de favoriser leur fuite.

S'étant discrètement écartés de la foule, ils parcoururent d'un pas vif la centaine de mètres qui les séparaient du véhicule, se glissèrent sur la banquette arrière et placèrent leurs bagages sur leurs genoux. Dès qu'ils eurent claqué les portières, Kenneth écrasa la pédale d'accélérateur, emprunta un itinéraire tortueux afin de repérer un éventuel poursuivant puis s'engagea sur une bretelle d'autoroute.

— Mon détecteur m'indique que vous possédez un téléphone portable, dit-il. Nous allons nous arrêter quelques instants pour ranger vos bagages dans le coffre. Vous me le remettrez, ainsi que tout appareil disposant d'une connexion wifi.

— Où va-t-on? demanda André.

— Au Qatar. Je ne vous cache pas que ce n'est pas la porte à côté. J'ai réservé une chambre à l'hôtel de l'aéroport de Doha. Votre avion décollera dans seize heures. Si les conditions de circulation sont bonnes, vous aurez une ou deux heures pour vous y reposer, prendre une douche et vous restaurer.

Quelques minutes plus tard, ils firent halte sur une aire de repos. Kenneth jeta le portable d'André et l'iPod Touch de Tamara dans une grille d'évacuation des eaux de pluie, ouvrit le coffre et y rangea les bagages.

Lorsqu'il reprit place devant le volant, il remit à ses passagers une enveloppe de papier brun et un sac contenant des sandwichs, des cookies et une bouteille d'eau minérale.

— Vous devez mémoriser les informations figurant sur les passeports. Noms, adresse, lieux et dates de naissance.

Tamara déchira le rabat de l'enveloppe et étudia une feuille de route décrivant leur itinéraire de Doha à la ville mexicaine de Ciudad Juárez via Amsterdam.

André examina son faux passeport tchèque où figurait une photo vieille de trois ans. En le feuilletant, il découvrit des visas d'entrée au Qatar et au Mexique en cours de validité. Tamara ouvrit une pochette plastique contenant divers objets artificiellement usés, dont un permis de conduire et plusieurs cartes de crédit.

— Quand arrivera-t-on au Mexique ? demanda André en se penchant pour lire la feuille de route.

Les différences de fuseaux horaires rendaient le document confus, mais l'écran du navigateur GPS indiquait quatorze heures de route jusqu'à l'hôtel Méridien de Doha. Le vol Doha-Amsterdam durerait un peu plus de six heures, et il leur faudrait treize heures de plus pour rejoindre Ciudad Juárez.

— En théorie, le voyage durera trente-trois heures, grogna André, sans compter les éventuels retards.

— Et ton radin de père nous fait voyager tout du long en classe économique, soupira Tamara.

...

Après avoir partagé le traditionnel déjeuner de Noël, James, Lauren, Rat, Bruce Norris et Kyle Blueman, tous chaussés de bottes en caoutchouc, quittèrent le bâtiment principal en compagnie d'un groupe composé de cadres de CHERUB, d'anciens membres de l'organisation, d'agents opérationnels et de T-shirts rouges.

Dix-huit mois plus tôt, une clôture de douze mètres de haut avait été érigée autour d'un vaste terrain situé à l'est du Campus. Les agents avaient l'interdiction formelle de s'en approcher à moins de deux cents mètres, une distance à laquelle ils risquaient d'être aperçus par les ouvriers travaillant sur les échafaudages.

En ce jour de Noël, Zara Asker avait autorisé ceux qui le souhaitaient à visiter les nouvelles installations.

— La vache, c'est immense ! s'exclama James lorsqu'il eut franchi la petite porte de l'enceinte.

Il se joignit à la file qui s'était formée devant un Algeco où un instructeur distribuait des casques de chantier.

Le *village* était le projet le plus important entrepris par CHERUB depuis sa fondation.

— Bientôt se dresseront ici cinquante maisons, expliqua Zara Asker, les pieds plantés dans la boue. Chacune d'elles accueillera six agents. Ils logeront au premier et au deuxième étage dans des petits appartements équipés d'une salle de bains privative et d'un bureau séparé. Ils disposeront aussi d'une cuisine et d'un salon communs.

James, qui marchait à la traîne du groupe, atteignit un terre-plein circulaire où convergeaient trois allées bordées de maisons à divers degrés d'achèvement. Le bâtiment le plus proche émergeait à peine du sol, mais certaines constructions disposaient déjà d'une toiture.

— Nous ne sommes pas dans un terrain de jeux ! lança Zara à l'adresse de deux T-shirts rouges qui s'amusaient à sauter dans les flaques. Je vous conseille de vous calmer, à moins que vous ne teniez absolument à passer le reste de la journée dans mon bureau.

Lorsque les deux enfants, la mine piteuse, eurent rejoint le groupe, elle reprit ses explications.

— Ces nouvelles installations n'ont pas pour seul but l'accroissement de la capacité d'accueil du campus. Elles offriront aux agents une atmosphère familiale, bien plus propice à leur épanouissement que les couloirs impersonnels du bâtiment principal. Chaque maison disposera d'un jardin où ils pourront se détendre ou organiser des barbecues. Des aires de jeux et des terrains de sport seront aménagés dans les zones séparant les constructions. Bien entendu, l'ensemble des rues du village sera accessible aux vélos.

— On pourra avoir des animaux ? demanda une fillette.

— Le règlement actuel ne permet pas aux agents opérationnels d'en posséder, car ils ne peuvent pas s'en occuper lorsqu'ils se trouvent en mission. Cependant, compte tenu de ces nouvelles conditions d'hébergement, nous envisageons d'autoriser un chien ou un chat par maison.

Les huit T-shirts rouges qui participaient à la visite échangèrent des sourires radieux.

— Le rez-de-chaussée et le premier étage seront accessibles aux agents souffrant d'un handicap moteur provisoire.

— Et les éducateurs ? demanda un T-shirt noir.

— Ils auront accès à toutes les habitations, bien entendu. N'allez pas vous imaginer que vous pourrez faire la fête tous les soirs.

Des huées et des sifflets se firent entendre.

— Quand les travaux seront-ils terminés ?

— Si tout se déroule comme prévu, l'inauguration aura lieu en 2014, et il est possible que la reine en personne vienne couper le ruban. Une deuxième phase du projet de rénovation prévoit la démolition du bâtiment pédagogique, la construction de nouvelles habitations réservées au personnel et la transformation du bâtiment principal en un centre scolaire et administratif. Le nouveau campus devrait être achevé en 2016, pour les cérémonies du soixante-dixième anniversaire de CHERUB.

— D'ici là, peut-on espérer qu'il aura cessé de pleuvoir à l'intérieur du centre de contrôle ? sourit James.

Un éclat de rire secoua l'assistance.

— Ce bâtiment finira par me rendre folle ! s'esclaffa Zara. À ce propos, je tiens à préciser que les maisons du village seront coiffées de toits triangulaires traditionnels, et que nous nous passerons de ces plaques d'aluminium hors de prix qui se détachent dès que le vent se met à souffler. À présent, je vous invite à vous déplacer librement, mais je vous rappelle que nous nous trouvons sur un chantier, et qu'il est défendu de toucher à quoi que ce soit. Ne vous écartez pas des allées délimitées par les bandes jaunes. Quant à ceux que je surprendrai en train de lancer de la boue sur leurs petits camarades, ils seront priés de faire don de leurs cadeaux de Noël à l'œuvre caritative de leur choix.

Aussitôt, les T-shirts rouges s'éparpillèrent comme une volée de moineaux.

Redoutant de tacher ses vêtements, Kyle pivota lentement sur lui-même afin d'embrasser l'ensemble du village.

— Ça va être génial, dit-il. Moderne, mais chaleureux. Mignon, mais pas kitsch.

— J'adorais ma chambre, quand je vivais au campus, mais comparé à ce club de vacances, le bâtiment principal est un taudis.

Une fille et un garçon en T-shirt gris passèrent en courant à proximité de Kyle, projetant des gouttes de boue sur ses bottes.

— Ce pantalon ne passe pas à la machine… gémit-il. Ils vont finir par me le saloper.

James gravit la pente menant au point le plus élevé du village. À cet instant, il sentit son mobile vibrer dans la poche arrière de son jean. Le numéro indiquait qu'il s'agissait d'un appel international.

— Joyeux Noël ! s'exclama Kerry.

James s'adossa à un mur de parpaings.

— Eh ! Comment tu vas ? Tu viens de te réveiller ?

— Il est dix heures. Je sors de la douche.

— Tu es toute seule ?

— J'ai réveillonné avec Mark, hier soir, mais il est parti chez sa grand-mère.

— C'est vraiment nul que tu n'aies pas pu venir. Tout le monde est là. Lauren, Kyle, Bruce, Rat, les jumeaux. Gabrielle aussi, même si on ne s'est pas adressé la parole. On est en train de visiter le chantier du village.

— J'aurais tellement aimé les revoir... Tu sais, j'ai pensé à la proposition de Zara. Je crois que tu devrais accepter ce poste. Il te convient parfaitement.

— Mais tu as pensé à nous ?

— Certains jours... j'ai l'impression de t'aimer comme au début, mais...

La phrase de Kerry demeura en suspens.

— OK, j'ai compris, ne te fatigue pas, soupira James. Bon sang, mais comment en est-on arrivés là ?

— Je crois qu'on devrait vivre notre vie, chacun de notre côté, et laisser faire le temps, dit Kerry d'une voix brisée par l'émotion.

— Écoute, le moment est plutôt mal choisi pour parler d'une chose aussi importante. Zara ne va pas tarder à laisser entrer le groupe suivant. Je te rappellerai ce soir, si tu le veux bien.

34. Rien de condamnable

— Cet endroit est sublime au coucher du soleil, s'enthousiasma Ryan, debout sur un rocher, en tendant les bras vers le ciel zébré de nuages orangés. Et on peut enfin respirer, depuis que les avions sont cloués au sol. Avant, il y avait toujours cette odeur de kérosène qui brûlait la gorge.

La mine sombre, Natalka tira sur sa cigarette et recracha la fumée par les narines.

— On se gèle. Je veux rentrer.

Ryan leva les yeux au ciel.

— On n'a même pas marché un kilomètre.

— Et qu'est-ce qui se passera plus loin ? Est-ce qu'un génie va débarquer et me proposer d'exaucer trois vœux ? Non, je crois juste que j'aurai encore un peu plus froid.

— Bon, d'accord, grommela Ryan.

Malgré l'amour qu'il portait à Natalka, son désintérêt pour toute activité qu'elle n'avait pas personnellement suggérée l'agaçait souverainement.

— Alors, qu'est-ce qu'on fait ? demanda-t-il. On retourne dans ta chambre ?

— J'aime pas me promener, répondit-elle en jetant son mégot de cigarette dans la neige. J'ai envie de me marrer. De me trouver une bouteille et de me soûler la gueule. De pousser la musique à fond jusqu'à ce que le voisin pète les plombs.

Ryan éclata de rire.

— Premièrement, le voisin est retourné en Ouzbékistan il y a deux jours. Deuxièmement, je crois que tu devrais arrêter de picoler. La dernière fois que tu t'es mise minable, tu as failli te faire violer par Vlad.

— Mais tu es là pour me protéger, maintenant, fit observer Natalka.

— Et qu'est-ce qui te dit que je ne vais pas à mon tour abuser de la situation ?

— Si c'était le cas, je serais déjà passée à la casserole il y a trois jours. La vérité, c'est que tu es bien trop gentil.

— Bizarre, ça sonne comme une critique, fit observer Ryan.

— J'aime les types qui me foutent la trouille. Je trouve ça super excitant.

— Je te rappelle que j'ai massacré Vlad à coups d'extincteur. C'est ça que tu appelles gentil ?

— Un point pour toi, sourit-elle avant de déposer un baiser sur ses lèvres puis de se diriger vers le Kremlin. Tu sais quoi ? Je crois que tout ça est un signe du destin.

— De quoi tu parles ?

— De la mort de ton père et de l'arrestation de ma mère. On a tout perdu, mais au moins, on s'est trouvés, nous deux.

Ryan, qui marchait quelques pas derrière Natalka, aurait rêvé que tout fût aussi simple, mais leur relation était fondée sur un mensonge.

— Tu pourrais m'accompagner, quand j'irai vivre chez ma tante en Russie, dit-elle.

— Mais bien sûr, ironisa Ryan. Je suis persuadé qu'elle sera enchantée de te voir débarquer avec ton petit copain. En plus, je suis Ukrainien. On ne m'autorisera jamais à vivre en Russie.

— Je déteste ma tante. Ça me rend dingue que ma mère lui ait écrit cette lettre. Tout ce que je veux, moi, c'est rester ici.

— Je ne veux plus qu'on parle de ça ! gronda Ryan avant de saisir Natalka par les épaules et de la précipiter dans un buisson.

— Espèce de salaud ! hurla-t-elle en s'extirpant péniblement de l'entrelacs de branchages. Pourquoi tu as fait ça ?

— J'essayais juste d'être *gentil*.

— Tu me le paieras, gronda-t-elle, un sourire discret au coin des lèvres. Au moment où tu t'y attendras le moins.

— Oh, arrête, je suis mort de trouille.

— Tu sais ce qu'on devrait faire ? Débarquer au cinquième étage, cambrioler l'appart de Josef et se faire la malle. Je parie qu'il a plein de Rolex et de bijoux en or…

291

— Tu es complètement barrée, gloussa Ryan. Les Aramov ont tous les flics de la région dans la poche. On ne tiendrait pas une heure avant d'être capturés. Ils nous tabasseraient à mort et on finirait dans un fossé.

— C'est bien ce que je disais, le provoqua Natalka. Tu n'as rien dans le pantalon. Tu es beaucoup trop gentil.

Il essaya de la ceinturer, mais elle se déroba si vivement qu'il trébucha, glissa sur une plaque de glace, se retrouva involontairement en position de grand écart et lâcha un hurlement.

Écroulée de rire, sa petite amie lui tendit une main secourable. Lorsque Ryan essaya de la saisir, elle recula d'un pas et lui adressa un doigt d'honneur.

Quand il se fut redressé par ses propres moyens, il se lança à la poursuite de Natalka, qui avait détalé en direction du Kremlin. Une minute plus tard, essoufflés et hilares, ils franchirent les portes automatiques.

— Promets-moi qu'on n'ira plus jamais se promener, dit-elle en ôtant son écharpe.

Dès que Ryan entra dans le champ du signal wifi émis depuis le cinquième étage, il sentit son mobile vibrer dans sa poche. En l'absence de réseau GSM aux abords du bâtiment, il comprit qu'il venait de recevoir un mot d'Amy par messagerie instantanée.

— Attends-moi une minute, j'ai un besoin urgent, dit-il avant de se diriger vers la porte des toilettes.

S'étant assuré que les lieux étaient déserts, il tira l'iPhone de sa poche et déchiffra le message.

Je suis au 5e. Rappelle-moi dès que possible.

Il replaça l'appareil dans sa poche, se lava les mains puis retrouva Natalka dans le hall d'entrée.

— Il faut que j'aille déplacer quelques caisses, annonça-t-il. Ces petits boulots sont mon seul moyen de me faire un peu de pognon, alors il faut que je me magne.

— À plus, dit Natalka en glissant une cigarette entre ses lèvres.

Ryan gravit les marches jusqu'au cinquième étage. Il trouva sa coéquipière dans sa chambre, une petite pièce sommairement aménagée dans les quartiers de Josef Aramov.

— Tout se passe bien avec Natalka ? demanda-t-elle, l'air souverainement agacé.

— Joyeux Noël à toi aussi, grommela Ryan. Tu as l'air à cran. Qu'est-ce qui t'arrive ?

Contre toute attente, Amy lui porta une claque sèche à l'arrière du crâne.

— Eh ! Qu'est-ce qui te prend ?

— Le règlement de CHERUB prévoit trois motifs d'exclusion. Quels sont-ils, je te prie ?

— Consommer de son plein gré des produits stupéfiants, révéler l'existence de l'organisation et avoir des relations sexuelles avant l'âge de seize ans.

— Bien. Et à ton avis, qu'est-ce qui me préoccupe, en ce moment ?

— Il ne s'est rien passé entre Natalka et moi. Enfin si, plein de choses, mais rien de condamnable.

— OK. Tu dois savoir qu'elle est très vulnérable, compte tenu de ce qui est arrivé à sa mère. Tu es restée avec elle vingt-quatre heures sur vingt-quatre, ces derniers jours, alors je craignais que tu n'aies perdu le contrôle de la situation.

— De toute façon, elle n'est même pas vierge.

Amy le fusilla du regard.

— Tu es gentil, Ryan, et je t'aime bien, mais sur ce point, je serai impitoyable. Tu n'as que quatorze ans et c'est moi qui suis chargée de veiller sur ton bien-être et ta sécurité.

— Qu'est-ce que vous avez toutes à me trouver gentil, aujourd'hui ? soupira-t-il.

La mine perplexe, Amy changea de sujet.

— J'ai quelques informations sans rapport avec tes hormones en folie. Premièrement, la fin de la mission a été fixée au 9 janvier. Une équipe d'experts en démolition se posera ici dès le 6. Ils procéderont à la destruction du bâtiment, des avions, de la piste, bref, de toutes les installations dans un rayon d'un kilomètre. Deuxièmement, j'ai du nouveau à propos de Leonid. Tu te souviens d'un avocat nommé Lombardi ?

Ryan s'accorda quelques secondes de réflexion puis il hocha la tête.

— C'est le type qu'Ethan a essayé de contacter, le soir où sa mère a été tuée.

— Lui-même. L'ULFT a intercepté de nouvelles conversations téléphoniques. Il semblerait que Lombardi ait transféré vingt mille dollars sur un compte ouvert dans une banque mexicaine. Le plus intéressant, c'est que le compte d'origine est détenu par une société enregistrée au Nevada au nom de Leonid et Galenka Aramov.

— Mais je croyais que Lombardi était l'avocat de Galenka... fit observer Ryan.

— En effet, mais ce que nous ignorions, c'est qu'il veillait aussi aux intérêts de son frère. Nous pensions que Leonid et Galenka n'entretenaient aucun rapport, mais nous avons découvert qu'ils étaient propriétaires à parts égales d'une holding pesant au moins vingt millions de dollars.

Ryan tâcha de se remémorer un cours assommant consacré à la fraude financière.

— Les holdings ne servent qu'à exercer un contrôle unifié sur plusieurs sociétés et à rassembler leurs avoirs. En règle générale, ces montages financiers sont un moyen de se soustraire aux taxes ou à dissimuler l'identité des actionnaires. Est-ce qu'on sait quelles compagnies regroupait la holding de Leonid et Galenka ?

— Pas encore, répondit Amy. Et les effectifs de l'ULFT sont squelettiques, en ce jour de Noël. Les registres officiels sont conservés dans l'État du Delaware, et leurs bureaux ne rouvriront que demain matin.

— La CIA ne pourrait pas convoquer Lombardi et le soumettre à un interrogatoire ?

Amy secoua la tête.

— C'est un avocat et un respectable citoyen américain. Rien ne l'oblige à livrer des informations concernant ses clients, et les éléments dont nous disposons sont insuffisants pour procéder à son arrestation. Le Dr D aimerait le placer sous surveillance, procéder à une perquisition illégale de son bureau, mais ses supérieurs sont sans arrêt sur son dos, et elle pourrait perdre ses droits à la retraite si elle violait délibérément les règles de procédure.

— Dans ce cas, il vaudrait mieux liquider purement et simplement Leonid dès que nous l'aurons localisé.

— C'est une possibilité, mais j'appartiens à une agence de renseignement, pas à un escadron de la mort. De plus, rien n'empêcherait l'un de ses fils ou de ses associés de poursuivre ses activités illégales. Je suis convaincue que Leonid travaille sur un coup énorme au Mexique. Dès qu'André et Tamara sauront où il se trouve, je te parie que nous ne tarderons pas à savoir de quoi il retourne.

35. Ciudad Juárez

André et Tamara rejoignirent Doha au lever du soleil, s'accordèrent quelques heures de repos dans un hôtel de l'aéroport, puis quittèrent le Moyen-Orient à bord d'un avion à destination d'Amsterdam. Parvenus à l'aéroport de Schiphol, ils durent patienter six heures dans une salle d'attente, sans autre moyen de tuer le temps que de regarder les programmes d'une chaîne d'informations en continu diffusés sur un vaste écran LCD.

Lorsqu'il remarqua un homme endormi, mobile et lunettes posés sur un magazine à ses côtés, il s'assit discrètement sur le siège voisin. Il demeura ainsi près d'une dizaine de minutes, le temps que les autres passagers se persuadent qu'il voyageait en compagnie de sa victime. Enfin, il saisit le téléphone, en fit basculer le clapet puis, sous le regard anxieux de Tamara, composa un SMS à l'attention de Ted Brasker.

VOL KL310 AMS-CJS.

Quinze heures plus tard, le Boeing 777 de la compagnie KLM entama sa descente au-dessus d'une gigantesque mégalopole. Au nord, côté américain, se trouvait la ville texane d'El Paso, une agglomération au tracé rectiligne comptant quelque huit cent mille habitants. Au sud, côté Mexique, s'étendait la tentaculaire Ciudad Juárez. Les abords de la frontière étaient hérissés de bâtiments industriels. La population, qui s'élevait à plus d'un million trois cent mille âmes, était entassée dans la partie méridionale de la cité.

De son siège placé près du hublot, Ryan pouvait apercevoir un flot de voitures immobilisées sur dix voies devant le poste-frontière américain. Il se tourna vers sa mère et lui adressa un sourire. Il était heureux d'en terminer avec l'interminable voyage qu'il venait d'accomplir, mais aussi un peu inquiet à l'idée de découvrir un pays inconnu à la réputation sulfureuse.

Tamara ne trouva pas son sac à dos sur le tapis roulant acheminant les bagages. Ne parlant pas un mot d'espagnol et ne connaissant pas encore son lieu de résidence, elle préféra ne pas en informer les autorités aéroportuaires.

En l'absence d'instructions spécifiques, ils présentèrent leurs passeports à l'employé des douanes puis se mêlèrent à la foule qui se pressait dans le hall d'arrivée. André s'attendait à un subterfuge comparable à celui qu'avait employé le mystérieux Kenneth, lorsqu'un homme vint à la rencontre de Tamara, les bras grands ouverts.

— Ma chérie ! s'exclama-t-il.

Leonid Aramov avait radicalement changé d'apparence. Il avait troqué son jean et son blouson de cuir contre un costume taillé sur mesure. Il avait perdu du poids, sa peau était dorée et ses cheveux tombaient jusqu'aux épaules de façon à dissimuler son oreille manquante.

— Tu es superbe, dit Tamara avant de serrer son ex-mari dans ses bras.

Ils échangèrent un long baiser puis interrompirent leur étreinte.

Lorsqu'André croisa le regard de son père, l'épouvante le saisit. Sa mère l'avait assuré que sa trahison était oubliée, qu'il était prêt à tout pour la retrouver, mais pouvait-on faire confiance à un homme qui, par le passé, s'en était pris à deux membres de sa famille ?

— Qu'est-ce que tu as grandi ! s'exclama Leonid. Un vrai petit homme.

Puis, conscient du trouble du garçon, il ajouta sur le ton de la confidence :

— Je sais que tu tenais beaucoup à ta grand-mère. Mais moi aussi, je tiens à toi, mon garçon. On fait la paix ?

André serra la main que lui tendait son père.

— On fait la paix, répéta-t-il.

— Je suis garé tout près d'ici, dit Leonid en épaulant le sac à dos de son fils. C'est tout ce que vous avez ?

— Il me manque un bagage, répondit Tamara, mais j'ai jugé plus prudent de ne pas déclarer sa perte.

— Tu as bien fait. Demain, nous achèterons de quoi remplacer ta garde-robe.

— Je sais que tu as pris des risques en reprenant contact avec nous.

— Tu as toujours été ma préférée, sourit Leonid en se dirigeant vers le parking courte durée.

En entendant ces mots, André se sentit gagné par la nausée.

Dès qu'ils eurent franchi les portes du terminal, deux adolescents mexicains se plantèrent devant eux et leur proposèrent de porter leurs bagages. Leonid brandit un poing serré et lança quelques mots en espagnol, provoquant leur départ immédiat.

— Il faut être ferme, ici, expliqua-t-il. Les rues grouillent de voyous.

Le garde armé qui surveillait l'entrée du parking consulta son ticket avant de déverrouiller la porte.

— Je pensais que tu enverrais un de tes hommes, dit Tamara.

— J'ai dû changer mes habitudes depuis que j'ai quitté le Kremlin. Je me fais discret. Pas de grosse organisation, pas de gardes du corps. Franchement, je ne m'en plains pas. Dans quelques mois, j'en aurai terminé avec mes affaires en cours, et je pourrai définitivement me retirer du jeu.

— Et ensuite, qu'est-ce que tu feras ?

— Je rédigerai mon autobiographie et je me lancerai dans le caritatif, plaisanta Leonid.

Des années durant, André avait rêvé de voir ses parents mener une vie ordinaire, mais les innombrables violences auxquelles il avait assisté au contact du Clan avaient eu raison de ses espoirs.

— Tout à fait ton genre, gloussa Tamara en passant un bras autour de la taille de Leonid.

André se sentait mal à l'aise. Il avait assisté aux mauvais traitements dont elle avait fait l'objet. Il savait qu'elle n'avait pas été autorisée à quitter le Kremlin après son divorce. Mais Tamara avait aimé Leonid, jadis, et sa haine à son égard ne semblait pas aussi vive qu'elle le prétendait.

Ils prirent place à bord d'une Lexus aux vitres blindées, puis rejoignirent une luxueuse résidence située à une vingtaine de kilomètres de l'aéroport. La végétation qui l'entourait masquait une clôture électrifiée et d'innombrables caméras de surveillance.

Leonid gara le véhicule dans un parking souterrain où étaient stationnées des Mercedes et des Bentley. Un ascenseur les mena à un vaste duplex. André resta en arrêt devant la petite piscine à débordement de la terrasse. De là, un escalier menait à une palmeraie et à un bassin olympique couvert d'une verrière.

— Ça change du Kremlin, pas vrai ? lança Leonid en posant ses clés sur l'immense plan de travail central de la cuisine. Même si j'avoue que je ne suis toujours pas très doué pour la déco.

L'ameublement du salon se limitait à une dizaine de poufs informes et à des plantes d'intérieur qui n'avaient pas été arrosées depuis des semaines. Un appareil de musculation dernier cri trônait au centre de la pièce.

— Tu peux l'utiliser, ça ne te fera pas de mal, dit Leonid à l'adresse d'André. Tu pourrais rapidement devenir aussi fort que tes frères. Tiens, à ce propos… Boris, Alex ! Ça vous ferait mal de venir saluer nos invités ?

Alex, dix-sept ans, franchit la porte d'une pièce adjacente. Il portait un short de football et un débardeur gris constellé de taches de glace à la fraise.

— Tamara et le minus, lança-t-il en adressant un sourire à sa belle-mère.

Quelques secondes plus tard, Boris, vingt et un ans, dévala l'escalier en colimaçon menant au premier étage. Tandis qu'il ajustait la ceinture de son peignoir, une jeune femme mexicaine descendit les marches à son tour.

— Tiens, tiens, ricana Boris en considérant son jeune frère. Regardez qui est sorti de son tas de fumier.

— Surveille ton langage ! gronda Leonid. C'est le même sang, le mien, qui coule dans vos veines. Je vous demande d'oublier vos petites histoires, car notre famille va prendre un nouveau départ.

— Il nous a trahis ! répliqua Boris en s'approchant d'André, les poings serrés.

— Eh, tu n'as pas perdu un peu de muscle, depuis la dernière fois ? lança ce dernier, se refusant à battre en retraite. Tu as du mal à t'approvisionner en stéroïdes ?

Leonid s'interposa.

— Arrêtez ça immédiatement, gronda-t-il. Tu es majeur, Boris. Je t'autorise à vivre sous mon toit pourvu que tu respectes mes règles. Si tu ne t'en sens pas capable, tu n'as qu'à dégager.

— Il a pris le parti de nos ennemis. Je ne vais pas passer l'éponge sous prétexte que tu en pinces pour sa mère.

Leonid saisit Boris par le col de son peignoir et lui administra une gifle magistrale.

— Monte dans ta chambre avec ta putain mexicaine, hurla-t-il avant de se tourner vers Alex. Toi, aide André à s'installer dans l'une des chambres d'amis. Trouve-lui des serviettes et des draps propres.

Alex n'avait rien du grand frère idéal, mais il lui arrivait de se montrer presque civilisé lorsqu'il ne se trouvait pas sous l'influence de Boris.

— Ça va ? demanda-t-il en guidant André dans l'escalier. Tu n'es pas trop crevé ?

Ce dernier n'avait pas l'ambition de ressembler à ses demi-frères, mais il avait toujours envié leur carrure et maudissait la loterie génétique qui avait fait de lui un avorton. Ce sentiment de jalousie, disparu depuis qu'Irena les avait chassés du Kremlin, se réveilla tandis qu'il suivait Alex dans l'escalier.

— Entre, tu seras bien ici, dit ce dernier en poussant la porte d'une chambre spacieuse disposant d'une salle de bains privative, d'un dressing, d'une télévision LCD et d'un lit *king size*. Papa a acheté des draps neufs en prévision de votre arrivée. Ils se trouvent dans le débarras, au bout du couloir.

André jeta un coup d'œil à la fenêtre et constata qu'elle dominait une cour intérieure où étaient rassemblés matériel d'entretien et unités d'air conditionné.

— Fais gaffe à Boris, dit Alex. Il était avec une fille, quand on était au Kirghizistan. Il l'a perdue quand on a été chassés du Kremlin. Ça l'a rendu à moitié dingue.

André envisagea de lui rappeler les raisons qui avaient motivé cette expulsion : l'assassinat de Galenka et la tentative d'empoisonnement dont Irena avait été victime. Cependant, il préféra ne pas décourager cette tentative de rapprochement fraternel.

— Je crois que je n'ai jamais dormi dans un lit aussi grand, dit-il.

— Tu es toujours mordu de jeux vidéo ?

— Oui, carrément.

Alex désigna le meuble télé.

— Ma Xbox est dans le tiroir de droite. Je n'y ai pas touché depuis un moment, mais tu peux l'utiliser, si ça te démange.

— Merci. À Dubaï, je passais mon temps à regarder des séries en arabe non sous-titrées.

— Je vais te laisser prendre une douche et te reposer. Ça a dû être une vraie galère, ce voyage.

Aux yeux d'André, l'attitude d'Alex était une heureuse surprise. S'était-il brouillé avec Boris, ou souffrait-il de la solitude depuis qu'il vivait au Mexique, ce pays dont il ne connaissait pas la langue ?

Il ferma la porte de la chambre et put enfin ôter les vêtements qu'il portait depuis trois jours. Avant de se rendre dans la salle de bains, il jeta un œil à la console afin de s'assurer qu'elle était connectée à Internet. Il lança le Xbox Live, entra son identifiant et son mot de passe puis cliqua sur *connexion*. Lorsqu'il vit apparaître l'écran d'accueil, il boxa triomphalement les airs. Il choisit l'application de messagerie, fit défiler la liste de ses contacts et cliqua sur le nom Slava afin d'entrer en contact avec l'ULFT. Quelques instants plus tard, un message apparut.

Où es-tu ?

En l'absence de clavier, il composa laborieusement le nom de la résidence à l'aide de la manette. À peine eut-il validé le message qu'Alex frappa à la porte.

— Je suis à poil ! lança-t-il avant de saisir la télécommande et de choisir une chaîne au hasard.

— J'ai déjà vu tes fesses plates un million de fois, répondit son demi-frère avant de pousser la porte. J'ai oublié de te dire… Ne te connecte pas au Xbox Live, ni à Facebook sur l'iPod du salon. Papa pense que ça suffirait à nous faire repérer.

— OK, c'est compris.

Lorsque Alex eut quitté la pièce, André, sourire aux lèvres, sélectionna une chaîne diffusant des dessins animés en espagnol puis entra dans la salle de bains. L'ULFT savait désormais où il se trouvait.

— Mission accomplie, murmura-t-il avant d'entrer dans la cabine de douche.

36. Lisson Communications

— J'espère que tu ne m'as pas convoqué pour me coller des baffes et me servir une nouvelle leçon de morale, dit Ryan.

— Oh, arrête de jouer les victimes, soupira Amy. Tu es un agent de CHERUB ou une vulgaire mauviette ?

— Je devrais te coller un rapport.

— Ben vas-y, ne te prive pas. De toute façon, je te rappelle que je serai au chômage à l'instant où la mission s'achèvera.

En cette soirée du 26 décembre, Amy et Ryan se trouvaient dans la salle des cartes, au quatrième étage du Kremlin.

— Bon, pourquoi tu m'as fait venir ici ? Je n'ai que quelques minutes à t'accorder. Natalka m'attend dans sa chambre. Elle m'a promis une séance de galipettes que je ne suis pas près d'oublier.

— N'abuse pas de ma patience, gronda Amy tout en esquissant un sourire. Je pensais que tu aimerais être tenu au courant des derniers développements de la mission. Nous avons établi un bref contact avec André. Nous savons où il se trouve, et nous nous préparons à dépêcher un agent sur place.

— Ted Brasker ?

— Malheureusement, il a fait une mauvaise chute en sortant de son hôtel de Dubaï, ce qui a provoqué une sérieuse hernie discale. Nous allons devoir lui trouver un remplaçant. Vu que l'opération visant à mettre Leonid hors d'état de nuire n'a pas été officiellement approuvée par la hiérarchie, aucun membre de l'ULFT ne s'est porté volontaire. Ces lâches ne pensent qu'à se recaser dans les divers services du FBI…

— Qu'est-ce que tu entends par *pas officiellement approuvée* ?

— Théoriquement, le Dr D est censée obtenir l'accord de ses supérieurs avant de lancer une nouvelle mission, expliqua Amy. En l'espèce, elle a un peu brouillé les cartes en affirmant que la traque de Leonid était directement liée à l'opération Aramov.

— Attends une minute. Cette opération a-t-elle été approuvée, oui ou non ?

— Eh bien… nous sommes chargés de démanteler le Clan, n'est-ce pas ? D'un certain point de vue, Leonid en est une pièce maîtresse. Cependant, on pourrait aussi nous rétorquer qu'il en a été chassé il y a six mois, et que nous n'avons rien à faire au Mexique.

— Je vois, soupira Ryan. Encore de la politique. La vie serait tellement plus facile si on nous laissait faire notre boulot.

— Exact. Mais il ne faut pas rêver.

— Et pour la piste Lombardi ?

— Les analystes de Dallas planchent sur son cas. Leonid et Galenka détenaient chacun la moitié des parts d'une holding baptisée Vineyard Eight, dont Lombardi était l'un des trois directeurs. Cette société est propriétaire de *Lisson Communications*, une boîte spécialisée dans les systèmes de géolocalisation. Ses dispositifs équipaient l'armée américaine, et les premières voitures équipées de GPS. Mais cette technologie n'était pas vraiment au point. Lorsque *Vineyard Eight* a fait l'acquisition de Lisson, l'entreprise était au bord du dépôt de bilan.

— Pourquoi racheter une société dans cette situation ?

— L'opération était plutôt risquée, mais les Aramov s'en sont finalement très bien tirés. Car Lisson a conservé les brevets les plus rentables.

— Je suis un peu paumé… admit Ryan. C'est quoi, exactement, un brevet ?

— En gros, si tu inventes quelque chose, tu as le droit de déposer ton idée, ce qui te permettra ensuite d'interdire à tes concurrents de la copier, ou de leur faire payer des droits d'exploitation. Grâce au travail de son département recherche, *Lisson Communications* facture 1,3 cents pour chaque application utilisant la technologie GPS. Ça n'a l'air de rien, mais il faut savoir que plus d'un milliard de mobiles sont fabriqués chaque année, sans compter les autres appareils disposant de systèmes de géolocalisation.

— Du coup, les Aramov se font beaucoup d'argent ?

— Galenka et Leonid ont racheté Lisson seize millions de dollars en 1999. La société génère aujourd'hui dix millions par an en droits d'exploitation.

— Ça me suffirait largement, sourit Ryan.

— En tant que conseiller juridique, Lombardi fait en sorte que les activités de Lisson restent parfaitement légales. Il travaille aussi pour la société de sécurité informatique de Galenka, qui n'a pas cessé d'engranger des bénéfices depuis sa mort.

— Alors Ethan est plein aux as ?

— Oh, certainement. Mais l'enquête concernant ces sociétés nous a menés dans une impasse. Tout ce que nous avons pu prouver, c'est que Leonid et Galenka ont réalisé un investissement astucieux.

— Lombardi a transféré de l'argent à Leonid sous un faux nom, fit observer Ryan. C'est forcément illégal.

— C'est vrai, mais compte tenu de son expérience, il a forcément tout mis en œuvre pour qu'on ne puisse pas remonter jusqu'à lui.

— Bref, André et Tamara restent nos seuls atouts. Tout dépendra de ce qu'ils découvriront au Mexique.

Amy hocha la tête.

— Mais ils seront en danger tant qu'ils demeureront auprès de Leonid. Je leur donne deux semaines, maximum. Ensuite, nous les exfiltrerons, même s'ils n'ont recueilli aucune preuve incriminante.

À l'exception des agents purgeant une punition pour motif disciplinaire et des participants au programme d'entraînement initial, tous les résidents du campus bénéficiaient d'une semaine de vacances entre Noël et le jour de l'an. Au lendemain du Boxing Day[2], James fut chargé d'accompagner un groupe d'enfants à Londres pour une journée de shopping.

Deux filles s'étant présentées au point de rassemblement avec plus de soixante minutes de retard, James ne regagna le campus qu'aux alentours de vingt-deux heures. Il souffrait d'une terrible migraine, conséquence du chahut mené par ses protégés dans le minibus.

À l'instant où il franchissait les portes automatiques du bâtiment principal, ne songeant qu'à regagner sa chambre et à se glisser sous la couette, il reçut un SMS l'invitant à se présenter de toute urgence au centre de contrôle de mission.

Il y retrouva Ewart Asker, contrôleur en chef et époux de la directrice.

— Alors, as-tu apprécié cette journée de lèche-vitrines ? demanda ce dernier en s'asseyant à une grande table à plateau de verre.

Neuf années s'étaient écoulées depuis que James avait été recruté par CHERUB. De tout le personnel de

---

2. Le 26 décembre, jour férié au Royaume-Uni.

l'organisation, nul n'avait davantage changé qu'Ewart. Il était alors contrôleur adjoint, arborait des boucles d'oreilles et portait des jeans déchirés. Il était désormais père de quatre enfants, commençait à perdre ses cheveux et accusait un léger embonpoint.

— Je préfère oublier, dit James. J'ai fait chialer deux filles en les menaçant de leur coller un rapport, l'autoroute était complètement bouchée et les gamins n'ont pas cessé de brailler pendant trois heures et demie.

Ewart éclata de rire.

— Il n'y a pas si longtemps, c'est toi qui faisais le guignol au fond du minibus et jouais avec mes nerfs.

— Arrête, j'ai l'impression d'avoir cent ans, soupira James.

— Dis-moi, tu parles toujours l'espagnol ?

James lui lança un regard perplexe.

— La dernière fois, c'était avec Kerry, dans un restaurant mexicain, près du campus de Stanford. Je ne m'en suis pas trop mal sorti.

— Ça s'est plutôt bien passé avec André, n'est-ce pas ?

— Oui, il est super.

— Un membre de l'ULFT nommé Ted Brasker était censé se rendre à Ciudad Juárez afin d'entrer en contact avec André et sa mère. Malheureusement, il est immobilisé, gavé d'antidouleurs, et il ne pourra pas remplir sa mission. Du coup, nous lui cherchons un remplaçant. Quelqu'un présentant un profil complet, parlant le russe et l'espagnol. Quelqu'un qui connaisse déjà

André, si possible. Dans l'idéal, il faudrait qu'il soit déjà dans l'avion à destination du Mexique.

— OK, sourit James. J'ai comme l'impression que j'ai été sélectionné d'office.

— Normalement, nous affectons au moins deux contrôleurs à une mission de cette ampleur, précisa Ewart. Mais comme nous sommes un peu pressés, tu travailleras avec un agent infiltré de la DEA qui connaît parfaitement le terrain. Ted Brasker vous rejoindra si son état de santé s'améliore.

« Ciudad Juárez est une ville dangereuse. Nous ignorons ce que Leonid a en tête, mais nous savons que les trafiquants de drogue s'y livrent une sanglante guerre de territoire. La police est si corrompue que le président mexicain a chargé l'armée des opérations de maintien de l'ordre. J'ai déjà préparé quelques documents, et je t'enverrai le reste par email. D'un point de vue réglementaire, vu que tu n'es pas contrôleur de mission, je ne peux pas te forcer à participer à cette opération. Il me faut ton accord formel.

— Si CHERUB a besoin de moi, je suis partant, sourit James.

Il avait achevé sa dernière mission trois ans plus tôt, et le travail d'infiltration lui manquait cruellement.

— J'ai jeté un œil aux horaires de vol. Le seul moyen de rejoindre Ciudad Juárez, c'est de passer par Amsterdam ou Atlanta. Dans les deux cas, le trajet comprend des escales interminables, et il est impossible d'arriver à destination en moins de vingt-quatre heures. Je vais tâcher de te trouver un jet long courrier qui te permettra de décoller de la base de la Royal Air Force.

— Quand ?

Ewart jeta un coup d'œil à sa montre.

— Dans environ deux heures. Va préparer tes bagages. Je vais demander aux services techniques de préparer ton équipement de surveillance. Nous allons te procurer un passeport diplomatique qui te garantira de ne pas être fouillé à ton arrivée au Mexique. Nous disposons de tout le matériel nécessaire. Il sera prêt dans dix minutes.

Enfin, il remit à James une liasse de documents.

— Tu liras ça quand tu seras à bord de l'avion. Vu que tu as l'air complètement crevé, je chargerai un T-shirt noir de te conduire à la base aérienne. Fais-moi signe quand tu seras prêt à te mettre en route.

37. Armes de guerre

INTRODUCTION

Avec une population s'élevant à plus de 110 millions d'habitants, le Mexique est le 11e pays le plus peuplé de la planète. Sa frontière avec les États-Unis, longue de 3 600 km, est franchie quotidiennement par plus d'un million d'individus. En dépit d'un budget annuel dépassant 10 milliards de dollars, les douanes américaines se révèlent incapables de contrôler ces flux migratoires.

HISTORIQUE

Au début des années 1970, l'essentiel de la cocaïne importée aux États-Unis était acheminé depuis la Colombie par air et par mer. Durant une décennie, à mesure que leur puissance et leur influence grandissaient, ces cartels se diversifièrent dans la culture de la marijuana et établirent des liens avec des producteurs moyen-orientaux qui leur permirent d'inonder le marché de cocaïne.

En 1980, dès son accession à la présidence des États-Unis, Ronald Reagan déclara « la guerre à la drogue ». Si les milliards de dollars investis dans cette lutte eurent peu d'impact sur les quantités de narcotiques importées sur le territoire américain, la création de la DEA[3] et le renforcement des patrouilles aéromaritimes conduisirent les trafiquants à privilégier le trafic par voie terrestre via la frontière mexicaine.

Tandis que les opérations menées en Amérique du Sud réduisaient progressivement le pouvoir des cartels locaux, une nouvelle génération de criminels mexicains fit son apparition. Au début des années 2000, ces organisations supplantèrent leurs rivaux colombiens et prirent en main la production et l'acheminement de la drogue aux États-Unis.

Au Mexique, six gangs se disputaient le contrôle des routes d'approvisionnement, notamment au nord, à proximité de la frontière. De sanglantes batailles de rue se déroulèrent, transformant des villes jadis prisées par les touristes en véritables champs de bataille.

Au même moment, de nombreuses usines spécialisées dans la production de produits bon marché destinés au marché américain délocalisèrent leurs activités en Chine

---

3. La Drug Enforcement Administration (DEA) est une organisation fédérale américaine chargée de la lutte contre le trafic de stupéfiants.

et au Viêtnam. Cet effondrement brutal de l'industrie et du tourisme, combiné à l'enrichissement des narcotrafiquants, provoqua une vague de violence, de chômage et de pauvreté sans précédent.

Un policier recevant un salaire annuel de 6 000 dollars peut désormais récolter une somme comparable en moins d'une semaine grâce aux pots-de-vin versés par les dealers. Ceux qui résistent à ces manœuvres voient les membres de leur famille menacés de mort. Avec une corruption s'étendant jusqu'aux plus hautes sphères de l'État et un taux de criminalité soixante-dix fois supérieur à celui des États-Unis, les spécialistes estiment que ce pays autrefois engagé sur la voie du développement se trouve aujourd'hui au bord du chaos.

MILITARISATION

L'une des particularités des cartels qui mettent le pays à feu et à sang est leur recours à l'armement lourd et aux stratégies militaires. On rapporte qu'une unité des forces spéciales mexicaines aurait fait défection afin de se mettre au service d'un baron de la drogue. Ses membres auraient par la suite éliminé leur employeur avant de prendre le contrôle de son organisation. On les soupçonne d'avoir enlevé des milliers de paysans et de les avoir forcés à creuser un tunnel sous la frontière américaine. Ces ouvriers auraient ensuite été exécutés afin qu'ils ne puissent en dévoiler l'emplacement.

Lorsque Felipe Calderón remporta l'élection présidentielle en 2006, plusieurs rapports l'informèrent que certaines zones frontalières étaient entièrement aux mains *des narcotrafiquants. Il ordonna aussitôt le déploiement de 45 000 soldats, une situation qui conduisit les criminels à militariser leurs méthodes et leur matériel.*

CIUDAD JUÁREZ

Situées à mi-chemin de l'Atlantique et du Pacifique, Ciudad Juárez et sa cousine américaine d'El Paso ont été le théâtre des combats les plus violents du conflit. Il transite plus de camions par les trois points de passage entre les deux villes qu'à tous les autres points de la frontière réunis. Pour les organisations criminelles, ces postes de douane revêtent une importance capitale.

Longtemps, trois cartels se sont disputé le contrôle de ce territoire. Après des années de conflit ouvert et de luttes intestines, il est aujourd'hui impossible de dresser un tableau précis de la situation.

Ciudad Juárez a été durement frappée par l'effondrement de l'industrie mexicaine. Seul le centre-ville reste relativement sûr dans la journée. Les zones périphériques, où le taux de chômage s'élève à plus de 50 % de la population active, sont de véritables coupe-gorges où nul ne peut s'aventurer sans l'assistance d'un guide possédant une connaissance parfaite du terrain.

LE RÔLE DU CLAN ARAMOV

Durant les années 1980, la flotte du Clan permit aux cartels colombiens d'acheminer la drogue produite au Moyen-Orient vers l'Amérique du Sud et les Caraïbes. Au début des années 2000, lorsque le leadership de ses clients se trouva menacé par des organisations rivales et par la présence militaire américaine en Afghanistan, principal État producteur d'héroïne, Irena Aramov, dirigeante du Clan, décida d'interrompre cette collaboration.

Sentant le vent tourner, elle établit des relations avec les gangs mexicains. Selon nos renseignements, le Clan devint non seulement leur transporteur attitré, mais aussi leur principal fournisseur d'armes.

LEONID ARAMOV

Lorsque Leonid Aramov fut désavoué par sa mère et contraint de quitter le Kirghizistan, nos services étaient convaincus qu'il rejoindrait la Russie ou le Moyen-Orient. Bien que nous ignorions la nature exacte de ses activités au Mexique, nous le soupçonnons d'être en train de préparer une importante opération en relation avec le trafic de drogue.

Il ne dispose ni des fonds ni de la main-d'œuvre suffisante pour s'opposer aux gangs locaux. Nous supposons qu'il a fait appel à ses nombreux contacts afin de leur procurer des armes de guerre.

OBJECTIFS DE LA MISSION

Tamara, son ex-épouse, et André, son plus jeune fils, ont accepté de collaborer avec l'ULFT (Unité de lutte contre les facilitateurs transnationaux). Ils ont rejoint le Mexique et vivent désormais en compagnie de Leonid dans une luxueuse résidence située en périphérie de Ciudad Juárez.

Le contrôleur de mission devra :

— se rendre à Ciudad Juárez et prendre contact avec l'agent de la DEA Lucinda Alvarez ;

— entrer discrètement en relation avec André et/ou Tamara Aramov ;

— enquêter sur les agissements de Leonid au Mexique ;

— si toutes les conditions de sécurité sont réunies, arrêter ou neutraliser la cible, seul ou avec le concours des autorités locales.

Compte tenu de la personnalité instable de Leonid et de l'extrême dangerosité de Ciudad Juárez, André et Tamara ne demeureront pas en poste plus de deux semaines, quels que soient les résultats enregistrés lors de l'opération.

38. La clé du mystère

André, qui n'avait pas encore été scolarisé, s'ennuyait à mourir depuis trois jours. Lorsqu'il descendit piquer une tête dans la piscine olympique, il trouva les lieux déserts. Après avoir enchaîné quatre longueurs, il s'agrippa au rebord pour reprendre son souffle. Découvrant une paire de jambes plantée à hauteur de son visage, il crut avoir affaire à Boris, mais l'homme qui se tenait devant lui portait le polo vert des employés d'entretien de la résidence.

— James ! s'étrangla-t-il.

Craignant qu'un témoin n'assiste à la scène, il jeta un regard anxieux autour de lui.

— J'ai glissé un émetteur et un petit téléphone mobile dans la poche de ton peignoir, dit son complice.

— OK.

— Arrête de tourner la tête dans tous les sens. Si quelqu'un nous a vus discuter, tu lui diras que je t'ai demandé si l'eau était assez chaude.

Sur ces mots, James saisit les poignées du chariot emprunté dans la remise du matériel et s'éloigna du bassin.

Tout autour de la verrière recouvrant la piscine, des escaliers privatifs desservaient les appartements de la résidence. Des portails en acier trempé surmontés de caméras en interdisaient l'accès. Trois d'entre eux étaient placés sous la surveillance d'agents de sécurité armés.

André redoutait que l'un d'eux n'ait été témoin de sa brève conversation avec James. Même si son coéquipier s'était coiffé d'une casquette afin de cacher ses cheveux blonds, sa peau claire ne faisait pas très couleur locale.

Une joggeuse filiforme d'une cinquantaine d'années vint à la rencontre de James. Elle pointa sur lui un doigt accusateur et s'exprima en espagnol.

— Comptez-vous ramasser ce rat crevé qui pourrit au pied de mon escalier ? J'ai signalé sa présence il y a trois jours, et il n'a pas bougé.

— Je suis nouveau, plaida James. Je vais avertir mon responsable.

— Vous vous montrez plus zélés lorsqu'il s'agit de frapper à nos portes pour quémander des étrennes.

— J'ai pris mon poste aujourd'hui, madame. Je vais aller chercher un sac en plastique et du désinfectant.

— Je vous conseille de faire vite, maugréa l'inconnue avant de se remettre en route.

James jeta un œil par-dessus son épaule et vit André, vêtu de son peignoir, quitter la verrière et se diriger vers l'escalier menant à la terrasse du duplex de Leonid. Il accéléra le pas puis franchit la porte du local où étaient entreposés matériel d'entretien et outils de jardinage.

Il se baissa pour récupérer un pistolet automatique dissimulé dans un compartiment du chariot, le glissa dans son dos puis jeta un coup d'œil dans le bureau du superviseur. Un homme aux cheveux gris gisait sans connaissance, affalé sur une table. Compte tenu de la dose de gaz soporifique en spray qui lui avait été administrée, il ne reviendrait pas à lui avant trente minutes.

James gravit quatre volées de marches, emprunta un long couloir et aboutit à une porte grillagée donnant sur l'extérieur du complexe. Après avoir enfoncé le bouton commandant son ouverture, il remonta une ruelle au pas de course et sauta sur le siège passager d'une camionnette Volkswagen.

La femme aux cheveux bruns et frisés qui se tenait au volant se nommait Lucinda Alvarez. Cet agent de la DEA, dont le Dr D avait obtenu le détachement temporaire auprès de l'ULFT, connaissait mieux que personne Ciudad Juárez et les gangs qui mettaient ses rues à feu et à sang.

— Contact établi ? demanda-t-elle.

James hocha la tête.

— J'étais sur le point de me replier après trois heures de surveillance quand André s'est pointé. La portée de son émetteur est limitée à deux kilomètres. Roule jusqu'à ce qu'on soit hors de vue de la résidence et gare-toi.

Dès que Lucinda eut tourné la clé de contact, James se glissa à l'arrière de la camionnette. Il se débarrassa de son arme et ôta le polo dérobé dans les vestiaires du personnel.

La jeune femme s'engagea dans la circulation, parcourut moins d'un kilomètre et se gara dans l'allée de service d'une pharmacie. James ouvrit son sac à dos et en tira la petite boîte circulaire contenant son émetteur intra-auriculaire.

— André, tu me reçois ? lança-t-il lorsque le dispositif fut en place. André ?

Il renouvela son appel pendant plusieurs minutes avant que son jeune coéquipier ne se décide à répondre.

— Donne-moi une minute, je sors de la douche.

— Trouve un endroit discret. Assure-toi que personne ne puisse t'entendre.

— C'est bon, je suis dans ma salle de bains. Il y a deux portes fermées entre moi et le couloir.

— Parfait, dit James. Alors, quelle est la situation ?

— Je suis tellement content que tu sois là ! s'exclama André, ignorant délibérément la question. Je m'attendais à être contacté par ce vieux type, là... Ted.

James éclata de rire.

— Si tu continues comme ça, tu finiras fondateur et unique membre du fan-club de James Adams.

— Il ne s'est pas passé grand-chose, depuis trois jours. J'ai essayé de trouver un autre moyen de communiquer avec l'extérieur, mais il n'y a pas de ligne fixe, et je n'ai pas pu mettre la main sur un mobile.

— Le problème est réglé. Le téléphone que je t'ai remis est configuré pour fonctionner sur tous les réseaux. Comment se comportent ton père et tes frères ?

— Mon père a plein d'attentions pour ma mère, parce qu'il veut la sauter. Alex est plutôt cool. Boris est toujours aussi con, mais il passe tout son temps avec Silvia, sa copine mexicaine. Ils n'arrêtent pas de s'envoyer dans l'air. Je les entends beugler derrière le mur. C'est d'un déprimant...

— Et tu as une idée de ce que prépare Leonid ?

— Il a un truc sur le feu, c'est sûr. De la fenêtre de ma chambre, je l'ai vu discuter plusieurs fois avec le type de l'appartement dix-sept dans la cour intérieure. Et il s'est aménagé un bureau. Il est tout le temps pendu au téléphone. Comme il est nul en espagnol, il pique sa crise à chaque fois qu'il n'arrive pas à se faire comprendre.

— Ta mère va bien ?

— Mouais, plus ou moins. Elle n'est pas très rassurée, parce qu'elle sait qu'il lui en faut peu pour péter les plombs. Il l'a tabassée un nombre incalculable de fois, quand on vivait au Kremlin. Mais pour l'instant, il joue au père de famille modèle. Il nous a emmenés faire une virée en ville. Il m'a acheté des fringues et des jeux Xbox, mais il a changé le mot de passe du réseau wifi, et je ne peux plus me connecter au Live.

— Votre but était de nous mener jusqu'à lui, dit James. Votre mission est accomplie. Si vous courez le moindre risque, vous serez immédiatement exfiltrés.

Maintenant, j'ai un objectif secondaire à te confier. Il y a des centaines de mobiles dans la résidence, et nous n'avons pas encore réussi à identifier ceux de ton père et de tes frères. Si nous possédions leurs numéros, nous pourrions surveiller leurs communications. Je voudrais que tu mènes l'enquête. Si tu ne peux pas étudier leurs téléphones, essaye de trouver des factures.

— Entendu. James, il y a un autre truc dont je voulais te parler. Je sais que mon père est un menteur, mais il n'arrête pas de parler de notre départ prochain, de dire qu'on va commencer une nouvelle vie, tous ensemble. Et j'ai entendu mes frères parler de ce qu'ils feront quand on aura quitté le Mexique.

— Tu as une idée de la date de ce départ et de votre destination ?

— Aucune. *Bientôt*, c'est tout ce que mon père a dit. L'autre jour, il avait laissé la porte de son bureau ouverte, et je l'ai vu passer un tas de papiers à la broyeuse. D'habitude, il est totalement bordélique, mais là, il a rassemblé tous ses documents dans des boîtes de classement.

James était intrigué et inquiet. L'ULFT venait à peine de retrouver Leonid. Il redoutait que sa cible ne disparaisse dans la nature avant d'avoir pu dénicher la moindre preuve.

— La clé du mystère se trouve sans doute dans cette pièce, dit-il. Il se méfie des ordinateurs, depuis que nous avons piraté ses disques durs et siphonné ses comptes bancaires. T'arrive-t-il de te trouver seul à l'appartement ?

— Je pourrais faire semblant d'être malade quand ils sortent dîner… Mais la porte du bureau est équipée d'une énorme serrure.

James n'avait pas initié André aux techniques de crochetage, une compétence qu'il était impossible d'acquérir en seulement dix jours.

— OK. Fais ce que tu peux pour entrer dans le bureau, mais ne prends aucune initiative sans que je t'aie donné le feu vert.

Lucinda se tourna vers James et lança :

— Parle-lui des GPS.

— Oh, j'allais oublier. André, nous avons eu une autre idée. Si tu as l'opportunité d'accéder à la voiture de ton père ou à celle de Boris, vérifie les adresses enregistrées dans la mémoire des GPS. Nous essayons d'identifier les gangs avec lesquels Leonid est en affaire. Il nous suffirait sans doute de savoir où ils tiennent leurs réunions.

— Je verrai ce que je peux faire.

— Tu as des questions ?

— Non, tout est clair.

— Maintenant que nous sommes reliés par émetteur, je vais tâcher de trouver une chambre à louer dans le coin. N'hésite pas à me contacter à toute heure du jour ou de la nuit. Et souviens-toi : avertis-moi avant de tenter quoi que ce soit.

39. Crépuscule

Alors que le soleil se couchait sur le Kremlin, Ryan observait la base aérienne depuis la fenêtre d'angle de l'appartement de Natalka. Comme au temps de la splendeur du Clan, l'air empestait le kérosène. Cinq appareils parés au décollage étaient alignés sur l'une des voies de circulation.

Travaillant sans relâche durant les fêtes de Noël, les techniciens avaient désossé huit des avions les plus récents de la flotte afin d'assembler cinq appareils en parfait état de marche. Ils étaient équipés de pneus neufs et d'un système de navigation dernier cri. En outre, leurs moteurs avaient subi d'onéreuses modifications leur permettant de satisfaire à la réglementation en matière de nuisances sonores adoptée par la plupart des pays développés.

Au cours de leurs années de service, les avions avaient arboré les couleurs d'une multitude de compagnies aériennes, d'États et d'organisations non gouvernementales, des Nations unies aux forces aériennes vietnamiennes. Ce soir-là, en toute légalité, leur fuselage était orné du croissant rouge.

Selon le scénario servi par Amy aux membres du Clan, un riche bienfaiteur avait loué les appareils afin de mener une opération humanitaire de grande ampleur. En vérité, les avions demeureraient la propriété du mouvement international de la Croix-Rouge et du Croissant-Rouge. Une importante somme d'argent puisée dans le trésor de guerre de Leonid Aramov permettrait à l'organisation d'assurer leur entretien et leur alimentation en carburant durant une décennie.

Rares étaient les agents de CHERUB qui pouvaient observer les résultats positifs de leur travail d'infiltration. Lorsque le premier appareil prit son envol, Ryan se sentit submergé par l'émotion. Deux avions rejoindraient l'Europe où ils seraient reconvertis en hôpitaux volants. Les trois autres seraient employés à l'acheminement de vivres, de médicaments et de matériel médical dans des zones sinistrées aux quatre coins du globe.

Mais si Ryan ressentait une immense joie, Natalka, qui se peignait les ongles en noir devant le plan de travail de la cuisine, faisait grise mine.

— Je suis sûre que c'est encore un piège, grogna-t-elle. Ils vont finir en taule, comme ma mère.

Ryan, qui n'avait pas quitté sa petite amie depuis leurs retrouvailles, était excédé par son attitude négative et l'odeur de tabac froid qui flottait dans son sillage.

Pourtant, la perspective de la perdre à jamais lui était insupportable.

— Le Clan finira bien par trouver un moyen de la faire libérer, dit-il.

— Tu n'en sais rien, lança Natalka en lui lançant un paquet de biscuits au visage. Tu dis ça pour me rassurer.

— Tu as appelé ta tante ?

— Je ne peux pas l'encadrer. Je veux rester ici avec toi.

Elle ignorait qu'une équipe de démolition était sur le point d'investir la base afin de détruire les installations. Ryan s'interrogeait : valait-il mieux, comme c'était son cas, savoir que leur histoire d'amour était condamnée, ou ne rien comprendre à ce qui se tramait, comme Natalka ?

— J'ai un truc à régler avec Igor, annonça-t-il. Je serai de retour dans une heure, deux grand maximum.

— Tu as toujours une bonne excuse pour te défiler, grogna la jeune fille.

Ryan ramassa le paquet de biscuits et le posa sur le plan de travail.

— Il faut bien que je gagne ma vie, dit-il en cherchant ses Converse du regard. De toute façon, on ne peut pas te parler quand tu es dans cet état.

— Pendant que tu y es, regarde s'ils ont réapprovisionné le distributeur de clopes du foyer.

Ryan leva les yeux au ciel. Il savait pertinemment qu'il s'agissait d'une manière déguisée de le supplier de lui offrir un paquet.

Dès qu'il eut rejoint son appartement, il effaça toutes ces considérations de son esprit, glissa un revolver compact calibre 22 dans la ceinture de son jean puis enfila un sweat-shirt afin d'en dissimuler la crosse.

Ryan trouva Igor étalé dans un fauteuil du foyer, visiblement ébranlé par ses excès de la veille. Il se dirigea d'un pas assuré vers l'autre extrémité de la salle puis, sans ralentir son allure, forma avec ses lèvres les mots *cinq minutes*. Après s'être procuré un paquet de cigarettes au distributeur, il emprunta l'ascenseur.

Amy avait ordonné aux agents de sécurité postés au cinquième étage de le laisser aller et venir à sa guise. Il entra dans l'ancien appartement de Leonid et fut frappé par l'odeur fétide qui y régnait. À l'évidence, Tamara avait oublié un aliment périssable dans l'un des placards de la cuisine.

Pieds nus et vêtue d'un ample T-shirt, Amy l'attendait dans le salon.

— Tu vas bien ? demanda-t-elle.

— Ça va, mais Natalka est complètement déprimée. Tu ne peux vraiment rien faire pour sa mère ?

— Dimitra a travaillé pendant sept ans pour l'un des plus importants réseaux de contrebande de la planète. On ne peut pas la libérer sous prétexte que tu es amoureux de sa fille.

— C'est quand même à cause de nous qu'elle a été emprisonnée.

— Et tu as pensé aux tonnes d'armes et de narcotiques qu'elle a transportés au cours de sa carrière ?

— On pourrait au moins essayer de...

— Concentre-toi sur Igor, l'interrompit fermement Amy.

— Je lui ai donné le signal. Il devrait emprunter l'escalier de secours dans une minute ou deux.

— Dans ce cas, on ferait mieux de ne pas traîner.

Par mesure de sécurité, les accès au cinquième étage étaient placés sous bonne garde. L'escalier de secours extérieur, lui, était barré par une porte blindée qui ne pouvait être ouverte que de l'intérieur.

Ryan se posta derrière le panneau de métal situé dans la petite pièce qu'occupait jadis l'infirmière personnelle d'Irena Aramov. Quelques minutes plus tard, il entendit Igor frapper discrètement et le fit entrer.

Ce dernier brandit un énorme pistolet automatique équipé d'un silencieux et d'un dispositif de visée optique.

— Vous êtes sûr que ce sera suffisant ? plaisanta-t-il.

— Je ne veux pas que ce salaud ait la moindre chance de survie.

— Et pour la fille ?

— Leonid ne m'a pas donné d'instructions. Tout ce qui l'intéresse, c'est que je liquide son frère. Mais je ne veux pas qu'elle donne l'alerte avant que je ne me sois fait la malle. Alors si elle est avec lui, je serai obligé de la buter.

— Quel gâchis, dit Ryan. Elle a une poitrine d'enfer.

Igor réprima un éclat de rire.

— Tu es un petit rigolo, Ryan. Mais j'admets que tu t'es plutôt bien démerdé, depuis la mort de ton père.

— Et je me démerderai encore mieux avec les cent mille soms qui me permettront de quitter ce trou à rats avec Natalka.

Igor sortit de sa poche un épais rouleau de billets de banque.

— Il va falloir que tu me fasses confiance, petit. Nous n'avons pas le temps de recompter.

— À quelle heure décolle votre avion ?

— J'ai prévu large, répondit Igor, prenant soin de ne pas dévoiler les détails de son plan. Alors, comment fait-on pour atteindre l'appartement de Josef sans passer par le couloir ?

— Suivez-moi. Je vais vous expliquer.

Ryan quitta la chambre de l'infirmière et traversa le salon d'Irena Aramov, demeuré inchangé depuis son départ pour les États-Unis. Il fit coulisser une baie vitrée, révélant trois coursives extérieures séparées par une cinquantaine de centimètres qui couraient sur toute la longueur du bâtiment.

— Gaffe, dit-il. C'est gelé. Mais André m'a raconté que ses frères sautaient de balcon en balcon, pour se prouver qu'ils avaient du cran. Le troisième donne sur l'appartement de Josef. La fenêtre n'est pas verrouillée, j'ai vérifié.

— Mais comment as-tu fait pour arriver jusqu'ici, avec les gardes postés devant l'ascenseur ?

Ryan haussa les épaules.

— Je passais mon temps chez André, avant son départ. Ils sont habitués à ma présence.

— Je vois. Dans ce cas, tu ferais mieux de te tirer. Dès que les membres du Clan apprendront qu'ils n'ont plus de chef, ça risque de tourner au pillage et au règlement de comptes.

— Mes bagages sont déjà prêts, mentit Ryan. J'ai commandé un taxi pour rejoindre la gare routière.

Dès qu'il eut regagné la chambre de l'infirmière, Igor se glissa sur le premier balcon. Il frotta la rambarde d'une main gantée afin d'en ôter la glace, sauta sur la deuxième coursive et se réceptionna sur une chaise de jardin en plastique recouverte de neige. Il ignorait qu'Amy l'avait reliée par un fil de nylon à deux cent cinquante grammes de plastic cachés dans une applique d'éclairage extérieur.

L'explosion frappa Igor à hauteur des épaules, ouvrant une large plaie au niveau du cou. Un jet de sang sous pression en jaillit, puis la partie supérieure de son corps bascula au-dessus de la rambarde. Il se balança quelques instants avant que le poids de son torse ne le précipite dans le vide.

L'une de ses jambes accrocha une rangée de pics anti-pigeons placée devant une fenêtre du troisième étage. Il y resta suspendu jusqu'à ce qu'une plaque de glace délogée par l'explosion ne l'en déloge. Sa chute s'acheva brutalement neuf mètres plus bas. Amy avait disposé la charge de façon à ce que le souffle frappe sa cible à la façon d'un coup de poing, mais l'onde de choc avait pulvérisé plusieurs baies vitrées et détaché une grande partie de la neige accumulée sur le toit. Le corps d'Igor en fut bientôt recouvert, si bien que seul l'un de ses bras demeura visible.

40. Câble

Après avoir dîné dans un restaurant chic de la ville, André et ses parents descendirent de la Lexus, traversèrent le parking souterrain puis empruntèrent l'ascenseur de la résidence. Vêtu d'un costume taillé sur mesure, Leonid n'avait plus rien à voir avec la brute en blouson de cuir qui, jadis, avait régné sur le Kremlin. Tamara, elle, portait une robe de soirée décolletée dont le prix représentait six mois de salaire d'un Mexicain moyen.

— Zut, j'ai laissé mon portefeuille dans la voiture, dit André en tâtant les poches arrière de son jean.

— Il ne va pas s'envoler, mon ange, dit Tamara, sans comprendre qu'il s'agissait d'un prétexte en rapport avec la mission. Il est tard. Il faut que tu ailles te coucher.

— Et si quelqu'un casse une vitre pour le piquer ?

— Les vitres sont blindées, imbécile, s'esclaffa Leonid, qui avait bu et mangé plus que de raison.

Ramenée à la réalité par l'insistance de son fils, Tamara passa un bras autour du cou de son ex-mari.

— Allez, passe-lui les clés. Tu sais à quel point il est anxieux…

— Très bien, fiston, soupira Leonid en remettant à André les clés de la Lexus.

Lorsque ses parents eurent quitté la cabine au troisième étage, ce dernier redescendit au sous-sol. Le parking disposait de l'air conditionné. Des lignes jaunes étaient tracées sur le sol tapissé de matière plastique souple, qu'une employée était chargée de nettoyer pour faire disparaître toute trace de pneu.

André déverrouilla la Lexus à l'aide de la télécommande. La portière blindée, qui pesait plus de deux cent cinquante kilos, était équipée d'un moteur électrique qui en facilitait l'ouverture. Après avoir récupéré son portefeuille, il se glissa à l'avant, frôla du doigt l'écran du GPS puis activa son émetteur-récepteur.

— James, tu m'entends ?

— Fort et clair.

— Cool. Je n'étais pas sûr de pouvoir te joindre depuis le sous-sol. Je suis devant le GPS de mon père. Tu as de quoi noter ?

— Attends une seconde. Je vais t'enregistrer… OK, c'est bon, tu peux y aller.

André lut à haute voix les six dernières adresses stockées dans la mémoire de l'appareil.

— Bien joué, dit James. Maintenant, retourne à l'appartement. Comme tu es resté longtemps dans le parking, ton père risque de se poser des questions. Tu as préparé une excuse ?

— Cet endroit est un vrai labyrinthe. Je lui dirai que je me suis paumé.

— Parfait. Fais de beaux rêves. Je garderai mon émetteur allumé toute la nuit, au cas où.

André désactiva son dispositif intra-auriculaire puis vérifia que les portières étaient correctement verrouillées. Tandis qu'il se dirigeait vers l'ascenseur, des bruits de pas se firent entendre. Au détour d'un pilier, il se trouva nez à nez avec Boris.

— Eh, nous voilà enfin seuls, nabot ! lança ce dernier.

— Fous-moi la paix, grogna André.

Boris le saisit par le col et le plaqua violemment contre un mur.

— Ça fait mal, pas vrai ? ricana-t-il avant de lâcher sa victime.

André atterrit lourdement sur le dos. Boris plongea le talon de sa basket dans son ventre.

— Laisse-moi tranquille… gémit l'enfant.

Il passa en revue les points faibles de l'anatomie que James lui avait enseignés, mais il était cloué au sol, et aucun d'eux n'était à sa portée.

— Papa te fait croire qu'il t'a pardonné, mais il n'a rien oublié, crois-moi, gronda Boris. Dès que nous serons aux Caraïbes, il remettra le couvert avec ta salope de mère. Dès qu'il aura eu ce qu'il veut, je pourrai faire de ta vie un enfer.

André sentit les larmes lui monter aux yeux.

— Pourquoi ! hurla-t-il. Je ne t'ai jamais rien fait !

— C'est comme ça, qu'est-ce que tu veux, j'aime faire souffrir les gens. Surtout toi.

À cet instant, l'agent de sécurité chargé des caméras de surveillance quitta son local puis, une main posée sur l'étui de son arme de service, se dirigea dans leur direction à pas prudents.

— C'est rien, mec ! lança Boris en s'écartant de sa victime. On fait juste les cons, mon petit frère et moi.

André se redressa péniblement et fut pris d'une violente quinte de toux. Le garde lui adressa un regard préoccupé puis se tourna vers Boris. Il considéra sa carrure impressionnante puis, pensant à sa carrière, estima qu'il valait mieux ne pas pointer une arme vers un occupant de la résidence.

— N'y allez pas trop fort avec ce gamin, dit-il avant de tourner les talons et de regagner son poste.

Redoutant de se trouver seul dans l'ascenseur en compagnie de son frère, André, le souffle court et le visage ruisselant de larmes, préféra emprunter l'escalier.

— Tu peux toujours courir, minus ! s'exclama Boris. On va passer quelques années ensemble, et je te promets que ce seront les pires de ton existence.

...

Lorsqu'il eut rejoint l'appartement, André souhaita bonne nuit à ses parents puis gravit les marches menant à l'étage. Étendu sur son lit, il resta longtemps éveillé, une main posée sur son ventre douloureux, imaginant tous les supplices qu'il infligerait à Boris si l'occasion se présentait.

Quand il fut certain que ses parents et ses demi-frères avaient rejoint leur chambre, il descendit à la cuisine, ouvrit le réfrigérateur et s'empara d'une bouteille d'eau minérale. En se retournant, il aperçut les chaussures à talons aiguilles, la robe et les bas de sa mère éparpillés près de la porte d'entrée.

Il ne fallait pas être grand clerc pour comprendre ce qui s'était passé. Leonid et Tamara s'étaient copieusement soûlés au restaurant, mais André ne parvenait pas à croire que sa mère ait pu céder aux avances de son ex-mari. Il étudia ses effets et constata que sa robe n'était pas déchirée. Sur le plan de travail en marbre, il trouva son sac à main ainsi que deux verres et une bouteille de vin presque vide. Il chercha en vain le moindre signe de lutte.

Saisi d'un profond malaise, André grimpa l'escalier. Malgré l'heure tardive, en passant devant la porte de Boris, il reconnut la bande-son de *Call of Duty*. Il progressa jusqu'à la chambre de sa mère et la trouva déserte. Le cœur serré, il se dirigea vers la suite de Leonid.

La double porte étant entrouverte, il jeta un coup d'œil à l'intérieur. Le sol était jonché de draps et de pétales de roses. Des bougies alignées sur les meubles jetaient leurs derniers feux. Une bouteille de champagne vide avait roulé au pied du lit. Il comprit que son père avait chargé un tiers de mettre en place un décor romantique tandis qu'ils se trouvaient au restaurant.

À la vue de ses parents lovés nus l'un contre l'autre, André réprima un frisson de dégoût. À bien y réfléchir, malgré toute la haine qu'elle avait toujours professée à l'encontre de Leonid, Tamara n'avait jamais essayé de quitter le Kremlin. Au contraire, elle avait continué à faire sa lessive, à lui préparer des petits plats et, de temps à autre, à partager son lit. Malgré les violences dont elle avait si souvent été victime, elle lui avait toujours trouvé des excuses.

Bien sûr, la peur que lui inspirait son ex-mari expliquait en partie ce comportement, mais l'attirance physique qu'elle éprouvait à son égard n'avait pas échappé à André. Souvent, comme cette nuit-là, il s'était senti trahi.

Après le traitement que lui avait infligé Boris, le spectacle de ce couple dénudé était insoutenable. À l'instant où il s'apprêtait à faire demi-tour, Tamara souleva légèrement la tête et lui fit signe d'approcher.

Parvenu à proximité du lit, une puissante odeur de sueur assaillit ses narines. Redoutant que Leonid ne se réveille, sa mère se contenta de désigner une commode et d'articuler silencieusement les mots *tiroir du haut*.

En contournant le lit, André piétina le pantalon de son père et un monticule de coussins. Par chance, le tiroir glissa sans produire le moindre son. À l'intérieur, il y trouva le trousseau qui, dans la journée, ne quittait jamais la poche de Leonid. Il s'en empara, le serra dans son poing afin d'éviter que les clefs ne s'entrechoquent, puis quitta la pièce précipitamment.

Lorsqu'il eut regagné sa chambre, il lâcha un soupir de soulagement, alluma sa lampe de chevet puis étudia le trousseau. Il identifia les deux clés de l'appartement, un émetteur permettant de neutraliser l'alarme, deux petites clés argentées et la grande clé dorée du bureau de son père.

Le cœur battant à tout rompre, il passa en revue les principes que lui avait enseignés James Adams. Premièrement, il devait savoir avec précision où se trouvaient les occupants de l'appartement. Abruti par l'alcool et sa partie de jambes en l'air avec Tamara, Leonid n'émergerait pas avant onze heures du matin. Alex et Boris disposaient de toilettes indépendantes, mais ils risquaient de descendre à la cuisine pour se restaurer. André devait à tout prix s'enfermer au plus vite dans le bureau.

Ne portant qu'un T-shirt et un caleçon, il se trouvait dans l'impossibilité de dissimuler le moindre objet. Il enfila son jean puis glissa dans ses poches arrière le trousseau et le petit mobile que James lui avait confié.

Après avoir descendu les marches en silence, il pénétra dans le bureau, poussa la porte blindée derrière lui puis la ferma à double tour. Se refusant à actionner l'interrupteur du plafonnier de crainte qu'un rectangle de lumière ne soit visible depuis le salon plongé dans l'obscurité, il alluma une petite lampe articulée, en dirigea le faisceau vers les piles de dossiers puis activa son émetteur.

— James ?

Deux secondes s'écoulèrent avant que son coéquipier ne réponde à son appel.

— Un problème ?

— J'ai une bonne et une mauvaise nouvelle. La mauvaise, c'est que je suis traumatisé à vie après avoir vu mes parents à poil dans le même lit. La bonne, c'est que je suis dans le bureau de mon père.

— Merde, je t'avais dit de me contacter avant de prendre la moindre initiative. Tu es sûr que tu ne cours aucun danger ?

— Mes frères ne viennent jamais ici. Et ma mère trouvera un moyen de m'avertir si mon père se réveille.

— Attends, j'ai deux ou trois trucs à régler avant de pouvoir enregistrer notre communication. Bordel, tu ne peux même pas imaginer à quoi ressemble la chambre d'où je t'appelle... Je cohabite avec des souris et des cafards.

André éclata de rire.

— Bon, par quoi je commence ? Je vois deux boîtes d'archives verrouillées, mais je pense que les clés sont sur le trousseau de mon père. Sinon, j'ai devant moi un ordinateur portable, une broyeuse et plusieurs piles de documents.

— Très bien. Surtout, note attentivement l'emplacement de chaque objet avant de le déplacer. Pour le moment, comme nous devons faire vite, nous allons considérer que ton père se méfie des ordinateurs. Commence par les papiers.

— Je vois plusieurs emails imprimés. Ils sont rédigés en russe sur du papier bleu ciel. Ils se trouvent au bord du bureau, près de la broyeuse. Je suppose qu'ils sont destinés à la destruction… Oh, merde, j'ai oublié de te dire… Boris a gaffé. Il m'a dit qu'on allait s'installer aux Caraïbes.

— Intéressant, dit James. S'il dit vrai, ça veut dire que Leonid n'a aucune intention de retourner au Kremlin. D'autres documents près de la broyeuse ?

— Une pile de quarante centimètres, confirma André. James s'accorda quelques secondes de réflexion.

— Leonid doit avoir une bonne raison de vouloir les faire disparaître.

— Attends, je regarde… D'autres messages, mais je n'y comprends rien… RX 145-710… Merde, il n'y a que des lettres et des chiffres.

— Ce sont des messages codés, expliqua James. Ça doit venir de ses amis russes. Nous surveillons déjà leurs communications téléphoniques, alors ne t'embête pas avec ça.

— Pile suivante… On dirait des reçus. Bausch Chemical, trois mille dollars, Houston Drilling Supplies, huit mille quatre cents dollars.

— Des produits chimiques et du matériel de forage. À croire qu'ils prévoient de creuser un tunnel. Laisse ça de côté, on y reviendra plus tard si on ne trouve rien de plus intéressant.

344

— J'ai aussi des documents grand format, dit André. On dirait les plans d'un bazooka.

— Il y a des inscriptions ?

— Oui, un peu partout. En haut à gauche, en grandes lettres, il est écrit LMPGE. Ça te dit quelque chose ?

James faillit en tomber de sa chaise. S'il n'avait pas entendu prononcer ce sigle depuis huit ans, il en connaissait parfaitement la signification : lance-missile portatif à guidée électronique.

À l'âge de treize ans, James et sa sœur Lauren avaient participé à une opération sur le territoire américain. Leur mission : permettre à un garçon de s'évader d'une prison de haute sécurité afin de localiser sa mère, Jane Oxford, une trafiquante d'armes soupçonnée d'avoir dérobé des lance-missiles perfectionnés capables d'atteindre une cible de cinquante centimètres carrés à cinq kilomètres de distance. Elle avait été jetée derrière les barreaux, mais son stock n'avait jamais été retrouvé.

Malgré le sentiment d'exaltation qui l'habitait, James parla d'une voix blanche de façon à ne pas troubler la concentration d'André.

— Oh. Alors là, il se pourrait bien que tu aies décroché le gros lot.

— Tout le reste est rédigé en espagnol. Je n'y comprends rien, mais il y a un truc écrit de la main de mon père : *74 x LMPGE @ $325 000 = $24,05 millions.*

Lorsque André avait prononcé pour la première fois le nom du lance-missile, James s'était figuré que Leonid avait fait main basse sur les six armes détournées par

Jane Oxford, mais cette note faisait état de soixante-quatorze unités.

— OK, dit James. Je vais tâcher de te faire passer un appareil photo miniaturisé afin que tu prennes des clichés de ces documents, mais pour l'instant, je voudrais que tu te concentres sur les papiers où figurent les initiales LMPGE.

— Elle a quoi de spécial, cette arme ? demanda André.

— Les lance-missile traditionnels ont une portée de trois cents mètres et ne peuvent être manipulés que par des militaires qualifiés. Le LMPGE utilise un système de guidage GPS. Avec ce joujou, n'importe quel dealer souhaitant liquider un rival ou le chef de la police locale n'a plus besoin d'envoyer ses hommes prendre d'assaut le quartier général ennemi. Il lui suffit de localiser sa cible, d'entrer ses coordonnées géographiques et d'appuyer sur un bouton depuis l'autre bout de la ville.

41. Casse-tête

Au cours de ses recherches, André dénicha un grand nombre de documents liés au LMPGE et identifia plusieurs comptes bancaires ouverts par Leonid sous de fausses identités. Lorsque quatre-vingt-dix minutes se furent écoulées, James lui ordonna de tout remettre en ordre et de regagner sa chambre. Il rédigea un bref rapport concernant la perquisition puis transféra l'enregistrement audio sur le serveur du quartier général de l'ULFT.

À Dallas, l'analyste de permanence fit aussitôt suivre ces informations au Dr D, à Ted Brasker et à Amy Collins. Cette dernière n'étant pas directement impliquée dans la phase mexicaine de la mission, elle ne lut pas immédiatement l'email, préférant se concentrer sur divers problèmes logistiques liés au démantèlement de la base.

Lorsqu'elle prit enfin connaissance du message, ne comprenant pas exactement de quoi il était question, elle ouvrit une nouvelle fenêtre de Google Chrome.

Le navigateur associait termes recherchés et résultats des précédentes requêtes afin de cibler les centres d'intérêt de l'utilisateur. Dès qu'elle eut pianoté les lettres LMPGE, les mots *LMPGE Lisson Communications* apparurent sous le champ de recherche.

Elle cliqua sur le lien et découvrit un article paru quinze ans plus tôt dans un magazine économique.

LISSON COMMUNICATIONS, PIONNIER DU GUIDAGE PAR SATELLITE, PERD 73 % DE SA VALEUR EN UNE SÉANCE BOURSIÈRE

Le texte avait été publié quelques semaines avant le rachat de la société par la holding de Leonid et Galenka. Selon son auteur, Lisson était au bord de la banqueroute en raison de l'échec commercial d'un système de navigation automobile grand public.

Il affirmait que la compagnie avait précédemment été soupçonnée de corruption dans le cadre d'un partenariat avec l'armée américaine visant à la mise au point du LMPGE, un lance-missile équipé d'un système de guidage électronique.

Amy resta bouche bée. Ainsi, Leonid détenait cinquante pour cent des parts d'une société liée au développement du LMPGE, et disposait de soixante-quatorze exemplaires qu'il s'apprêtait à céder à prix d'or à un gang de narcotrafiquants mexicains.

Elle établit aussitôt une communication téléphonique par Internet via le réseau sécurisé de l'ULFT.

Ne parvenant pas à joindre le Dr D, elle composa le numéro de Ted Brasker, mais ce fut Ethan qui décrocha.

— Salut, c'est Amy.

— Eh, ça fait un bail. Comment vas-tu ?

— La routine, répondit la jeune femme.

— Je suppose que tu veux parler à Ted ?

— Oui, si ça ne te dérange pas.

— Je te préviens, il est bourré de médicaments, à cause de son dos, alors il plane un peu.

— Je vais quand même tenter ma chance.

— Ne quitte pas, je vais le chercher.

Amy entendit Ethan se disputer brièvement avec Lyla, la fille de Ted, qui insistait pour qu'on ne le dérange pas. De longues minutes s'écoulèrent avant que son collègue ne saisisse le combiné.

— Alors, toujours en vacances ? plaisanta-t-elle.

— Ce n'est pas drôle, soupira Ted. Je vais finir par crever d'ennui. Je retournerais bien au boulot, mais mon médecin refuse de signer l'autorisation.

— Tu peux à peine marcher, papa… lança Lyla.

— La vieillesse est un naufrage, plaisanta Amy. Tu as reçu l'email de James Adams ?

— Oui, je viens d'y jeter un œil.

— J'ai trouvé un lien entre *Lisson Communications* et les LMPGE.

Lorsqu'elle eut informé Ted de la nature de sa découverte, ce dernier demanda à sa fille de lui apporter ses lunettes et son ordinateur portable.

— Lisson avait trois directeurs, dit Ted. Galenka, Leonid et leur avocat, Lombardi. Il est le seul à pouvoir nous expliquer comment notre cible s'est procuré ce stock de lance-missile.

— Le problème, c'est que si nous l'interpellons, il utilisera tous les moyens légaux pour nous empêcher de le questionner et de perquisitionner son habitation. Or, nous n'avons rien de précis contre lui.

Ted l'interrompit abruptement.

— Nous devons à tout prix rassembler des informations solides avant que Leonid ne vende ces missiles. Quand il aura empoché ses vingt-quatre millions, il disparaîtra dans la nature.

— Selon James, l'affaire est sur le point de se conclure. Il a prévu de déménager aux Caraïbes.

— Compte tenu du peu de temps dont nous disposons, il est impossible d'employer les méthodes légales contre Lombardi. Et vu que je serai mis d'office à la retraite dès que la mission sera terminée, je suis prêt à prendre quelques risques.

— Fais gaffe, tu pourrais perdre ta pension.

— Oui, mais je toucherai toujours ma pension des US Marines. Je suis peut-être un vieux croûton avec le dos en compote, mais je ne laisserai pas un avocat véreux et un code de procédure tatillon permettre à Leonid Aramov de refaire sa vie sous les cocotiers.

— Au pire, tu pourras prétendre que les pilules t'ont grillé les neurones, gloussa Amy.

— Je suis convaincu que ce Lombardi connaît les raisons précises qui ont conduit Leonid à commanditer le meurtre de sa sœur. J'ai beaucoup d'affection pour Ethan. Il mérite de connaître la vérité.

— Alors tu prends le dossier en main ?

— Plutôt deux fois qu'une. Et ne t'inquiète pas pour ton avenir professionnel, Amy Collins. Tu es un agent exceptionnel et j'ai une foule de relations dans le métier.

...

En ce dernier dimanche de 2013, Ethan Aramov s'était levé tôt pour retrouver deux camarades de classe et se rendre à un tournoi d'échecs organisé dans un centre de conférence de Dallas. Il regagna la maison en milieu d'après-midi et retrouva Ted dans la cuisine.

— Eh bien, tu ne nous ramènes pas de coupe, cette fois ?

— J'ai terminé dix-huitième sur quatre-vingt-un. Ce n'est pas trop mal, vu que je faisais partie des concurrents les plus jeunes et que six grands maîtres internationaux étaient en compétition.

— Ce gamin de neuf ans t'a encore filé une raclée ?

— Il n'était pas dans ma moitié de tableau, sourit Ethan. Mais il a massacré mon copain Josh et a terminé à la dixième place.

— Tu finiras bien par l'avoir, sourit Ted.

Ethan ouvrit la porte du réfrigérateur et s'empara d'une canette de Dr Pepper.

— Merci pour les encouragements, mais ce gamin est un vrai génie.

Il déboutonna sa chemise, quitta la cuisine et trouva deux individus taillés comme des armoires à glace installés dans le canapé.

— Ted… lança-t-il, un peu anxieux. On a de la visite ?

— Je te présente Don et Joe, deux anciens catcheurs professionnels. Ils ont proposé de nous aider à faire parler Lombardi. En échange, nous passerons l'éponge sur un vilain délit routier dont ils se sont rendus coupables.

Ethan serra timidement la main des deux colosses aux bras couverts de tatouages.

— Les échecs… murmura Don, l'air pensif. C'est ce jeu où les chevaux se déplacent en L, n'est-ce pas ?

— Exactement, confirma le garçon, se gardant de préciser que ces pièces s'appelaient en réalité des cavaliers.

— Je vous préviens, mon plan n'est pas très sophistiqué, avertit Ted. Je nous ai dégotté un jet du FBI qui décollera de l'aéroport de Fort Worth et se posera en Californie vers vingt-deux heures. Ensuite, nous emprunterons une bagnole de location jusqu'à la villa où notre cible passe ses vacances de Noël. Nous frapperons à sa porte, lui expliquerons qui tu es. S'il ne nous dit pas toute la vérité sur les circonstances de la mort de ta mère, Don et Joe utiliseront leur pouvoir de persuasion pour lui faire cracher le morceau.

∴

Au même instant, à Ciudad Juárez, James jeta un œil au judas optique de sa chambre insalubre et reconnut sa coéquipière.

— Ne fais pas attention à l'odeur, je n'y suis pour rien, dit-il en lui faisant signe d'entrer.

— Je m'en doute bien, répondit Lucinda. Tu as eu des nouvelles d'André ?

— Il se défoule sur sa Xbox. Il est furieux de voir ses parents filer le parfait amour, même si tout indique que Tamara joue la comédie. Cela étant dit, ça n'a pas l'air de trop la déranger. Encore une qui craque pour les hommes de Néandertal.

Lucinda se raidit.

— Pardon ? Et si on retournait le problème ? Si tu étais chargé de coucher avec ta cible lors d'une mission d'infiltration, je suis certaine que tu te vanterais de tes exploits. Une femme ne pourrait pas coucher avec un type juste pour le plaisir ? Pourquoi devrait-elle être soit une victime, soit une fille facile ?

James avait déjà pu éprouver le caractère volcanique de Lucinda, mais cette réaction lui semblait singulièrement disproportionnée.

— Eh, calme-toi, je plaisantais.

— Je suis parfaitement calme. C'est juste que tu es un peu con sur les bords. Tiens, je t'ai ramené des petits cadeaux du marché.

Elle lui remit un sac en plastique contenant du spray insecticide et quelques pièges à souris.

— Le chocolat et le beurre de cacahuètes font d'excellents appâts, précisa-t-elle en dépliant sur le lit une carte constituée d'impressions Google Maps sur des feuilles A4 sommairement scotchées les unes aux autres.

— J'ai étudié les seize coordonnées trouvées dans le GPS de la Lexus. Aéroport, centres commerciaux, zone industrielle de la frontière... Plus intéressant, j'ai trouvé deux endroits situés hors des limites de la ville, près de la propriété des frères Talavera. Je crois qu'il s'agit des clients de Leonid.

— Ces types peuvent se permettre de lâcher vingt-quatre millions ?

— Ils se sont implantés récemment dans la région, mais ils sont en pleine ascension. Ils renforcent chaque jour leur contrôle sur les voies d'acheminement et bénéficient du soutien de puissants cartels du Sud. Et tu ne sais pas le meilleur ? J'ai déniché un article sur un blog anonyme décrivant l'assassinat de l'un des principaux rivaux des frères Talavera. Ça s'est passé il y a une dizaine de jours. Des témoins ont vu un missile piquer à la verticale, se redresser à quelques mètres du sol, filer au-dessus de la tête d'un détachement de gardes du corps puis traverser la vitrine du restaurant où déjeunait la victime. Il a été pulvérisé par l'explosion.

— Le comportement d'un missile guidé par GPS, confirma James. Leonid leur a peut-être fourni un exemplaire afin qu'ils procèdent à un essai. Mais tu es sûre de tes sources ? C'est quoi, cette histoire de blog anonyme ?

— Les journalistes du coin pratiquent l'autocensure. Ils ne publient que des articles consacrés à des sujets sans intérêt : politiciens au grand cœur participant à des opérations caritatives, compétitions de Mini Miss, rumeurs concernant les stars de la télé... Ceux qui osent évoquer les règlements de comptes ou simplement mentionner le nom d'un gang local risquent leur peau. Du coup, les habitants s'informent sur ces blogs. Inutile de te préciser ce qui arrive aux auteurs qui sont identifiés...

— Tu dois être drôlement fière de ton pays, ricana James.

— Je suis américaine, pauvre abruti, répliqua Lucinda. Qu'est-ce qui cloche chez toi, crétin de rosbif ?

42. Campeur

Si Ted supportait de se tenir allongé ou debout, demeurer en position assise était un véritable supplice. Lorsque l'avion se fut posé sur la piste principale de l'aéroport du comté de Sonoma, au cœur du vignoble californien, il eut toutes les peines du monde à en descendre les six marches escamotables.

Ayant rejoint la propriété de leur cible à bord d'une voiture de location, ils trouvèrent la villa déserte. Par chance, l'avocat, qui avait une haute opinion de lui-même, se refusait à utiliser des mobiles jetables, comme un vulgaire criminel. Les techniciens de l'ULFT n'eurent aucun mal à trianguler le signal de son smartphone jusqu'à un restaurant de fruits de mer de la ville la plus proche.

Envoyé en reconnaissance, Joe localisa Lombardi, sa femme et ses deux filles d'une dizaine d'années, qui dînaient en compagnie d'un groupe d'amis. Sur la longue table, il remarqua un nombre impressionnant de bouteilles de vin. Les convives parlaient fort, signe qu'ils avaient bu plus que de raison. Il composa le numéro de mobile de Ted.

— Il est complètement torché, dit-il. Les toilettes sont situées à l'arrière du restau. Je pourrais m'y embusquer, lui passer une cagoule sur la tête dès qu'il se pointera et le faire sortir par la porte anti-incendie.

— D'accord. Essaye de ne pas trop l'amocher. Il faut qu'il soit lucide pendant l'interrogatoire.

Une heure plus tard, son complice ne s'étant toujours pas manifesté, Ted le recontacta.

— Rien de nouveau ?

— Ce type doit avoir une vessie d'éléphant, grogna Joe. Il a terminé son dessert. Il en est au café.

Son repas achevé, Lombardi quitta l'établissement sans passer par les toilettes, l'une de ses filles dans les bras. Sa femme, qui s'était montrée plus sobre, prit le volant de l'Audi familiale puis mit le cap sur la villa.

— Et maintenant ? demanda Joe lorsqu'il eut retrouvé ses complices.

Ted avala une pilule d'analgésique, se frotta les yeux puis bâilla à s'en décrocher la mâchoire.

— On va devoir le choper chez lui, dès qu'il aura couché les gamines.

Ethan était anxieux. Don et Joe ne brillaient pas par leur intelligence, et Ted avait manifestement l'esprit troublé par les médicaments.

Joe patienta deux minutes après le départ de l'Audi avant de se lancer sur les petites routes menant à la villa de Lombardi.

Lorsqu'ils eurent garé la voiture à proximité de l'habitation, les membres du commando regardèrent les fenêtres s'éteindre une à une à mesure que les occupants de la maison se mettaient au lit. Joe et Ted approchèrent prudemment de la maison. C'était une demeure ancienne, d'une rare élégance, dont ils n'eurent aucun mal à forcer l'une des fenêtres à guillotine. Ted se glissa à l'intérieur et foula un parquet impeccablement ciré.

Les lois californiennes autorisant les citoyens à ouvrir le feu sur les cambrioleurs pris en flagrant délit, Joe et Ted progressèrent arme au poing jusqu'à l'escalier menant aux étages supérieurs. Ce dernier entra dans la chambre du couple puis posa le canon de son pistolet automatique sur le front de Lombardi.

— Pas un mot, dit-il, lorsque sa cible ouvrit les yeux. Il ne faut pas réveiller les petites.

— Les montres et les bijoux se trouvent dans le dressing, bredouilla l'avocat.

Réveillée à son tour, sa femme étouffa un cri d'effroi.

Ted actionna l'interrupteur du plafonnier à trois reprises afin d'avertir Ethan que la voie était libre. Don avait reçu l'ordre de demeurer à bord de la voiture et de se tenir prêt à évacuer les lieux si les choses tournaient au vinaigre.

— Je ne suis pas venu vous dépouiller, expliqua Ted. Asseyez-vous, tous les deux, et posez les mains sur la tête. L'un de mes amis est impatient de vous rencontrer.

Quelques secondes plus tard, Ethan entra dans la chambre.

— Ethan Aramov, dit Lombardi, sans se démonter. Nous ne nous sommes jamais rencontrés, mon garçon, mais je t'ai déjà vu sur des photographies, lorsque je travaillais avec ta mère. Ce déploiement de force n'était pas nécessaire. Je suggère que nous discutions dans mon bureau. J'ai des informations capitales à te communiquer concernant ton héritage.

Ethan leva les yeux au ciel.

— Vous croyez que c'est ce qui m'amène ici ? Je veux juste savoir pourquoi Leonid a fait tuer ma mère.

Avant que Lombardi n'ait pu prononcer un mot, Joe se tourna vers la femme et hurla :

— Toi, la prochaine fois que je vois tes mains bouger je te fracasse le crâne à coups de crosse !

— J'étais le conseil de ta mère, Ethan, poursuivit l'avocat avec un remarquable sang-froid. Elle me faisait confiance. C'est pour cette raison qu'elle t'a fait apprendre mon numéro de téléphone par cœur et t'a recommandé de m'appeler s'il lui arrivait quelque chose.

— Vous voulez dire que vous n'avez jamais travaillé pour Leonid ?

— Non, jamais.

— Et qu'est-ce que vous faites de *Lisson Communications* ?

Incapable de dissimuler son étonnement, Lombardi écarquilla brièvement les yeux.

— Dans les documents que vous m'avez fait parvenir en vue du règlement de la succession, il n'était question ni de la holding *Vineyard Yard*, ni de *Lisson*, poursuivit Ethan.

— Nous… nous ferions mieux de fixer un rendez-vous dans la semaine pour parler de tout ça. Quel jour te conviendrait ?

— Non, vous allez parler maintenant.

Ethan, qui n'avait jamais vécu une telle confrontation, avait l'impression de jouer dans une pièce de théâtre.

— Ma mère est morte, et vous avez essayé de me rouler. Vous avez partagé le magot avec Leonid ?

Lombardi resta muet. Joe lui porta un coup de poing à la pomme d'Adam, le saisit par les cheveux, le tira hors du lit et le projeta contre une coiffeuse.

— Si tu ne parles pas, je te bute, menaça-t-il.

— J'ai découvert que Leonid se trouvait au Mexique et qu'il essayait de refourguer un stock de missiles d'une valeur de vingt-cinq millions de dollars, annonça Ethan. Alors commencez par le début, et dites-moi tout ce que vous savez sur Lisson et les LMPGE.

Grimaçant de douleur, Lombardi massa sa gorge martyrisée. Lorsque Joe brandit à nouveau le poing, il lâcha une quinte de toux puis murmura :

— OK, je vais parler.

...

Lucinda avait longuement comparé sa carte aux coordonnées trouvées dans le GPS de Leonid. Trois de ces points soulevaient une interrogation : elle connaissait mal ces endroits de la ville et ne pouvait déterminer précisément à quelle activité Leonid s'y était livré ou quel commerce il avait fréquenté.

Lorsqu'André se mit au lit après une journée passée à traîner son ennui dans l'appartement, James et Lucinda quittèrent la chambre de location et embarquèrent à bord du van Volkswagen afin de mener l'enquête sur les lieux.

En cette heure tardive, la cité offrait un spectacle inquiétant. La circulation était fluide, mais des détachements de l'armée régulière, postés à des barrages mobiles, procédaient à des contrôles aux carrefours. Le parc automobile de Ciudad Juárez était majoritairement composé de véhicules anciens, mais les actes de carjacking étaient si nombreux que Lucinda recommanda à James de garder son pistolet entre ses cuisses.

Les deux premières coordonnées les menèrent à un fast-food et à une salle de gym où Boris et Alex avaient profité d'une séance d'essai gratuite. Le dernier lieu non identifié était situé à l'écart du centre-ville, dans une zone industrielle proche de la frontière. James et Lucinda empruntèrent une autoroute surélevée qui courait au-dessus de quartiers déshérités aux façades crasseuses et aux panneaux indicateurs criblés d'impacts de balles.

Une bretelle de sortie les mena à un parc industriel regroupant des entrepôts et des unités de production de plain-pied. Certains bâtiments étaient ornés de logos d'importantes sociétés. Les autres, abandonnés depuis des années, n'en gardaient que les silhouettes imprimées dans la poussière. Les rares usines encore en activité étaient hérissées de cheminées d'où s'échappaient des panaches de fumée fétide. De vieux véhicules scolaires californiens destinés au transport des ouvriers étaient alignés le long de la route.

— C'est ici, dit Lucinda en pointant un doigt manucuré vers un long bâtiment aux murs blancs.

Il n'était pas différent de ceux qu'ils avaient pu observer depuis qu'ils avaient quitté l'autoroute. De la lumière s'échappait des Velux percés dans le toit. Quelques voitures étaient stationnées sur le parking. Lucinda ralentit. James brandit une petite caméra vidéo et filma l'édifice.

— Un site de stockage pour les missiles ? demanda Lucinda.

— Le LMPGE est une arme individuelle de taille modeste. Leonid n'a pas besoin d'un entrepôt de cette importance. Soixante-quatorze exemplaires tiendraient largement dans un box de parking.

— Il possède peut-être d'autres armes.

— Leonid n'a pas beaucoup de liquidités. Je ne vois pas comment il aurait pu acquérir un tel arsenal. De plus, si ta théorie était valide, pourquoi garderait-il son matériel dans cette ville, à la merci des dizaines de gangs qui se disputent son contrôle ?

— Mais alors, qu'est-ce qu'il foutait ici ?

— Je ne suis pas sûr…, dit James. Mais cette zone est toute proche de la frontière. Souviens-toi : sur l'une des factures trouvées dans le bureau de Leonid, il était question d'équipement de forage.

Lucinda hocha la tête.

— La DEA a découvert des tunnels de plus de deux kilomètres de long dans les environs. Mais Leonid n'a pas besoin d'un tel dispositif, puisqu'il a l'intention de mener ses affaires au Mexique.

— Il avait peut-être besoin de faire passer le matériel depuis les États-Unis, suggéra James. Il serait venu ici pour récupérer la livraison. Bon, ce n'est qu'une supposition.

Le van atteignit les limites du parc industriel. L'extrémité de la route s'élargit, formant un rond-point où les véhicules devaient rebrousser chemin. Au-delà, la frontière était matérialisée par une haute clôture couronnée de fil de fer barbelé.

— Et merde, dit Lucinda lorsqu'elle eut fait demi-tour.

Un pick-up Mitsubishi était stationné devant eux, au centre de la chaussée. Une rampe composée de quatre puissants phares s'alluma sur son toit, puis un faisceau de lumière aveuglant inonda la cabine du van.

— Ce sont des flics ? demanda James en se couvrant les yeux.

— Sécurité privée, précisa sa coéquipière.

Penché à la portière du pick-up, un homme leur fit signe de s'immobiliser.

— Mets la gomme, ordonna James. Le temps qu'ils fassent demi-tour...

Lucinda enfonça la pédale de frein.

— Ce tas de boue ne dépasse pas les quatre-vingt-dix kilomètres-heure, dit-elle. Surtout, ne dis pas un mot. Tu as une tête de Yankee et ton accent espagnol est catastrophique.

L'agent de sécurité descendit de la Mitsubishi et s'approcha de la camionnette.

— Nous étions sur l'autoroute, et je me suis trompée de sortie, plaida Lucinda, tout sourire.

— Pourquoi avez-vous ralenti au niveau du bâtiment onze ?

— Je ne sais pas... Je cherchais mon chemin, je vous dis...

— Il y a un grand panneau, à l'entrée du parc. Vous n'êtes pas venus ici par hasard. C'est quoi, cet objet, sur les genoux de votre passager ? Une caméra ?

— De quel droit me traitez-vous de menteuse ! s'emporta Lucinda.

L'homme adressa un signe à son collègue demeuré au volant du pick-up puis s'empara du talkie-walkie clippé à la poche de sa chemise.

— Descendez du véhicule, tous les deux.

Lucinda s'exécuta. James, lui, estima qu'il était temps de passer à l'action. Il détacha sa ceinture de sécurité, poussa la portière et effectua un roulé-boulé jusqu'au fossé qui longeait la chaussée. Avant que le garde n'ait pu réagir, Lucinda lui porta un violent coup de coude au visage puis un crochet à la tempe.

James brandit son pistolet, visa soigneusement et lâcha deux balles. La première toucha l'un des pneus avant du pick-up. La seconde pulvérisa son pare-brise, contraignant le second agent de sécurité à se mettre à couvert.

Lucinda s'empara du talkie-walkie de sa victime, remonta à bord du van et passa la première. Lorsque le véhicule se mit en mouvement, James sauta sur le siège passager et laissa la portière se fermer sous l'effet de l'accélération.

Lorsque la camionnette passa à hauteur de la Mitsubishi, le garde qui avait essuyé les coups de feu donna un brusque coup de volant afin de lui barrer la route. Lucinda fit une embardée, dévala un talus puis heurta une clôture. Par chance, sa faible vitesse lui permit de rebondir contre l'obstacle et de regagner la chaussée.

Une voix jaillit du talkie-walkie dérobé au garde. Son véhicule n'étant plus en état de rouler, le garde qui avait été pris pour cible réclamait des renforts de toute urgence.

Tandis que le van roulait vers la sortie du parc industriel, James, qui redoutait d'être pris en chasse par d'autres vigiles, se tenait prêt à faire feu.

— Bordel, c'est carrément parti en sucette, dit-il lorsqu'ils eurent atteint la bretelle d'accès à l'autoroute.

— Il n'y a pas de loi dans cette ville, expliqua Lucinda. Les gens s'entretuent en toute impunité. Dans une telle situation, les agents de sécurité privée ont la gâchette facile. Ils n'hésitent pas à tirer pour sauver leur peau.

— Tu crois qu'ils nous auraient liquidés ?

Lucinda jeta un œil inquiet au rétroviseur intérieur.

— Sans doute. Mais avant, ils nous auraient torturés pendant quelques jours pour connaître notre identité et le nom de nos complices.

Même si rien n'indiquait qu'ils avaient été pris en chasse, Lucinda emprunta une sortie d'autoroute menant à un quartier résidentiel.

— Il va falloir se débarrasser de ce van, dit-elle. Les gardes vont communiquer notre signalement, et nos têtes risquent d'être mises à prix.

— Dans combien de temps ?

— Dans quelques heures, tout au plus. Une chose est certaine, je ne rentrerai pas chez moi ce soir. Nous allons nous garer en centre-ville puis nous emprunterons des taxis séparés.

43. Lombardi

Joe saisit Lombardi par la nuque et le força à s'asseoir sur une banquette placée devant le lit.

— Sachez que nous en savons déjà long sur les activités de Leonid et Galenka Aramov, annonça Ted. Au moindre mensonge, je serai contraint d'aller réveiller vos filles.

L'avocat croisa le regard affolé de sa femme.

— N'ayez crainte, dit-il dans un souffle, ébranlé par le coup reçu à la gorge. Je sais bien que je ne suis pas en position de bluffer.

L'homme observa une pause, prit une profonde inspiration puis déclara :

— Dans les années 1990, avant sa prise de contrôle par les Aramov, Lisson Communications a répondu à un appel d'offres lancé par le Département de la défense américain en vue de l'élaboration et de la fabrication d'un lance-missiles portatif à guidage électronique. En règle générale, ces accords de recherche sont conclus avec d'importantes compagnies d'armement, mais

Lisson a décroché le contrat en versant des pots-de-vin considérables à un général et à un sénateur. Quand la manœuvre de corruption a été rendue publique, la société a écopé d'une amende exemplaire et le directeur a dû présenter sa démission. Dans les mois qui ont suivi, il est apparu que Lisson maîtrisait le système de guidage mais n'avait pratiquement aucune expertise dans le domaine des missiles et des explosifs. Son budget recherche ayant été largement dépassé, le Département de la défense américain a résilié l'accord et s'est tourné vers un concurrent.

« La valeur d'une compagnie dépend de la confiance de ses actionnaires. Lorsqu'il est apparu que Lisson n'avait plus la moindre chance d'emporter un contrat gouvernemental, son action s'est effondrée. Pourtant, le missile guidé était alors pratiquement au point. Galenka Aramov a immédiatement décidé de saisir l'opportunité qui s'offrait à elle d'acquérir cette technologie à bas prix, puis d'offrir ses services aux États étrangers et aux groupes terroristes avec lesquels le Clan était en affaire.

« Comme elle ne disposait pas des fonds nécessaires au rachat de la société, elle s'est d'abord adressée à sa mère, qui a jugé l'opération trop risquée, puis à Leonid, dont les affaires personnelles avaient fructifié. C'est ainsi qu'ils sont devenus actionnaires à parts égales de Lisson Communications.

— Et où est-ce que vous intervenez, dans cette histoire ? demanda Ted.

— J'ai été chargé de rédiger le contrat de cession de façon à ce que personne ne sache que l'entreprise tombait sous le contrôle des Aramov.

— Qu'est-ce qui s'est passé entre ma mère et mon oncle ? demanda Ethan.

— Ils sont rapidement tombés en désaccord, expliqua Lombardi. Leonid voulait transférer la technologie de Lisson sur des disques durs et les vendre le plus rapidement possible aux Chinois ou aux Indiens, bref, au client le plus offrant. Mais Galenka voyait les choses en grand. Son projet, c'était d'achever le développement du LMPGE et d'en assurer la fabrication. Elle prévoyait des ventes annuelles s'élevant à plusieurs milliers d'armes par an, pour un coût unitaire de deux cent cinquante mille dollars.

— Ça fait des milliards, résuma Ethan. Ma mère était peut-être une criminelle, mais elle avait oublié d'être bête.

Lombardi secoua la tête.

— Malheureusement, ça n'a pas été aussi facile. Malgré la technologie dont elle disposait, les ingénieurs recrutés par Lisson ont éprouvé les pires difficultés à achever la mise au point du lance-missile. Il est rapidement apparu évident que Lisson n'engrangerait pas de profits avant des années, ce qui n'était pas au goût de Leonid, comme vous pouvez l'imaginer… Voir la société dans laquelle il avait investi une grande partie de sa fortune personnelle perdre progressivement son capital lui était insupportable. D'autant que les gains liés à l'exploitation civile des brevets GPS étaient réinvestis dans les activités d'armement…

« En 2003, l'armée américaine a reçu les premiers prototypes du LMPGE conçu par la société qui avait récupéré le contrat d'armement. Constatant que le design était comparable au projet de Lisson, Galenka a fait appel à une criminelle internationale nommée Jane Oxford pour voler plusieurs exemplaires. Mais même en possession de ce matériel en état de fonctionnement, il lui restait beaucoup de travail…

— Elle ne pouvait pas le copier, tout simplement ? s'étonna Ethan.

— Je possède un grille-pain, mon garçon, sourit Lombardi. Pourtant, je serais incapable d'en fabriquer un moi-même, encore moins d'en assurer la production à grande échelle. Par mesure d'économie, Galenka s'est trouvée contrainte de poursuivre ses recherches dans un laboratoire aménagé dans la cave de votre villa, tout en dirigeant l'importante société de sécurité informatique qui lui assurait de confortables revenus.

Ethan hocha la tête. Lorsqu'il vivait en Californie, sa mère passait des heures dans une pièce souterraine équipée d'une porte blindée.

— Avance rapide sur 2011, poursuivit Lombardi. Quand Irena est tombée malade, elle a dû se résoudre à désigner son successeur. Or, Leonid, son dauphin, se montrait plus violent et imprévisible que jamais. Elle s'est alors tournée vers Galenka.

« Je ne connais pas tous les détails, mais au moment où elle a été tuée, elle était parvenue à mettre au point un modèle de LMPGE parfaitement fonctionnel et à bâtir une unité de production d'où sortaient des armes aussi fiables que les originaux américains.

« Leonid vivait un véritable cauchemar. Lui qui s'était toujours imaginé à la tête du Clan, il était devenu l'employé de sa sœur. Et compte tenu des sommes folles investies dans l'élaboration du LMPGE, il devrait encore attendre des années pour toucher les fruits de son investissement dans *Lisson Communications*.

Ethan hocha la tête.

— Sa cupidité et son ego surdimensionné ont fait le reste, conclut Ethan. Il a ordonné le meurtre de ma mère, la saisie des disques durs contenant le résultat de ses recherches et la destruction de son laboratoire.

— Et l'usine de Galenka ? demanda Ted.

— Qu'est-ce que vous voulez savoir ? demanda Lombardi.

— Tout. Son emplacement. Ses fournisseurs. Sa logistique. Ses finances.

Lombardi haussa les épaules.

— J'étais tenu à l'écart de ces activités. Mais vu que Leonid a refait surface à Ciudad Juárez avec un stock de missiles, si j'étais vous, j'enquêterais du côté du Mexique.

Ethan éprouvait une sensation de malaise. Il était soulagé de connaître les raisons de la mort de sa mère, mais il l'avait toujours considérée comme une femme libre qui avait rompu avec sa famille pour devenir une honnête femme d'affaires. En vérité, seule l'ampleur de son ambition la différenciait des autres Aramov.

— Il y a une chose que je ne comprends pas, dit-il. Si l'usine a la capacité de produire autant de lance-missiles, pourquoi se contenter d'en vendre soixante-quatorze exemplaires à des trafiquants de drogue, dans la ville même où ils ont été fabriqués ?

— Je suppose que c'est tout ce que peuvent s'offrir ses clients. Rappelez-vous que Leonid est un psychopathe, pas un homme d'affaires. Il raisonne toujours à court terme. Tel que je le connais, dès qu'il aura vendu ces LMPGE, il délocalisera l'unité de production et la cédera à la société d'armement ou à l'État le plus généreux.

.:.

Épuisé par sa longue perquisition de la nuit précédente, André dormit à poings fermés jusqu'à ce qu'Alex et Boris rentrent de boîte de nuit, aux alentours de cinq heures du matin. Pendant quinze minutes, il s'efforça d'ignorer leur chahut. De guerre lasse, il quitta sa chambre en silence, marcha jusqu'à la coursive qui dominait le salon et la cuisine américaine puis observa discrètement ses frères.

Ils étaient accompagnés de deux filles qui, à en juger par leur tenue légère, faisaient commerce de leurs charmes. La chaîne hi-fi diffusait de la pop latino. Les deux frères sniffaient de la cocaïne sur le plan de travail en marbre de la cuisine. Leurs invitées ôtaient leurs vêtements dans le salon.

Écœuré par ce spectacle, André regagna sa chambre et s'efforça d'ignorer le concert de gémissements qui lui parvenait depuis le rez-de-chaussée. Pour une fois, il aurait voulu que son père se manifeste pour faire cesser ce chaos, mais les portes de sa suite étaient trop bien isolées.

Lorsque les jeunes prostituées eurent terminé leur travail, empoché leur argent et quitté l'appartement juchées sur leurs talons aiguilles, André retourna se poster sur la coursive. Entièrement nus, Alex et Boris buvaient du Jack Daniel's au goulot.

— Je vais demander ma copine en mariage, ricana ce dernier.

Alex éclata de rire. Un flot de whisky inonda son menton.

— N'importe quoi !

— Je serai tout miel avec elle. Je lui dirai que je l'aime. Je la supplierai de partir pour les Caraïbes avec moi, et dès qu'on sera à l'aéroport, je lui dirai que je me suis foutu de sa gueule.

— Espèce de salaud, gloussa Alex en enfilant maladroitement son jean.

Boris se traîna jusqu'à la cuisine et urina dans le lave-vaisselle.

— T'es un grand malade ! s'esclaffa Alex en entamant l'ascension de l'escalier, cramponné à la rampe. Je vais me coucher, je suis défoncé.

— Attends-moi, j'ai terminé, bredouilla Boris avant de ramasser son caleçon et de rejoindre son frère.

André se retrancha dans sa chambre avant qu'ils n'accèdent à l'étage. Lorsqu'il entendit l'eau ruisseler dans la douche d'Alex, il descendit au rez-de-chaussée et examina le champ de bataille. En furetant parmi les bouteilles vides et les vêtements éparpillés sur le sol constellé de gouttes d'urine, il trouva les clés de voiture de Boris posées sur le bar, entre deux traces de poudre blanche.

44. Le sale boulot

31 DÉCEMBRE 2012

Au sortir de sa salle de bains, André remarqua que l'unique voyant de son mobile émettait un signal lumineux. Il s'en saisit et enfonça la touche rappel.

— Ton émetteur est en panne ? demanda James.

— J'étais sous la douche, expliqua André. Je le remettrai en place dans une minute.

— Comment ça se passe ?

André lâcha un soupir et se laissa tomber sur le lit.

— Je crois que je vais craquer. Mes frères sont des animaux. Boris a l'intention de pousser sa copine au suicide, juste pour rigoler. Et il a pissé dans le lave-vaisselle. Évidemment, Alex a trouvé ça tordant.

— De vrais gentlemen. Mais ne t'inquiète pas, ton supplice sera bientôt terminé.

— Mes parents sont sortis faire du shopping pour le réveillon. Comme Boris et Alex ne sont pas près de se réveiller, je suis descendu au garage au parking pour jeter un œil à la voiture de Boris. J'ai trouvé une série de coordonnées dans son GPS, ainsi que des documents concernant l'achat d'une maison à Trinidad.

— Excellent, dit James. De toute façon, l'affaire est presque bouclée. Ta perquisition nous a permis de faire des avancées considérables. Nous avons envoyé ton cousin Ethan et quelques gros bras secouer l'avocat qui a transféré de l'argent à ton père. Il nous a lâché toute l'histoire. De plus, l'une des adresses du GPS nous a conduits à une zone industrielle où, selon toute probabilité, se trouve une chaîne de fabrication de lance-missile. Le problème, c'est que ce bâtiment est placé sous bonne garde.

— Une chaîne de *fabrication* ? répéta André, estomaqué.

— Je t'expliquerai plus tard. Le Dr D a décidé de vous évacuer dès que possible. Sais-tu à quelle heure tes parents seront de retour ?

— Ils ont quitté l'appartement il y a une heure. Ils avaient l'intention de faire quelques achats puis d'aller au cinéma. La seule certitude, c'est qu'ils seront là vers vingt-deux heures, parce que mon père a insisté pour que toute la famille assiste au feu d'artifice du Nouvel An tiré dans le jardin. Boris a fait la gueule, bien entendu.

— Super famille ! s'esclaffa James. De notre côté, il ne nous reste plus qu'à pénétrer dans l'usine afin de nous assurer que c'est bien là que sont produits les lance-missile.

— Comment allez-vous entrer ?

— Je suppose que l'opération sera confiée à une unité des forces spéciales.

— Oh, j'allais oublier... dit André. Est-ce que les LMPGE sont conditionnés dans des tubes en forme de cigare ?

— Oui, dit James. Comme sur les plans que tu as trouvés l'autre soir.

— Il y a un sac de golf dans le placard à balais, sous l'escalier. Or, mon père ne joue pas au golf. J'ai jeté un œil à l'intérieur, et j'ai découvert un tube en plastique noir.

— Il faudrait que je trouve un moyen de le récupérer. Nos techniciens pourraient le démonter et identifier la provenance de ses composants.

— Tu n'as qu'à venir le chercher, dit André.

— Je ne peux pas retourner à la piscine. Le type que j'ai neutralisé la dernière fois risque de me reconnaître.

— On va procéder autrement. Mes frères n'émergeront pas avant quatre heures. Je peux te faire entrer dans la résidence et te confier le missile à la porte de l'appartement.

— Et si ton père s'aperçoit qu'il a disparu ? fit observer James.

— Aucun risque. Pourquoi irait-il fouiller au fond de ce placard, un soir de réveillon ? Il n'y met jamais les pieds.

— Oui, ce serait étonnant.

— Dans combien de temps seras-tu là ?

Dix minutes plus tard, James sonna à l'interphone des Aramov. Lorsqu'André eut enfoncé le bouton commandant l'ouverture de la grille de la résidence, il emprunta l'ascenseur menant au troisième étage et trouva James posté devant la porte de l'appartement.

— Jusqu'ici, tout va bien, chuchota André en lui remettant un long cylindre en matière plastique.

James en passa la sangle au-dessus de son épaule.

— Quand ta mère sera de retour, dis-lui que nous procéderons à votre évacuation dès que l'occasion se présentera. Vous devrez vous tenir prêts. Et surtout, ne préparez pas vos bagages. Comportez-vous comme si de rien n'était.

— À qui tu parles, minus ? lança Boris d'une voix pâteuse depuis la coursive de l'appartement.

— C'est une personne qui recueille des dons pour les aveugles, répondit André en claquant la porte au nez de son coéquipier.

— Dis à ce connard que je lui crèverai les yeux s'il ose remettre les pieds dans cet immeuble.

James quitta la résidence, jeta le tube sur la banquette arrière de l'antique Coccinelle que lui avait procurée Lucinda et quitta précipitamment les lieux.

Malgré ses craintes d'être interpellé en possession de cette arme à l'un des barrages mobiles dressés aux quatre coins de la ville, il rejoignit sa chambre sans encombre et déposa le LMPGE sur la table bancale.

Après avoir soulevé les trois crochets qui assuraient la fermeture de l'étui, James trouva un missile et un lanceur dans des sachets de protection comportant un avertissement en plusieurs langues : *Peut causer de graves brûlures. Étudier attentivement les instructions.*

Le missile au nez arrondi mesurait seize centimètres de diamètre sur un mètre vingt de long. Le lanceur et son clavier de contrôle numérique étaient à usage unique. Malgré un prix s'élevant à deux cent cinquante mille dollars, la qualité de fabrication évoquait celle d'un jouet bon marché.

En consultant l'écran de son iPhone, James constata qu'il avait reçu un message du quartier général de l'ULFT l'invitant à contacter Hao Jing chez Sonic Aviation Consortium. Cette société avait été chargée de la fabrication du LMPGE après l'éviction de *Lisson Communications*. En tant qu'ingénieur informatique chargé du projet, Hao Jing en connaissait parfaitement le fonctionnement.

— Il est probable que Galenka Aramov ait reproduit à l'identique le code des missiles qu'elle nous a volés, expliqua-t-il.

— Pour quelle raison ? demanda James.

— Pourquoi bidouiller un système qui fonctionne, Mr Adams ? Je vous ai adressé un email. En pièce jointe, vous trouverez un logiciel. Installez-le sur votre ordinateur, puis entrez les chiffres 4-0-6 sur le panneau de contrôle. Vous accéderez à un menu nommé LMPGE dans les préférences de communication Windows.

— Il est compatible Mac, votre missile ? plaisanta James.

— Mais bien sûr, ironisa Hao Jing. Nous envisageons même de lancer une application grand public sur iPhone et Android.

James alluma son ordinateur portable et installa le logiciel d'interface du LMPGE. Lorsqu'il entra le code indiqué par l'ingénieur, quatre ailettes de stabilisation jaillirent du corps du missile.

— Je ne risque pas de le lancer accidentellement ? demanda-t-il.

— Pas avant d'avoir entré le code de mise à feu, qui comporte six chiffres. Il faudrait que vous soyez très maladroit et très malchanceux. Du côté droit de la fenêtre, vous trouverez un menu nommé *programmation*. Cliquez dessus et entrez TLL suivi de F9.

Quand James enfonça la touche fonction, une série de menus cachés destinés aux programmeurs apparut sous la barre de menu principal.

— Cliquez sur *connexion* puis sur le bouton *cartographie*.

Une carte apparut à l'écran, ainsi qu'une liste de coordonnées géographiques, d'heures, de dates et de détails de procédure. En étudiant ces informations, James constata que les quatre premières activités enregistrées, nommées respectivement *test 1*, *test 2*, *orientation* et *1re mise sous tension* dataient de vingt mois.

— Si j'en crois les points figurant sur la carte, le missile a été mis sous tension pour la première fois dans la zone industrielle que j'ai visitée la nuit dernière.

— Cette information est cent pour cent fiable, dit Hao Jing. L'armée américaine exige que toutes les armes à guidage GPS soient traçables. Le LMPGE enregistre sa position à chaque mise sous tension. En outre, il télécharge automatiquement les mises à jour logiciel et nous envoie un SMS d'alerte si le programme de diagnostic interne détecte une erreur.

— Génial, dit James, que l'idée de se trouver au contact d'un missile bourré d'explosif rendait quelque peu nerveux.

Un déclic se fit entendre dans l'écouteur de son iPhone.

— James ? fit une voix haut perchée.

— Allô ? Hao Jing, c'est toujours vous ?

— Dr D à l'appareil. J'ai interrompu votre communication. Je tenais à vous féliciter personnellement pour ce que vous avez accompli. La saisie de ce lance-missile va considérablement simplifier l'achèvement de la mission.

— Comment dois-je procéder ? demanda James.

— Évacuez André et Tamara. Dès que vous aurez confirmé qu'ils ont quitté l'appartement, je demanderai à Mr Hao Jing de programmer le LMPGE à distance. Ensuite, vous vous posterez à quatre kilomètres du parc industriel et procéderez à la mise à feu. Si ses locaux abritent des explosifs, l'unité de production sera anéantie.

James était sous le choc.

— Mais je croyais que vos spécialistes voulaient disséquer le missile de Galenka, pour savoir qui fournissait les composants.

— Je ne peux malheureusement plus m'offrir ce luxe. Je ne vous cacherai pas que cette opération est un peu... particulière. Nous évoluons en zone grise, quelque part entre *officieux* et *illégal*. Si j'explique à mes supérieurs que j'ai planifié de mon propre chef une mission visant Leonid Aramov, les conséquences pourraient être désastreuses. Je ne me soucie plus guère de mon avenir professionnel, mais je fais de mon mieux pour recaser Amy et mes collègues de l'ULFT. Mieux vaut éviter que mon unité fasse l'objet d'une investigation visant à déterminer les responsabilités des uns et des autres.

James comprit qu'une telle enquête pouvait entacher sa réputation, mais aussi celle de Zara Asker.

— Je vois, dit-il. Mais sommes-nous certains que les soixante-quatorze LMPGE que Leonid comptait mettre en vente sont entreposés dans l'usine ?

— Absolument pas, répondit le Dr D. Mais à tout prendre, je préfère voir quelques dizaines d'armes filer dans la nature que de laisser cette unité de production en fabriquer des milliers d'exemplaires.

— Mais quand Leonid apprendra que la zone industrielle a été touchée, il va sans doute disparaître dans la nature...

— Votre job, c'est de faire sauter cette usine et de permettre à André et Tamara de quitter le Mexique sains et saufs. Lucinda s'occupera de Leonid Aramov. Elle connaît tous les gens qui comptent à Ciudad Juárez. Il lui suffira de faire circuler une rumeur... D'affirmer que les missiles sont défectueux ou que Leonid s'apprête à rouler les frères Talavera, par exemple. S'il parvient à quitter le pays, nous veillerons à leur communiquer sa nouvelle adresse.

James éclata de rire.

— Très bien. Si c'est ce que vous souhaitez, nous laisserons ces criminels faire le sale boulot.

— Je vois que nous sommes sur la même longueur d'onde, conclut le Dr D.

45. Pillage

Fuyant la compagnie de ses frères, André passa le reste de l'après-midi enfermé dans sa chambre. Démoli par ses excès de la veille, Boris ne chercha pas à le tourmenter. Seuls lui pesaient l'ennui et l'anxiété causée par la perspective de son exfiltration imminente.

Peu après dix-huit heures, Leonid et Tamara rejoignirent l'appartement chargés de packs de bière et de bouteilles de champagne.

Tamara posa sur le bar de la cuisine un grand sac en papier orné du logo d'une chaîne de restauration rapide puis garnit des assiettes de riz et de burritos.

— Ce soir, je ne cuisine pas, lança-t-elle, tout sourire. Mangez pendant que c'est chaud.

Tenaillé par la faim, André se hissa sur un tabouret.

— J'ai une chose importante à vous dire, les garçons, dit Leonid en saisissant le poignet de Tamara afin d'exhiber une bague sertie de diamants. Nous allons nous marier dans quelques semaines, dès que nous serons aux Caraïbes.

André, qui savait que cette cérémonie n'aurait jamais lieu, complimenta poliment ses parents. Alex resta indifférent à cette annonce, mais Boris laissa éclater sa colère.

— Pourquoi acheter une vache que tu peux déjà traire ? demanda-t-il.

Alex éclata de rire. Leonid contourna le bar et vint se planter devant Boris.

— Tant que tu vivras sous mon toit, tu respecteras Tamara comme si elle était ta propre mère, rugit-il.

— Parlons-en, de ma mère, gronda Boris. Tu la dérouillais tous les jours. Et tu l'as menacée de mort, la dernière fois qu'elle a essayé de nous contacter.

— Ne me parle plus jamais de cette salope ! aboya Leonid.

Boris, qui était plus grand et plus robuste, le dévisagea en silence, refusant de se soumettre.

— Dînez avant que ça refroidisse, insista Tamara, soucieuse d'apaiser l'atmosphère.

Leonid tourna brusquement les talons, gravit quatre à quatre les marches menant à l'étage puis claqua la double porte de sa suite.

— Tas de parasites ! l'entendit-on hurler.

Boris adressa à Tamara un sourire narquois puis se servit un second burrito. Au moment où il s'apprêtait à mordre dedans, Leonid débou la sur la coursive et éparpilla une liasse de billets au-dessus de la rambarde.

— Du fric ! cria-t-il. C'est tout ce que je représente pour toi, Boris. J'ai essayé d'organiser une agréable soirée en famille, mais tu as tout foutu en l'air, comme d'habitude. Alors prends cet argent et va faire la fête à ta manière. Paye-toi de la coke ou des putes, ça m'est totalement égal.

— Papa, ne te mets pas dans cet état, ricana Boris. À ton âge, ton cœur pourrait flancher.

Leonid tira de la ceinture de son jean un pistolet automatique équipé d'un silencieux puis fit feu à deux reprises en direction d'un pouf placé à quelques centimètres de son fils aîné, le forçant à se mettre à couvert derrière le bar.

— Dehors ! hurla-t-il. Et si tu n'es pas disposé à me manifester un peu plus de respect, je te conseille de ne pas remettre les pieds dans cette maison.

— OK, je me casse, bredouilla Boris. Alex, tu viens avec moi ?

Boris exerçait une puissante influence sur son frère. Les deux garçons ramassèrent les billets éparpillés, récupérèrent leurs blousons et leurs clés, puis quittèrent précipitamment l'appartement.

— Vivement qu'on soit à Trinidad, qu'ils aient leur propre piaule, soupira Leonid en descendant les marches.

Il déposa un baiser sur la joue de Tamara puis posa une main sur l'épaule d'André.

— Fiston, dit-il sur un ton solennel, si je me suis montré dur avec toi par le passé, c'est parce que je te trouvais faible. Mais tu as le sens de la famille, et plus de cervelle que ces deux abrutis réunis.

Si André haïssait son père de tout son cœur, il avait toujours manqué d'affection paternelle. Malgré lui, il esquissa un large sourire.

Tamara, qui avait maintes fois dû supporter les colères homériques de Leonid, le serra longuement dans ses bras puis lui servit un verre de whisky.

— Avale ça puis va te faire couler un bain. Ensuite je te ferai cuire un bon steak, comme tu les aimes.

Tout sourire, Leonid posa les mains sur les oreilles d'André.

— Pourquoi tu ne me rejoindrais pas dans la baignoire ?

— Beurk ! gémit le garçon.

— Tu auras peut-être une bonne surprise, gloussa Tamara.

Radieux, Leonid croqua dans un piment puis gravit les marches menant à l'étage.

— Alors comme ça, tu es fiancée ? grogna André lorsque son père eut regagné sa chambre.

— Cette bague lui a coûté quarante mille dollars, soit de quoi te payer l'université pendant deux ans, répondit sa mère sur un ton glacial.

— Je vois. Tu as eu des nouvelles des autres ?

Tamara hocha la tête.

— J'ai échangé quelques mots avec Lucinda quand j'étais aux toilettes. Elle m'a dit que nous devions nous tenir prêts à foutre le camp.

— Tel que je le connais, papa ira sans doute se coucher après le feu d'artifice, précisa André. Vu qu'Alex et Boris ne rentreront pas avant trois heures du matin, c'est à ce moment-là qu'on sera exfiltrés.

Tamara plissa les yeux.

— Mais ce n'est pas ce qui était convenu avec Amy Collins. Ils devaient arrêter ou éliminer Leonid.

— Ils l'ont localisé, et ils ont découvert l'usine où sont fabriqués les missiles.

— Je me fous pas mal de ces foutus missiles ! J'ai accepté de participer à cette mission parce que je voulais que ce salaud disparaisse à jamais de notre vie.

— T'inquiète, ils s'occuperont de lui plus tard.

— On dirait que tu ne mesures pas l'intelligence de ton père. Je ne veux pas lui laisser la moindre chance de s'en sortir. Active ton émetteur. Dis à James de venir nous chercher dans quinze minutes, mais ne donne aucune précision. Ensuite, file dans ta chambre et prépare tes affaires. Ne prends qu'un sac. Contente-toi des choses les plus importantes.

— Qu'est-ce que tu as en tête ?

— Ce que j'aurais dû faire depuis longtemps. Maintenant, file.

Ébranlé par la fermeté de sa mère, André se retira dans sa chambre.

— James, dit-il d'une voix mal assurée.

— Mon pote, qu'est-ce qui t'arrive ?

— Peux-tu venir nous chercher dans un quart d'heure ? Alex et Boris sont partis faire la fête, et mon père va prendre un bain. Comme il y reste toujours au moins une demi-heure, c'est le moment idéal pour évacuer les lieux.

— Très bien, c'est compris, dit James.

André désactiva son émetteur puis fourra dans son sac ses baskets neuves, quelques jeux Xbox, ainsi qu'une montre Omega, une chaîne en or et des vêtements que lui avait offerts son père.

Lorsqu'il regagna le couloir, il vit Tamara entrer dans la chambre de Leonid. Il progressa furtivement jusqu'à la double porte demeurée entrebâillée. Sa mère saisit le pistolet de Leonid abandonné sur le lit et vérifia d'un œil expert que le chargeur était alimenté.

— Tu es dans ton bain ? lança-t-elle.

— Rejoins-moi, répondit Leonid. Tu ne seras pas déçue.

— Ferme les yeux. J'ai une surprise pour toi.

— C'est quoi ?

Tamara, l'arme brandie, lâcha un rire enfantin puis entra dans la salle de bains.

— Si je te le disais, ce ne serait plus une surprise.

André poussa la porte de la suite de quelques centimètres afin de bénéficier d'un angle de vue plus favorable.

— Amène tes jolies petites fesses, ma mignonne, ronronna Leonid.

— Ferme les yeux, je te dis, insista Tamara en approchant de l'immense baignoire ovale encastrée dans le sol.

Leonid ouvrit les yeux à l'instant où il entendit son ex-femme ôter le cran de sûreté du pistolet. L'extrémité du silencieux se trouvait à un peu plus d'un mètre de son visage : le coup était immanquable, et il n'avait aucune chance de la désarmer.

— Qu'est-ce que ça veut dire ? s'étrangla-t-il en se redressant.

André entra à son tour dans la salle de bains en prenant soin de demeurer derrière sa mère.

— L'heure est venue de régler l'addition, Leonid Aramov, dit Tamara. Pour toutes les fois où tu m'as tabassée, violée et abandonnée sans connaissance. Tu te souviens du jour où tu m'as cassé la mâchoire, connard ? Et de la fois où tu m'as planté un tesson de bouteille dans le dos ? Combien de nuits t'ai-je attendu en chialant, pendant que tu abusais de ces pauvres Coréennes, dans le hangar de la base aérienne ? Mais le pire, ce que je ne te pardonnerai jamais, c'est d'avoir menacé de torturer et de tuer notre fils si je quittais le Kremlin, ou si j'osais regarder un autre homme que toi.

— Mais je t'aime, ma chérie, gémit Leonid.

Tamara secoua la tête.

— Eh bien, laisse-moi te dire une dernière chose : tu as une drôle de façon d'exprimer ton amour.

Sur ces mots, elle enfonça la détente. Leonid fut secoué d'un spasme, projeta une vague d'eau savonneuse sur le carrelage, puis demeura immobile, un filet de sang s'écoulant de l'arrière de son crâne.

À cet instant, Tamara réalisa qu'André se trouvait dans la pièce. Ses mains et son chemisier étaient mouchetés de sang. Une larme roula sur sa joue, mais elle s'exprima avec la plus extrême fermeté.

— Bon Dieu, je t'avais demandé de préparer tes affaires... Est-ce que ça va ?

André hocha la tête.

— Je survivrai.

— Il faut que je me lave et que je me change. Pendant ce temps, trouve-nous un sac. Il y a des montres Rolex et de l'argent liquide au fond de la penderie. Et n'oublie pas mes bijoux.

— Amy a dit qu'elle prendrait soin de nous.

Avec un calme olympien, Tamara ôta son chemisier ensanglanté.

— Je préfère avoir trop de cash que de crever la dalle. Si James te pose des questions, tu lui diras que Leonid a essayé de m'attirer de force dans la baignoire. Prends le flingue pendant que je suis sous la douche. On ne sait jamais, tes frères pourraient rentrer plus tôt que prévu.

— Oh, je les avais oubliés, ceux-là... Qu'est-ce qu'ils vont devenir, maintenant ?

— Ça, je m'en fous royalement. Ils sont aussi stupides que malveillants. Ils finiront probablement en prison ou au cimetière.

— OK, dit André, à la fois impressionné et effrayé par la détermination de sa mère.

— Allez, remue-toi, sourit-elle en ôtant son soutien-gorge.

Tamara ne passa que quelques minutes dans la cabine de douche. Elle s'aspergea de déodorant puis enfila un survêtement. André l'attendait devant la porte de l'appartement.

— Passe-moi le pistolet, dit-elle en lui ébouriffant les cheveux. Tu as tout ce qu'il te faut ?

André pensait qu'ils quitteraient la résidence à pied et retrouveraient James devant le portail, mais Tamara le conduisit au sous-sol et embarqua à bord de la Lexus.

James patientait au volant de la Coccinelle, les yeux levés vers la terrasse de l'appartement. Il sursauta lorsque la femme freina à sa hauteur et lança un coup de klaxon.

— Montez, dit-elle. Nous serons plus à l'aise là-dedans.

Ravi de pouvoir quitter les lieux à bord d'un véhicule blindé, James ôta les clés de contact, descendit de la Coccinelle puis jeta son sac et le lance-missile sur la banquette arrière de la Lexus.

— Roulez vers l'autoroute, lança-t-il à l'adresse de Tamara. Suivez les panneaux indiquant la frontière.

— Leonid est mort, dit-elle sans trahir la moindre émotion. Vous pensez que ça va poser un problème ?

— Il l'a agressée, ajouta André.

James esquissa un sourire.

— Les services secrets ne sont pas censés liquider les criminels, mais quelque chose me dit que personne ne va porter plainte.

Tamara, qui n'avait conduit que sur des routes peu fréquentées aux environs du Kremlin, mordit le trottoir à plusieurs reprises avant que James ne l'invite à quitter l'autoroute et à se garer devant l'enceinte d'un chantier de construction.

Hao Jing avait transféré les coordonnées géographiques de l'usine dans la mémoire du LMPGE. James mit l'arme sous tension, attendit que le programme interne se charge, la cala contre son épaule puis la braqua vers le ciel.

Lorsqu'il eut stabilisé le lance-missile, il entra le code — 000000, le réglage d'usine par défaut — et lança la procédure de mise à feu. Le chuintement émis par une pompe hydraulique se fit entendre. Vingt secondes plus tard, le témoin de pression vira au vert. Alors, il enfonça la détente.

La propulsion initiale du missile était assurée par un puissant jet d'air comprimé. Il jaillit du tube, puis le moteur à propergol solide prit le relais, produisant une puissante détonation et un éclair aveuglant.

Le projectile fila à la verticale et accéléra de quatre cents à mille cent kilomètres-heure en moins de dix secondes. L'engin disposait d'assez de carburant pour voler une vingtaine de secondes. Compte tenu de sa vitesse, c'était amplement suffisant pour frapper une cible située à cinq kilomètres de son point de décollage.

James jeta le lanceur métallique au-dessus de la clôture du chantier puis s'installa sur le siège passager de la Lexus. Une seconde plus tard, une détonation lointaine se fit entendre.

— Wouhou ! s'exclama André en levant les deux pouces.

À son grand désarroi, James semblait moins enthousiaste.

— Ben, qu'est-ce qu'il y a ?

Soudain, une seconde explosion, bien plus puissante que la précédente, ébranla toute la ville.

— Je me demande combien de personnes se trouvaient là-bas, soupira James. Quelques agents de sécurité, dans le meilleur des cas. Mais si des ouvriers travaillaient dans l'usine…

Son mobile sonna à l'instant où Tamara se remit en route.

— Dr D à l'appareil. La CIA dispose de caméras satellitaires infrarouges braquées sur le site de production. Toutes mes félicitations, James. Il semblerait qu'il ait été rayé de la carte.

Constatant que Tamara cherchait son chemin, James mit aussitôt fin à la communication. Dès qu'il lui eut indiqué la direction à suivre, il sortit de son sac à dos deux passeports américains qu'il confia à André.

— Je dois encore contacter les douanes pour qu'on nous laisse franchir la frontière sans contrôle. Nous sommes à moins de trois kilomètres des États-Unis. J'ai réservé un hôtel à El Paso. Avec un peu de chance, c'est là que nous célébrerons le Nouvel An.

46. Filles

Le jour où la nouvelle de la mort de Leonid Aramov atteignit le Kirghizistan, le Kremlin ne comptait plus qu'une trentaine d'occupants.

Les derniers équipages quittèrent la base le lendemain, acheminèrent trois appareils jusqu'à un chantier de démantèlement indien puis regagnèrent définitivement l'Ukraine ou la Russie à bord de vols réguliers.

Composé d'une dizaine de sapeurs de l'armée américaine, le commando du génie chargé de la démolition de la base se posa quelques heures plus tard. Ils entreprirent sans tarder de piéger la piste et les bâtiments. Du personnel du Clan, il ne restait plus que l'équipe de déneigement et des agents de sécurité.

Le Kremlin était constitué de sections de béton préfabriqué qui, selon les experts, ne résisteraient pas à quelques bâtons de dynamite judicieusement disposés. La destruction de la piste de plus d'un mètre d'épaisseur représentait un défi. Soucieux de prévenir tout atterrissage dans ce lieu propice aux opérations de contrebande, les sapeurs y forèrent des milliers de trous qu'ils bourrèrent de C4.

Officiellement, la mission de Ryan s'était achevée à la mort d'Igor, mais Amy avait tenu parole et l'avait autorisé à demeurer auprès de sa petite amie. Depuis, il comptait les jours, les heures et les minutes. Au soir du 9 janvier, tandis que le blizzard battait les murs du Kremlin, Natalka plaça deux valises à roulettes devant la porte de son appartement.

Ryan aurait dû être impatient de regagner le campus et de retrouver ses amis, se réjouir de participer à des parties de paintball, à des tournois sur Xbox, à des fêtes dans les couloirs du bâtiment principal, à des matchs de foot et à des excursions au centre commercial. Mais il ne pensait qu'à tout ce dont il allait devoir faire son deuil.

À Natalka. À sa démarche. À son nez retroussé constellé de taches de rousseur. À ses Converse hors d'âge d'où dépassait un petit orteil. Aux brûlures de cigarette sur ses housses d'oreiller. Selon son scénario de couverture, Ryan devait rejoindre l'Ukraine et commencer une nouvelle vie chez un lointain cousin. Ils avaient prévu de rester en contact, bien entendu, mais comme tous les agents de CHERUB, il n'était pas autorisé à communiquer avec les tiers rencontrés lors des missions d'infiltration. Natalka se heurterait à une ligne téléphonique suspendue et à des comptes Internet clos. Dans quelques semaines, elle le haïrait de toute son âme.

— Ne viens pas à l'aéroport, dit-elle.

— Pourquoi ? gémit Ryan.

— Je ne veux pas de grande scène en public. Je préfère qu'on se dise au revoir comme il faut, en privé. Je t'en prie, profitons de ces derniers moments et oublions tout le reste.

Après trois heures passées étroitement enlacés, ils durent se résoudre à interrompre leur étreinte.

Lorsqu'elle enfila son jean, Ryan réalisa qu'il ne verrait plus jamais ses jambes. Il avait vécu avec Natalka les moments les plus délicieux de son existence, et cette séparation le mettait au supplice.

— Tu es sûre que tu ne veux pas que je t'accompagne ? demanda-t-il lorsqu'ils se trouvèrent dans l'ascenseur, tout en priant pour que la cabine se bloque entre deux étages.

Natalka lui opposa un refus obstiné.

Compte tenu de son âge et de la situation de sa mère, elle n'avait pas été autorisée à voyager seule. Son accompagnateur, un homme aux cheveux dégarnis dont la veste était ornée d'un badge de la compagnie russe Aeroflot, l'attendait dans le foyer. Il lui serra la main puis l'invita à le suivre jusqu'à une Mercedes bleue stationnée devant les portes automatiques du Kremlin.

Fou de chagrin, Ryan vit Natalka suivre l'inconnu, les roulettes de ses valises traçant des sillons dans la neige. Après avoir déposé ses bagages dans le coffre, elle rebroussa chemin pour lui donner un baiser d'adieu.

— Tiens, c'est pour toi, dit-il en lui tendant deux paquets de cigarettes. Les derniers du distributeur.

Natacha chassa une mèche de cheveux qui tombait sur son front.

— J'ai décidé d'arrêter, sourit-elle. Il paraît que ces saloperies peuvent tuer, et à bien y réfléchir, quand tu es devant moi, je n'ai aucune envie d'en finir avec la vie.

· · ·

— Kerry, tu es là ? lança James en pénétrant dans la maison située à deux kilomètres du campus de l'université de Stanford.

Après avoir désactivé l'alarme, il ramassa les lettres et les prospectus éparpillés sur le paillasson. Lorsqu'il franchit la porte menant au salon et à la cuisine américaine, il sentit sa gorge se serrer.

Il étudia les marques sur la moquette, là où se trouvait autrefois la bibliothèque de Kerry. L'étagère à CD était vide. Les casseroles suspendues au-dessus des plaques de cuisson avaient disparu. Sur la porte du réfrigérateur, il trouva un message maintenu à hauteur de son visage par un magnet *Viva Las Vegas*.

James, dont l'écriture était si confuse qu'il avait souvent du mal à se relire, avait toujours admiré les lettres parfaitement tracées de Kerry, ainsi que les petits cercles dont elle couronnait ses *i*.

James,

Je suis désolée pour la dernière fois qu'on s'est parlé au téléphone. Je crois que nous avons tous les deux dit des horreurs dont nous ne pensions pas un mot.

J'ai emmené mes affaires. Je pense que je n'ai rien oublié. Si jamais j'ai pris des trucs qui t'appartiennent, passe-moi un coup de fil. J'ai aussi emporté des objets lourds, comme la vaisselle et la machine à laver, parce que j'imagine que tu ne vas pas ramener tout ça en Angleterre.

Je sais que j'avais promis d'être là à ton retour, mais Mark et moi avons décidé de prendre un peu l'air avant la reprise des cours.

Tu sais, je crois que je ne cesserai jamais de t'aimer, mais nous sommes tombés amoureux l'un de l'autre à l'âge de douze ans. Nous avons grandi, chacun à notre façon, et nous n'avons aujourd'hui plus grand-chose en commun.

Kerry XXX

P-S : il y a de la ficelle, du ruban adhésif et des ciseaux dans le tiroir de gauche de la cuisine. Il reste aussi des cartons et du papier bulle dans le garage. Vu que j'en ai terminé avec mon déménagement, n'hésite pas à te servir.

James posa le message sur le bar puis se tourna vers le salon. Cette pièce évoquait d'innombrables souvenirs, du câlin échangé sur le canapé, le soir de leur emménagement, à la descente de flics lors d'une fête de fin d'année en passant par l'énorme tache sur le papier peint, souvenir d'une dispute au cours de laquelle Kerry lui avait lancé une bouteille de ketchup au visage.

James avait prévu de regagner Londres le lendemain soir. Il n'avait qu'un jour et demi pour préparer ses affaires avant leur transport outre-Atlantique par une société de déménagement international. Il avait à peine dormi lors du vol El Paso-San Francisco mais, jugeant préférable de régler au plus vite ces problèmes matériels, il se rendit dans le garage afin de récupérer des cartons.

Il y trouva son blouson de cuir suspendu à proximité de la Harley Davidson qu'il s'était offert après sa fructueuse excursion à Las Vegas. Il avait renoncé à l'emporter en Angleterre en raison des coûts de transport prohibitifs et avait déjà chargé un concessionnaire de la revendre en échange d'une généreuse commission. Pourtant, il décida de s'offrir une dernière virée, de rouler vers le campus universitaire puis de s'offrir un steak accompagné d'œufs et de café fort dans son restaurant préféré.

La porte du garage ayant toujours été un peu grippée, il l'ouvrit d'un coup de pied. Il enfila ses gants et son blouson, puis se mit en selle.

Il avait hérité de sa mère une petite fortune et s'était considérablement enrichi en pillant les casinos de Las Vegas. Il avait déjà choisi sa nouvelle moto sur Internet : une Triumph dont il ferait l'acquisition dès qu'il aurait pris ses nouvelles fonctions à CHERUB. Cependant, il regrettait déjà ces balades en Harley sur les larges auto-routes californiennes.

Il quitta le garage, adressa un signe amical à la vieille dame qui occupait la maison voisine puis tourna la poignée d'accélérateur. Une minute plus tard, il s'engagea sur une bretelle, coupa plusieurs voies afin de rejoindre la bande de circulation rapide puis lança son véhicule à cent trente kilomètres-heure. Le vent d'hiver s'engouffra dans les manches de son blouson, mais les rayons du soleil réchauffaient son dos. À cet instant, il se sentit ivre de liberté.

47. Star

Un sapeur du génie découpa l'étoile perchée sur le toit du Kremlin afin de la rapporter aux États-Unis en guise de souvenir. En écumant les bureaux du quatrième étage, Ryan dénicha une maquette en aluminium de chasseur soviétique qui, le pensait-il, donnerait un délicieux cachet guerre froide à sa chambre du campus.

Le soir venu, un agent de sécurité força le rideau de fer qui interdisait l'accès au bar du foyer et trouva plusieurs caisses de whisky et de vodka. Les derniers employés du Clan et l'équipe de démolition improvisèrent une fête copieusement arrosée. Au désespoir, Ryan passa sa dernière nuit au Kirghizistan à boire et à écouter du Led Zeppelin poussé à plein volume.

À trois heures du matin, Amy le saisit par le col et le traîna d'autorité jusqu'à sa chambre. Avant de s'endormir, il sanglota longuement et tint des propos décousus à propos de Natalka. Lorsqu'il se réveilla, il ressentit pour la première fois de sa vie les affres de la gueule de bois.

— Tu fais moins le malin, pas vrai ? ricana sa coéquipière. Malheureusement, il n'est pas question de traîner
au lit. Ils vont faire sauter le bâtiment dans quatre
heures. Mon Dieu, qu'est-ce que tu pues l'alcool… File
sous la douche avant qu'ils n'éteignent la chaudière.

— Natalka… gémit Ryan en se cachant la tête sous
un oreiller. Oublie-moi, je préfère crever.

Amy arracha sa couverture.

— Il est hors de question que tu regagnes le campus
sous l'aspect d'un clochard. Zara m'en voudrait à mort.
À la douche, j'ai dit.

— Laisse-moi tranquille…

— Je t'ai donné un ordre, jeune homme ! De plus, je te
rappelle que je t'ai surpris en train de boire à vingt-deux
heures, la nuit dernière, et que je t'ai alors formellement interdit d'avaler une seule goutte de plus. Alors
ne compte pas sur moi pour m'apitoyer sur ton sort.
Maintenant, sors de ce lit avant que je ne te botte le cul.

Le cœur au bord des lèvres, Ryan quitta la chambre
puis se traîna vers la salle de bains commune. Il croisa
trois agents de sécurité occupés à entasser les affaires
personnelles de Josef Aramov dans l'ascenseur. Il prit
une douche puis, vêtu d'un peignoir rose que lui avait
prêté Amy, rejoignit la chambre de Natalka, où il avait
transféré toutes ses affaires au cours des dix jours précédents. Lorsqu'il eut passé les vêtements préparés la
veille en prévision du voyage vers l'Angleterre, il se
posta derrière la fenêtre d'angle donnant sur la base
aérienne.

Les derniers appareils de la flotte Aramov avaient été bourrés d'explosifs et rassemblés à proximité du hangar d'entretien. Deux Airbus A320 étaient alignés dans l'axe de la piste. Le premier était destiné au transport de fret. Le commando du génie y avait entassé les archives du Clan, divers objets de valeur saisis dans le Kremlin et l'équipement de démolition. Le second était aménagé de façon à accueillir des passagers. Les moteurs tournaient à bas régime afin de prévenir toute formation de gel sur les réacteurs. Ils émettaient un sifflement infiniment plus discret que le grondement des cargos russes auquel Ryan était accoutumé.

Il avala une tasse de thé et un morceau de naan rassis puis emprunta l'escalier jusqu'au rez-de-chaussée.

La voix de Josef jaillit des haut-parleurs du système de sonorisation.

— Nous informons notre aimable clientèle que l'hôtel Kremlin fermera définitivement ses portes dans quinze minutes. Ceux qui souhaiteraient prolonger leur séjour sont informés que leur chambre court un grand risque d'explosion.

Quelques minutes plus tard, Amy et Josef, qui n'avaient pas cessé de se faire passer pour un couple, sortirent de l'ascenseur. Au même instant, Ryan se précipita vers l'escalier.

— Eh, qu'est-ce qui se passe ? demanda Amy lorsqu'elle l'eut rejoint à hauteur du premier étage. Tu te sens bien ?

— J'ai oublié un bagage dans ma chambre. Il contient les affaires de Kazakov.

— C'est absolument indispensable ?

Ryan haussa les épaules.

— Je ne sais pas trop. On les remettra à son fils, s'il se manifeste. Il n'y a rien de très précieux, mais je ne me sens pas le cœur de les laisser ici.

— OK. Monte, mais ne traîne pas.

Ryan entra dans sa chambre au nez et à la barbe d'un sapeur chargé d'évacuer le bâtiment, s'empara de la valise où il avait placé les effets de son ex-coéquipier puis fit un détour par l'appartement de Natalka afin de respirer une dernière fois son odeur.

Les soldats du génie, qui avaient installé une chaîne de détonateurs du premier étage au rez-de-chaussée, visitaient méthodiquement chaque pièce afin de s'assurer qu'ils n'oubliaient personne derrière eux.

— Sors d'ici immédiatement ! cria l'un d'eux en déboulant dans le salon.

Ryan demeura figé, hanté par le souvenir de sa petite amie. Il tenta vainement d'imaginer à quoi ressemblait sa nouvelle vie en Russie.

— Eh, tu es sourd ? gronda l'homme en faisant de grands gestes, convaincu qu'il avait affaire à un travailleur autochtone ne comprenant que le kirghiz.

Puis il se tut, frappé par les larmes qui baignaient le visage de Ryan.

— C'est bon, ne vous inquiétez pas, je me tire, bredouilla ce dernier.

À l'entrée du bâtiment, il trouva Amy et Dan en grande discussion sur une banquette du foyer. Ce garçon de dix-huit ans à la stature d'athlète avait aidé l'ULFT à infiltrer le Kremlin. En échange, Amy lui avait offert une chance de refaire sa vie sur le territoire américain. Pourtant, il semblait bouleversé.

— Je suis triste de devoir abandonner ma Lada, chuchota Dan. Je l'ai garée en haut de la vallée et j'ai laissé les clés sur le contact. J'espère que celui qui la trouvera en prendra soin.

Amy esquissa un sourire, ouvrit un porte-documents et lui remit un passeport américain.

— Tu devras d'abord m'accompagner à Londres. Dès que nous aurons réglé tous les détails de ton installation aux États-Unis, nous nous envolerons pour Dallas.

Ayant achevé sa mission d'inspection, le sapeur qui avait chassé Ryan de l'appartement de Natalka débarla dans le vestibule et s'exprima dans un russe hésitant.

— Mesdames et messieurs, je dois vous demander de poser vos bagages dans le véhicule stationné devant l'entrée et de vous diriger vers l'avion.

Ryan jeta ses bagages dans un pick-up à la carrosserie piquée de rouille. Josef Aramov remit leur dernière paye aux membres de l'équipe de déneigement, leur donna l'accolade et leur conseilla de se tenir à l'écart de la vallée.

Tandis que l'avion-cargo s'élançait sur la piste de décollage, Ryan gravit les marches d'une passerelle motorisée menant au second A320, et se réjouit de pouvoir bénéficier de trois fauteuils où il pourrait s'étendre pour se remettre de ses excès de la nuit passée. L'appareil, qui pouvait transporter cent cinquante passagers, en accueillit moins d'une trentaine.

Les sapeurs de l'armée américaine furent les derniers à embarquer. Ruisselants de sueur, ils ôtèrent leur casque et leur combinaison orange. Lors d'une opération conventionnelle, ils seraient demeurés aux environs de leur cible afin de superviser sa destruction puis de déblayer les débris. Cependant, leur mission de ce jour, parfaitement illégale, consistait à démolir un vaste complexe sans l'accord des autorités locales. En conséquence, ils devaient impérativement avoir quitté les lieux lorsque les forces de police découvriraient l'ampleur du sinistre.

L'avion prit son envol puis s'engagea dans l'étroit canyon qui séparait deux sommets escarpés. Saisi d'effroi, Ryan vit défiler une paroi rocheuse à moins de cent mètres de son hublot. Lorsque le ciel apparut, il poussa un soupir de soulagement.

À cet instant, le lieutenant qui commandait l'équipe du génie enfonça le bouton d'une télécommande. Le pilote effectua un virage serré afin que chacun puisse assister aux explosions. Hilares, les sapeurs braillèrent un compte à rebours.

— Cinq, quatre, trois, deux, un…

Tous les passagers s'étaient regroupés devant les hublots situés sur le côté gauche de l'avion.

Compte tenu de la distance qui les séparait de la base, ils virent une centaine de boules de feu ravager le site plusieurs secondes avant qu'une lointaine déflagration ne se fasse entendre. Le Kremlin s'effondra sur ses fondations, puis de profondes brèches s'ouvrirent tout au long de la piste. Enfin, une dernière charge anéantit les hangars d'entretien, les appareils positionnés à leurs abords et la citerne de carburant.

— Waow, lâcha Dan en se tournant vers Ryan, qui occupait la rangée de sièges située derrière lui.

— Je viens de voir un rocher aplatir ta bagnole, plaisanta ce dernier.

— Et moi, je crois que j'ai vu un Ruskof s'envoyer en l'air avec ta copine Natalka, sourit Dan.

Une tempête de flammes et de fumée noire s'éleva au-dessus de la vallée. L'Airbus poursuivit son ascension. Quelques secondes plus tard, lorsqu'il creva la couche nuageuse, la base des Aramov disparut à jamais du champ de vision des passagers.

48. Triste

En cette soirée karaoké, les T-shirts rouges, comme dopés aux boissons gazeuses, se pourchassaient en hurlant dans la salle des fêtes du campus. Les filles de dix à douze ans, qui prenaient l'affaire très au sérieux, s'étaient habillées et maquillées comme leurs idoles et avaient répété des chorégraphies pour l'occasion. Les adolescents, qui trouvaient ce divertissement souverainement ringard, ne montaient sur scène que pour brailler les chansons en affichant des mines ironiques.

Quelques heures plus tôt, à peine rentré d'El Paso, James avait signé son contrat d'engagement à CHERUB. Compte tenu de son statut d'employé de grade cinq, il occuperait pendant six mois les fonctions qui lui seraient attribuées selon des besoins de l'organisation : instructeur, éducateur, professeur ou contrôleur de mission adjoint.

Dès ces formalités accomplies, il avait été chargé de surveiller la soirée karaoké. Malgré un état d'extrême fatigue qui sapait sa vigilance, il vit trois garçons âgés de sept à neuf ans s'engouffrer dans les toilettes armés de bouteilles et de gobelets en plastique.

Posté derrière la porte, il attendit que les suspects eurent rempli leurs récipients et ouvertement dévoilé leurs plans pour intervenir.

— Messieurs, je crois que vous vous égarez! gronda-t-il.

Les trois comploteurs sursautèrent puis affichèrent des mines coupables.

— Lorsque vous m'aurez vidé tout ça dans le lavabo, vous pourrez soit regagner la salle et vous comporter comme des êtres civilisés, soit retourner au bloc junior et vous mettre au lit.

— On avait soif, plaida un petit garçon aux yeux innocents.

— Ouais, on est complètement déshydratés, confirma l'un de ses camarades en sifflant le contenu de son verre.

— Civilisés ou au lit, insista James.

Conscients qu'il était inutile d'insister, les enfants s'exécutèrent.

— En tout cas, marmonna l'un des T-shirts rouges, nous, on n'a jamais déclenché de bataille de nourriture au réfectoire.

— Ni fait de galipettes dans la fontaine, ajouta l'un de ses camarades.

Les trois garçons éclatèrent de rire. James savait qu'il devait affirmer sur-le-champ son autorité, sous peine de voir ces scélérats et leurs successeurs le faire tourner en bourrique jusqu'à la fin de sa carrière. Mais s'il dépassait la mesure, il courrait le risque de passer pour un tyran et de voir sa punition allégée par la direction.

— Premièrement, dit-il, cette histoire de fontaine n'est qu'une rumeur lancée par mon abrutie de sœur. Deuxièmement, si vous ne disparaissez pas immédiatement de ma vue, vous passerez le reste de la soirée à nettoyer ces toilettes du sol au plafond.

Les garçons quittèrent les lieux sans se faire prier et regagnèrent la salle des fêtes au moment précis où trois filles de dix ans commençaient à massacrer *Crazy in Love* de Beyoncé, émettant un concert de couinements éraillés qui évoquait à s'y méprendre le sifflement strident d'une disqueuse. Épouvanté par cette cacophonie, James estima que les résidents pouvaient demeurer quelques minutes sans surveillance et décida d'aller prendre l'air.

Il emprunta une porte coupe-feu, traversa le hall d'entrée puis franchit la double porte du bâtiment principal. Aussitôt, il remarqua un garçon au visage ruisselant de larmes assis sur le rebord de la fontaine. En s'approchant, il remarqua que ses traits présentaient une ressemblance étonnante avec ceux de Léon Sharma.

— Ryan, je présume ?

Incapable d'articuler un mot, ce dernier se contenta de hocher la tête.

— Il paraît que tu es resté longtemps en mission, dit James. Je suppose que tu as laissé quelqu'un, là-bas, au Kirghizistan. Je me trompe ?

— Une fille, gémit Ryan en chassant ses larmes d'un revers de manche.

— Je suis passé par là. Je sais à quel point ça fait mal.

Ryan esquissa un sourire.

— James Adams ?

— Gagné.

Le jeune homme et l'adolescent se serrèrent la main.

— Toi aussi, tu es tombé amoureux pendant une opération ? demanda Ryan.

— Oh oui, et je n'ai pas perdu de temps. Ça s'est passé pendant ma première mission, alors que je n'avais que douze ans. Elle s'appelait Joanna. On se voyait chez elle tous les jours, après les cours, et c'était génial. Ensuite, il y a eu April. Je n'étais pas vraiment amoureux d'elle, mais elle était canon, tu n'as même pas idée… Lors de ma quatrième mission, j'ai connu une fille prénommée Hannah. On dormait ensemble sur le toit de notre immeuble, et on regardait le soleil se lever. Finalement, je me suis casé avec Kerry Chang, dont j'étais dingue depuis le programme d'entraînement.

— Je vois, dit Ryan. C'est avec elle que tu t'es envoyé en l'air dans la fon…

— Laisse tomber, c'est ma sœur qui a lancé cette rumeur, l'interrompit James. Plonge la main dans l'eau pendant deux secondes, et dis-moi si ça te paraît réaliste. En plus, elle est éclairée, et visible depuis une soixantaine de chambres.

— Dommage. C'était une chouette histoire. Tu es toujours avec Kerry ?

412

James secoua la tête.

— On a vécu ensemble pendant trois ans, quand on était à l'université, mais elle m'a largué pour un étudiant en histoire.

— Ça fait toujours aussi mal, malgré l'expérience ?

— Plutôt, oui. Un peu comme si un éléphant t'envoyait un coup de genou dans les noisettes. À chaque fois.

— Et ça dure longtemps ?

— Pendant deux semaines, tu vas vivre un cauchemar et passer toutes tes nuits à chialer. Ensuite, les choses commenceront à se tasser. Oh, tu continueras à penser à elle, bien entendu, mais ça fera un peu moins mal. Tout ça n'a rien de scientifique, mais disons que c'est la façon dont je vis les choses.

— Quelle galère, gémit Ryan.

— Je sais, mais à moins que tu ne décides d'entrer au monastère, il va falloir faire avec. Si j'étais toi, je me concentrerais sur la réussite de la mission : un pur chef-d'œuvre. J'ai participé à de nombreuses opérations et jeté un paquet de criminels derrière les barreaux, mais je n'ai jamais rien accompli d'aussi grandiose. Te rends-tu compte à quel point il est rare de pouvoir assister au démantèlement complet d'une organisation criminelle ?

— J'ai reçu le T-shirt noir, dit fièrement Ryan. Tous mes potes crèvent de jalousie. Je devrais profiter de ce moment de triomphe, mais je ne pense qu'à Natalka.

— T'inquiète. Tu seras très occupé dès que ton congé de fin de mission sera terminé. C'est moi qui suis chargé du stage de conduite avancée, et ton nom figure en deuxième position sur la liste de mes prochains élèves.

— Ning et Léon m'ont dit que c'était génial. Si seulement j'avais suivi ce stage avant de partir en opération, les choses se seraient sans doute déroulées de façon différente, lorsque j'ai dû fuir le quartier général des terroristes, en Alabama...

— Bon. Il vaudrait mieux que je rentre. Je ne voudrais pas que cette soirée karaoké tourne à l'émeute. En tout cas, n'hésite pas à me faire signe si tu sens que tu flanches. Mais je te préviens, je ne suis pas très doué pour les conseils matrimoniaux. Je sors avec des filles depuis maintenant dix ans, et franchement, je n'ai toujours strictement rien compris à leur mode de fonctionnement.

Ryan suivit James à l'intérieur du bâtiment.

— Mes copains Alfie et Max doivent être à la soirée. Ils sont un peu débiles sur les bords, mais ça ne sert à rien de rester ici à me les geler.

— Eh bien voilà, sourit James. Le moral remonte en flèche.

— C'est vrai, je me sens un peu mieux, admit Ryan. Merci pour le coup de main, Dr Adams.

Lorsqu'il poussa la porte coupe-feu, un gamin hilare lui jeta le contenu d'un seau d'eau au visage. Trempé de la tête aux pieds, Ryan se figea et reconnut son petit frère Théo. L'enfant poussa un cri perçant, jeta le récipient et se rua vers la salle des fêtes.

— Espèce de sale petite ordure…

Il était sur le point de se lancer à sa poursuite lorsqu'il constata que le jean de James avait lui aussi souffert de l'attentat. Au regard du règlement disciplinaire de CHERUB, arroser un membre du personnel était un acte grave, et Ryan redoutait que Théo ne soit sévèrement sanctionné.

— C'est moi qu'il visait, plaida-t-il.

— Oui, c'est bien ce qui m'avait semblé, dit James. Allez, file, il ne pourra pas aller bien loin. Et lorsque tu l'auras attrapé, je t'autorise officiellement à le chatouiller à mort.

Épilogue

À la suite des attentats du Black Friday, les vingt membres du **MINISTÈRE ISLAMIQUE DE LA JUSTICE** opérant sur le territoire des États-Unis ont été capturés ou abattus par les forces de police. Cependant, selon plusieurs services de renseignement, les chefs du groupe terroriste basé à Bombay ont su exploiter leur nouvelle notoriété pour recueillir des dons importants destinés à la planification de futures attaques.

Le pilote **ELIJAH ELBAZ** attend son procès dans une prison de haute sécurité américaine. Ayant refusé de répondre aux questions des enquêteurs, il passera sans doute le reste de sa vie sous les verrous.

S'étalant sur près de trente mois, l'opération de démantèlement du **CLAN ARAMOV** est l'une des plus longues et des plus complexes de l'histoire de **CHERUB**. Non seulement ses activités ont définitivement cessé, mais les informations rassemblées au cours de la mission ont permis l'identification de nombreux complices et fournisseurs.

Sur la flotte de quatre-vingts appareils, cinquante-deux ont été détruits ou vendus au poids du métal, onze cédés à de nouveaux propriétaires, et dix-sept confiés à des organisations humanitaires. Les six cents millions de dollars saisis sur les comptes du Clan ont été versés au budget des renseignements américains.

La destruction du Kremlin a suscité une plainte du gouvernement kirghiz auprès de l'**ONU**. L'ambassadeur des États-Unis a nié catégoriquement les accusations d'espionnage et de sabotage, les qualifiant de « montage » et d'« assertions grotesques ».

IRENA ARAMOV s'est éteinte quelques mois plus tard dans une clinique privée américaine.

Son seul enfant survivant, **JOSEF ARAMOV**, l'a accompagnée lors de ses derniers instants. Comme convenu, il a reçu l'immunité judiciaire en remerciement de sa coopération avec l'**ULFT**. Il vit aujourd'hui à Philadelphie sous une nouvelle identité. Autorisé à conserver une fortune personnelle s'élevant à cinq millions de dollars, il a fondé une modeste société de réparation électrique.

ANDRÉ ARAMOV et sa mère **TAMARA** ont regagné la Russie. Cette dernière travaille à temps partiel dans une bijouterie appartenant à l'un de ses oncles. André fréquente une école privée. Il obtient d'excellents résultats et entretient une relation amoureuse avec une élève de sa classe.

ETHAN ARAMOV, dit **ETHAN KITSELL**, vit au Texas en compagnie de **TED BRASKER**. Il a hérité de sa mère Galenka près de cinquante millions de dollars. Cette fortune provenant des activités légales de cette dernière restera placée sous tutelle jusqu'à sa majorité.

Munis des billets d'avion et des faux passeports que leur père s'était procurés avant sa mort, **BORIS** et **ALEX ARAMOV** ont rejoint les Caraïbes. Deux mois après leur arrivée, Boris s'est trouvé impliqué dans le tabassage d'un touriste français dans une boîte de nuit de Trinidad. Il reste à ce jour en attente de son procès.

Suite à une perquisition menée dans son appartement, Alex a été interpellé pour possession de stéroïdes anabolisants. Aucune charge criminelle n'a été retenue contre lui mais, sa véritable identité ayant été découverte, il a été expulsé vers le Kirghizistan.

Constatant que Boris et Alex menaient un train de vie modeste au moment de leur arrestation, les services de renseignement estiment que l'échange de **LMPGE** n'a jamais été réalisé et que les armes se trouvaient dans l'usine au moment de sa destruction.

L'avocat **PAOLO LOMBARDI** fait l'objet d'une enquête criminelle pour blanchiment, fraude et cession de participation illégale lors du rachat de *Lisson Communications*. Ce dossier extrêmement complexe devrait être jugé en 2014. Lombardi est passible d'une peine de six ans de détention.

DAN a commencé une nouvelle vie aux États-Unis. Amy Collins lui a trouvé un appartement et un travail à temps partiel dans une salle de musculation de Dallas. Il apprend l'anglais et suit des cours du soir pour obtenir son diplôme de fin de lycée. Il espère intégrer une université en septembre 2014.

Dès son arrivée en Russie, **NATALKA** a éprouvé de vives difficultés d'adaptation. Après quelques mois de cohabitation tendue, elle a quitté le domicile de sa tante et vécu plusieurs semaines dans la rue. Arrêtée pour vol à la tire, elle a été placée dans l'une des écoles de redressement les plus sévères du pays.

Sa mère **DIMITRA** reste incarcérée dans une prison militaire américaine. Les avocats de la défense usant de toutes les ficelles juridiques pour mettre en cause la légalité des arrestations opérées sur le territoire africain, l'affaire ne sera pas jugée avant 2015. Il n'est pas exclu que les prévenus soient relâchés pour vice de procédure.

En dépit du succès éclatant de l'opération Aramov, l'**ULFT** n'a bénéficié d'aucun sursis. Ses activités ont été interrompues ou transférées à d'autres départements de la **CIA** à la fin du mois de mars 2013.

Le **DR DENISE HUGGAN** a fait valoir ses droits à la retraite anticipée. Elle donne désormais des conférences sur le renseignement et les affaires internationales à l'Université de Dallas.

Les investigations concernant sa conduite lors de l'opération MIJ ont été abandonnées.

Son adjoint **TED BRASKER** a subi une lourde opération des disques lombaires. N'ayant pas reçu de nouvelle affectation à la dissolution de l'**ULFT**, il prendra probablement sa retraite dès la fin de son congé maladie. Il a initié une procédure légale afin d'obtenir la garde définitive d'Ethan Aramov.

AMY COLLINS a refusé un poste de contrôleuse de mission à **CHERUB**. Grâce à une lettre de recommandation signée par son collègue Ted Brasker, elle a intégré un programme d'instruction au sein du **FBI**. Naturalisée américaine, elle obtiendra la qualification d'agent spécial en octobre 2013.

Son corps ayant été pulvérisé lors de l'explosion d'Oak Ranch, la mort de **YOSYP KAZAKOV** n'a pu être confirmée que par la collecte de traces **ADN**. Un monument à sa mémoire a été élevé dans la chapelle de **CHERUB**. La rue principale du *village* a été baptisée à son nom.

ZARA ASKER a fait part de sa volonté de quitter le poste de directrice afin d'occuper des fonctions moins exigeantes au sein de l'organisation lorsque le village sera achevé. Son mari **EWART ASKER** est pressenti pour sa succession.

Après avoir accompli sa période probatoire de six mois, **JAMES ADAMS** a été promu au grade quatre. S'il ambitionne de remplir à plein temps les fonctions de contrôleur, il doit toujours s'acquitter de nombreuses tâches au sein de l'équipe d'instruction.

Il a fait l'acquisition d'une Triumph Thunderbird sur laquelle il sillonne fréquemment les petites routes des environs du campus.

Il n'a pas entretenu de contact avec **KERRY CHANG** au cours des quatre mois qui ont suivi leur rupture. La relation de cette dernière avec son camarade d'université ayant fait long feu, ils sont de nouveau en bons termes. Elle envisage de lui rendre visite au campus après ses examens, fin juillet.

Agent exemplaire, **FU NING** a reçu le T-shirt bleu marine à l'issue d'une mission de courte durée.

RYAN SHARMA a réussi à attraper son petit frère **THÉO**, l'a traîné jusqu'à l'un des terrains de football et l'a jeté dans une mare de boue. Au cours des mois suivants, il a fini par se consoler de la perte de Natalka, mais ne cesse d'enrager contre le règlement qui lui interdit de la recontacter.

Comme convenu, il a passé les six premiers mois de l'année 2013 au campus afin de rattraper son retard scolaire et de se remettre à l'entraînement. Il continue à faire les quatre cents coups avec **MAX BLACK et ALFIE DUBOISSON**. Il a repris sa relation orageuse avec **GRACE VULLIAMY**.

Si ses évaluations scolaires et physiques sont jugées satisfaisantes, il sera autorisé à repartir en mission le 1er août 2013.

CHERUB, agence de renseignement fondée en 1946

1941

Au cours de la Seconde Guerre mondiale, Charles Henderson, un agent britannique infiltré en France, informe son quartier général que la Résistance française fait appel à des enfants pour franchir les check points allemands et collecter des renseignements auprès des forces d'occupation.

1942

Henderson forme un détachement d'enfants chargés de mission d'infiltration. Le groupe est placé sous le commandement des services de renseignement britanniques. Les *boys* d'Henderson ont entre treize et quatorze ans. Ce sont pour la plupart des Français exilés en Angleterre. Après une courte période d'entraînement, ils sont parachutés en zone occupée. Les informations collectées au cours de cette mission contribueront à la réussite du débarquement allié, le 6 juin 1944.

1946

Le réseau Henderson est dissous à la fin de la guerre. La plupart de ses agents regagnent la France. Leur existence n'a jamais été reconnue officiellement.

Charles Henderson est convaincu de l'efficacité des agents mineurs en temps de paix. En mai 1946, il reçoit du gouvernement britannique la permission de créer CHERUB, et prend ses quartiers dans l'école d'un village abandonné. Les vingt premières recrues, tous des garçons, s'installent dans des baraques de bois bâties dans l'ancienne cour de récréation.

Charles Henderson meurt quelques mois plus tard.

1951

Au cours des cinq premières années de son existence, CHERUB doit se contenter de ressources limitées. Suite au démantèlement d'un réseau d'espions soviétiques qui s'intéressait de très près au programme nucléaire militaire britannique, le gouvernement attribue à l'organisation les fonds nécessaires au développement de ses infrastructures.

Des bâtiments en dur sont construits et les effectifs sont portés de vingt à soixante.

1954

Deux agents de CHERUB, Jason Lennox et Johan Urminski, perdent la vie au cours d'une mission d'infiltration en Allemagne de l'Est. Le gouvernement envisage de dissoudre l'agence, mais renonce finalement à se séparer des soixante-dix agents qui remplissent alors des missions d'une importance capitale aux quatre coins de la planète.

La commission d'enquête chargée de faire toute la lumière sur la mort des deux garçons impose l'établissement de trois nouvelles règles :

1. La création d'un comité d'éthique composé de trois membres chargés d'approuver les ordres de mission.

2. L'établissement d'un âge minimum fixé à dix ans et quatre mois pour participer aux opérations de terrain. Jason Lennox n'avait que neuf ans.

3. L'institution d'un programme d'entraînement initial de cent jours.

1956

Malgré de fortes réticences des autorités, CHERUB admet cinq filles dans ses rangs à titre d'expérimentation. Au vu de leurs excellents résultats, leur nombre est fixé à vingt dès l'année suivante. Dix ans plus tard, la parité est instituée.

1957

CHERUB adopte le port des T-shirts de couleur distinguant le niveau de qualification de ses agents.

1960

En récompense de plusieurs succès éclatants, CHERUB reçoit l'autorisation de porter ses effectifs à cent trente agents. Le gouvernement fait l'acquisition des champs environnants et pose une clôture sécurisée. Le domaine s'étend alors à un tiers du campus actuel.

1967

Katherine Field est le troisième agent de CHERUB à perdre la vie sur le théâtre des opérations. Mordue par un serpent lors d'une mission en Inde, elle est rapidement secourue, mais le venin ayant été incorrectement identifié, elle se voit administrer un antidote inefficace.

1973

Au fil des ans, le campus de CHERUB est devenu un empilement chaotique de petits bâtiments. La première pierre d'un immeuble de huit étages est posée.

1977

Max Weaver, l'un des premiers agents de CHERUB, magnat de la construction d'immeubles de bureaux à Londres et à New York, meurt à l'âge de quarante et un ans, sans laisser d'héritier. Il lègue l'intégralité de sa fortune à l'organisation, en exigeant qu'elle soit employée pour le bien-être des agents.

Le fonds Max Weaver a permis de financer la construction de nombreux bâtiments, dont le stade d'athlétisme couvert et la bibliothèque. Il s'élève aujourd'hui à plus d'un milliard de livres.

1982

Thomas Webb est tué par une mine antipersonnel au cours de la guerre des Malouines. Il est le quatrième agent de CHERUB à mourir en mission. C'était l'un des neuf agents impliqués dans ce conflit.

1986

Le gouvernement donne à CHERUB la permission de porter ses effectifs à quatre cents. En réalité, ils n'atteindront jamais ce chiffre. L'agence recrute des agents intellectuellement brillants et physiquement robustes, dépourvus de tout lien familial. Les enfants remplissant les critères d'admission sont extrêmement rares.

1990

Le campus CHERUB étend sa superficie et renforce sa sécurité. Il figure désormais sur les cartes de l'Angleterre en tant que champ de tir militaire, qu'il est formellement interdit de survoler. Les routes environnantes sont détournées afin qu'une allée unique en permette l'accès. Les murs ne sont pas visibles depuis les artères les plus proches. Toute personne non accréditée découverte dans le périmètre du campus encourt la prison à vie pour violation de secret d'État.

1996

À l'occasion de son cinquantième anniversaire, CHERUB inaugure un bassin de plongée et un stand de tir couvert.

Plus de neuf cents anciens agents venus des quatre coins du globe participent aux festivités. Parmi eux, un ancien Premier Ministre du gouvernement britannique et une star du rock ayant vendu plus de quatre-vingts millions d'albums.

À l'issue du feu d'artifice, les invités plantent leurs tentes dans le parc et passent la nuit sur le campus. Le lendemain matin, avant leur départ, ils se regroupent dans la chapelle pour célébrer la mémoire des quatre enfants qui ont perdu la vie pour CHERUB.

Table des chapitres

Pour tout connaître
des origines de l'organisation CHERUB,
lisez la série HENDERSON'S BOYS

Été 1940. L'aventure CHERUB
est sur le point de commencer...

L'ÉVASION

Été 1940. L'armée d'Hitler fond sur Paris. Au milieu du chaos, l'espion britannique Charles Henderson recherche désespérément deux jeunes Anglais traqués par les nazis. Sa seule chance d'y parvenir : accepter l'aide de Marc, 12 ans, orphelin débrouillard. Les services de renseignement britanniques comprennent peu à peu que ces enfants constituent des alliés insoupçonnables. Une découverte qui pourrait bien changer le cours de la guerre…

LE JOUR DE L'AIGLE

1940. Un groupe d'adolescents mené par l'espion anglais Charles Henderson tente vainement de fuir la France occupée. Malgré les officiers nazis lancés à leurs trousses, ils se voient confier une mission d'une importance capitale : réduire à néant les projets allemands d'invasion de la Grande-Bretagne. L'avenir du monde libre est entre leurs mains…

L'ARMÉE SECRÈTE

Début 1941. Fort de son succès en France occupée, Charles Henderson est de retour en Angleterre avec six orphelins prêts à se battre au service de Sa Majesté. Livrés à un instructeur intraitable, ces apprentis espions se préparent pour leur prochaine mission d'infiltration en territoire ennemi. Ils ignorent encore que leur chef, confronté au mépris de sa hiérarchie, se bat pour convaincre l'état-major britannique de ne pas dissoudre son unité…

OPÉRATION U-BOOT

Printemps 1941. Assaillie par l'armée nazie, la Grande-Bretagne ne peut compter que sur ses alliés américains pour obtenir armes et vivres. Mais les cargos sont des proies faciles pour les sous-marins allemands, les terribles U-boot. Charles Henderson et ses jeunes recrues partent à Lorient avec l'objectif de détruire la principale base de sous-marins allemands. Si leur mission échoue, la résistance britannique vit sans doute ses dernières heures…

LE PRISONNIER

Depuis huit mois, Marc Kilgour, l'un des meilleurs agents de Charles Henderson, est retenu dans un camp de prisonniers en Allemagne. Affamé, maltraité par les gardes et les détenus, il n'a plus rien à perdre. Prêt à tenter l'impossible pour rejoindre l'Angleterre et retrouver ses camarades de **CHERUB**, il échafaude un audacieux projet d'évasion. Au bout de cette cavale en territoire ennemi, trouvera-t-il la mort… ou la liberté ?

TIREURS D'ÉLITE

Mai 1943. CHERUB découvre que l'Allemagne cherche à mettre au point une arme secrète à la puissance dévastatrice. Sur ordre de Charles Henderson, Marc et trois autres agents suivent un programme d'entraînement intensif visant à faire d'eux des snipers d'élite. Objectif : saboter le laboratoire où se prépare l'arme secrète et sauver les chercheurs français exploités par les nazis.

Robert Muchamore

L'ÉVASION

EXTRAIT : HENDERSON'S BOYS. 01

HENDERSON'S
BOYS. 01

PREMIÈRE PARTIE

5 juin 1940 – 6 juin 1940

L'Allemagne nazie lança l'opération d'invasion de la France le 10 mai 1940. Sur le papier, les forces françaises alliées aux forces britanniques étaient égales, voire supérieures à celles des Allemands. La plupart des commentateurs prévoyaient une guerre longue et sanglante. Mais, alors que les forces alliées se déployèrent de manière défensive, les Allemands utilisèrent une tactique aussi nouvelle que radicale : le Blitzkrieg. Il s'agissait de rassembler des chars et des blindés pour former d'énormes bataillons qui enfonçaient les lignes ennemies.

Dès le 21 mai, les Allemands parvinrent ainsi à occuper une grande partie du nord de la France. Les Britanniques furent contraints de procéder à une humiliante évacuation par la mer, à Dunkerque, tandis que l'armée française était anéantie. Les généraux allemands souhaitaient poursuivre leur avancée jusqu'à Paris, mais Hitler leur ordonna de faire une pause afin de se regrouper et de renforcer leurs voies de ravitaillement.

La nuit du 3 juin, il donna finalement l'ordre de reprendre l'offensive.

CHAPITRE PREMIER

Bébé, Marc Kilgour avait été abandonné entre deux pots de fleurs en pierre sur le quai de la gare de Beauvais, à soixante kilomètres au nord de Paris. Un porteur le découvrit couché à l'intérieur d'un cageot de fruits et s'empressa de le conduire au chaud dans le bureau du chef de gare. Là, il découvrit l'unique indice de l'identité du bambin : un bout de papier sur lequel on avait griffonné ces cinq mots : *allergique au lait de vache.*

Âgé maintenant de douze ans, Marc avait si souvent imaginé son abandon que ce souvenir inventé était devenu une réalité : le quai de gare glacial, sa mère inquiète qui l'embrassait sur la joue avant de monter dans un train et de disparaître pour toujours, les yeux humides, la tête pleine de secrets, tandis que les wagons s'enfonçaient dans la nuit et les nuages de vapeur. Dans ses fantasmes, Marc voyait une statue érigée sur ce quai, un jour. Marc Kilgour : as de l'aviation, gagnant des 24 Heures du Mans, héros de la France...

Hélas, jusqu'à présent, sa vie avait été on ne peut plus terne. Il avait grandi à quelques kilomètres au nord de Beauvais, dans une grande ferme délabrée dont les murs lézardés et les poutres ratatinées étaient constamment menacés par le pouvoir destructeur d'une centaine de garçons orphelins.

Les fermes, les châteaux et les forêts de la région séduisaient les Parisiens qui venaient s'y promener en voiture le dimanche, mais pour Marc, c'était un enfer ; et ces vies excitantes que lui laissaient entrevoir la radio et les magazines lui faisaient l'effet d'une torture.

Ses journées se ressemblaient toutes : la meute grouillante des orphelins se levait au son d'une canne qui frappait contre un radiateur en fonte, puis c'étaient les cours jusqu'au déjeuner, suivis d'un après-midi de labeur à la ferme voisine. Les hommes qui étaient censés accomplir ces tâches pénibles avaient tous été réquisitionnés pour combattre les Allemands.

La ferme des Morel était la plus grande de la région et Marc le plus jeune des quatre garçons qui y étaient employés. M. Thomas, le directeur de l'orphelinat, profitait de la pénurie de main-d'œuvre et recevait une coquette somme d'argent en échange du travail des garçons. Mais ceux-ci n'en voyaient jamais la couleur, et lorsqu'ils le faisaient remarquer, ils avaient droit à un regard courroucé et à un sermon qui soulignait tout ce qu'ils avaient déjà coûté en nourriture et en vêtements.

Suite à de nombreuses prises de bec avec M. Thomas, Marc avait hérité de la corvée la plus désagréable. Les terres de Morel produisaient essentiellement du blé et des légumes, mais le fermier possédait une douzaine de vaches laitières, dans une étable, et leurs veaux étaient élevés dans un abri voisin, pour leur viande. En l'absence de pâturages, les bêtes se nourrissaient uniquement de fourrage et apercevaient la lumière du jour seulement quand on les conduisait dans une ferme des environs pour s'ébattre avec Henri le taureau.

Pendant que ses camarades orphelins s'occupaient des champs, Marc, lui, devait se faufiler entre les stalles mitoyennes pour nettoyer l'étable. Une vache adulte produit cent vingt litres d'excréments et d'urine par jour, et elle ignore les vacances et les week-ends.

De ce fait, sept jours par semaine, Marc se retrouvait dans ce local malodorant à récurer le sol en pente pour faire glisser le fumier dans la fosse. Une fois qu'il avait ôté la paille piétinée et les déjections, il lavait à grande eau le sol en béton, puis déposait dans chaque stalle des bottes de foin et des restes de légumes. Deux fois par semaine, c'était la grande corvée : vider la fosse et faire rouler les tonneaux puants vers la grange, où le fumier se décomposerait jusqu'à ce qu'il serve d'engrais.

...

Jade Morel avait douze ans, elle aussi, et elle connaissait Marc depuis leur premier jour d'école. Marc était un beau garçon, avec des cheveux blonds emmêlés, et Jade l'avait toujours bien aimé. Mais en tant que fille du fermier le plus riche de la région, elle n'était pas censée fréquenter les garçons qui allaient à l'école pieds nus. À neuf ans, elle avait quitté l'école communale pour étudier dans un collège de filles à Beauvais, et elle avait presque oublié Marc, jusqu'à ce que celui-ci vienne travailler à la ferme de son père quelques mois plus tôt.

Au début, ils n'avaient échangé que des signes de tête et des sourires, mais depuis que le temps s'était mis au beau, ils avaient réussi à bavarder un peu, assis dans l'herbe ; et parfois, Jade partageait avec lui une tablette de chocolat. Par timidité, leurs conversations se limitaient aux cancans et aux souvenirs datant de l'époque où ils allaient à l'école ensemble.

Jade approchait toujours de l'étable comme si elle se promenait, tranquillement, la tête ailleurs, mais très souvent, elle revenait sur ses pas ou bien se cachait dans les herbes hautes, avant de se relever et de faire mine de heurter Marc accidentellement au moment où celui-ci sortait. Il y avait dans ce jeu quelque chose d'excitant.

Ce jour-là, un mercredi, Jade fut surprise de voir Marc jaillir par la porte latérale de l'étable, torse nu et visiblement de fort mauvaise humeur. D'un coup de botte en caoutchouc, il envoya valdinguer un seau en fer qui traversa bruyamment la cour de la ferme. Il en prit un autre, qu'il plaça sous le robinet installé à l'extérieur de l'étable.

Intriguée, la fillette s'accroupit et s'appuya contre le tronc d'un orme. Marc ôta ses bottes crottées et jeta un regard furtif autour de lui avant d'ôter ses chaussettes, son pantalon et son caleçon. Jade, qui n'avait jamais vu un garçon nu, plaqua sa main sur sa bouche, alors que Marc montait sur une dalle carrelée et saisissait un gros savon.

Les mains en coupe, il les plongea dans le seau et s'aspergea tout le corps avant de se savonner. L'eau était glacée et, malgré le soleil qui tapait, il se dépêchait. Quand il fut couvert de mousse, il souleva le seau au-dessus de sa tête et versa l'eau.

Le savon lui piquait les yeux; il se jeta sur la serviette crasseuse enroulée autour d'un poteau en bois.

— J'ai vu tes fesses! cria Jade en sortant de sa cachette.

Marc écarta précipitamment les cheveux mouillés qui masquaient son visage et découvrit avec stupéfaction le regard pétillant et le sourire doux de Jade. Il lâcha la serviette et bondit sur son pantalon en velours.

— Bon sang! fit-il en sautant à cloche-pied pour tenter d'enfiler son pantalon. Ça fait longtemps que tu es là?

— Suffisamment, répondit la jeune fille.

— D'habitude, tu ne viens jamais si tôt.

— J'ai pas école, expliqua Jade. Certains profs ont filé. Les Boches arrivent.

Marc hocha la tête pendant qu'il boutonnait sa chemise. Il expédia ses bottes dans l'étable.

— Tu as entendu les tirs d'artillerie ? demanda-t-il.

— Ça m'a fait sursauter. Et puis aussi les avions allemands ! Une de nos domestiques a dit qu'il y avait eu des incendies en ville, près de la place du marché.

— Oui, on sent une odeur de brûlé quand le vent tourne. Vous devriez partir dans le sud avec la belle Renault de ton père.

Jade secoua la tête.

— Ma mère veut partir, mais papa pense que les Allemands ne nous embêteront pas si on leur fiche la paix. Il dit qu'on aura toujours besoin de fermiers, que le pays soit gouverné par des escrocs français ou allemands.

— Le directeur nous a laissés écouter la radio hier soir. Ils ont annoncé qu'on préparait une contre-attaque. On pourrait chasser les Boches.

— Oui, peut-être, dit Jade, sceptique. Mais ça se présente mal…

Marc n'avait pas besoin d'explications. Les stations de radio officielles débitaient des commentaires optimistes où il était question de riposte et des discours enflammés qui parlaient de « l'esprit guerrier des Français ». Mais aucune propagande, aussi massive soit-elle, ne pouvait cacher les camions remplis de soldats blessés qui revenaient du front.

— C'est trop déprimant, soupira Marc. J'aimerais tellement avoir l'âge de me battre. Au fait, tu as des nouvelles de tes frères ?

— Non, aucune... Mais personne n'a de nouvelles de personne. La Poste ne fonctionne plus. Ils sont sans doute prisonniers. À moins qu'ils se soient enfuis à Dunkerque.

Marc hocha la tête avec un sourire qui se voulait optimiste.

— D'après *BBC France*, plus de cent mille de nos soldats ont réussi à traverser la Manche avec les Britanniques.

— Mais dis-moi, pourquoi étais-tu de si mauvaise humeur ? demanda Jade.

— Quand ça ?

— À l'instant, dit la fillette avec un sourire narquois. Tu es sorti de l'étable furieux et tu as donné un coup de pied dans le seau.

— Oh ! J'avais fini mon travail quand je me suis aperçu que j'avais oublié ma pelle dans une des stalles. Alors, je me suis penché à l'intérieur pour la récupérer et au même moment, la vache a levé la queue et, PROOOUT ! elle m'a chié en plein visage. En plus, j'avais la bouche ouverte...

— Arrggh ! s'écria Jade en reculant, horrifiée. Je ne sais pas comment tu peux travailler là-dedans ! Rien que l'odeur, ça me donne la nausée. Si ce truc me rentrait dans la bouche, j'en mourrais.

— On s'habitue à tout, je crois. Et ton père sait que c'est un sale boulot, alors je travaille deux fois moins longtemps que les gars dans les champs. En plus, il m'a filé des bottes et des vieux habits de tes frères. Ils sont trop grands, mais au moins après, je ne me promène pas en puant le fumier.

Une fois son dégoût passé, Jade vit le côté amusant de la chose et elle rejoua la scène en levant son bras comme si c'était la queue de la vache et en faisant un grand bruit de pet. « FLOC ! »

Marc était vexé.

— C'est pas drôle ! J'ai encore le goût dans la bouche.

Cette remarque fit rire Jade de plus belle, alors Marc s'emporta :

— Petite fille riche ! Évidemment que tu ne le supporterais pas. Tu pleurerais toutes les larmes de ton corps !

— PROOOUT ! FLOC ! répéta Jade.

Elle riait si fort que ses jambes en tremblaient.

— Attends, je vais te montrer ce que ça fait, dit Marc.

Il se jeta sur elle et la saisit à bras-le-corps.

— Non ! Non ! protesta la fillette en donnant des coups de pied dans le vide, alors que le garçon la soulevait de terre.

Impressionnée par la force de Marc, elle lui martelait le dos avec ses petits poings, tandis qu'il l'entraînait vers la fosse à purin située à l'extrémité de la grange.

— Je le dirai à mon père! Tu vas avoir de gros ennuis!

— PROOOUT! SPLASH! répondit Marc en renversant Jade la tête en bas, si bien que ses cheveux longs pendaient dangereusement au-dessus de la fosse malodorante.

La puanteur était comme une gifle.

— Tu as envie de piquer une tête?

— Repose-moi!

Jade sentait son estomac se soulever en voyant les mouches posées sur la croûte brunâtre où éclataient des bulles de gaz.

— Espèce de crétin! Si jamais j'ai une seule tache de purin sur moi, tu es un homme mort!

Jade s'agitait furieusement et Marc s'aperçut qu'il n'avait pas la force de la retenir plus longtemps, alors il la retourna et la planta sur le sol.

— Imbécile! cracha-t-elle en se tenant le ventre, prise de haut-le-cœur.

— Cela te semblait si drôle pourtant quand ça m'est arrivé.

— Pauvre type, grogna Jade en arrangeant ses cheveux.

— Peut-être que la princesse devrait retourner dans son château pour travailler son Mozart, ironisa le garçon en produisant un bruit strident comme un violon qu'on massacre.

Jade était furieuse, non pas à cause de ce qu'avait fait Marc, mais parce qu'elle avait eu la faiblesse de se prendre d'affection pour lui.

— Ma mère m'a toujours dit d'éviter les garçons de ton espèce, dit-elle en le foudroyant du regard, les yeux plissés à cause du soleil. Les orphelins ! Regarde-toi ! Tu viens de te laver, mais même tes vêtements propres ressemblent à des haillons !

— Quel sale caractère, dit Marc.

— Marc Kilgour, ce n'est pas étonnant que tu mettes les mains dans le fumier, tu es dans ton élément !

Marc aurait voulu qu'elle se calme. Elle faisait un raffut de tous les diables et M. Morel adorait sa fille unique.

— Chut, pas si fort, supplia-t-il. Tu sais, nous autres, garçons de ferme, on aime faire les idiots. Je suis désolé. Je n'ai pas l'habitude des filles.

Jade s'élança et tenta de le gifler, mais Marc esquiva. Elle pivota alors pour le frapper derrière la tête, mais ses tennis en toile glissèrent sur la terre sèche et elle se retrouva en train de faire le grand écart.

Marc tendit la main pour la retenir, tandis que le pied avant de la jeune fille continuait à déraper ; hélas ! le tissu de sa robe glissa entre ses doigts et, impuissant, il ne put que la regarder basculer dans la fosse.

CHAPITRE DEUX

Les premières bombes s'abattirent sur Paris dans la nuit du 3 juin. Ces explosions qui symbolisaient l'avancée des troupes allemandes donnèrent le coup d'envoi de l'évacuation de la capitale.

Un an plus tôt, le régime nazi avait terrorisé Varsovie après l'invasion de la Pologne et les Parisiens redoutaient de subir le même sort : juifs et fonctionnaires du gouvernement assassinés dans la rue, jeunes femmes violées, maisons pillées et tous les hommes valides envoyés dans les camps de travail. Alors que la plupart des habitants de la capitale fuyaient, en train, en voiture ou à pied, d'autres, en revanche, considérés comme des inconscients et des idiots par ceux qui partaient, continuaient à vivre comme si de rien n'était.

Paul Clarke était un frêle garçon de onze ans. Il faisait partie des élèves, de moins en moins nombreux, qui fréquentaient encore la plus grande école anglophone de Paris. Celle-ci accueillait les enfants britanniques dont les parents travaillaient dans la capitale, mais n'avaient pas les moyens d'envoyer leur progéniture dans un pensionnat au pays. C'étaient les fils et les filles des petits fonctionnaires d'ambassade, des attachés militaires de grade inférieur, des chauffeurs ou des modestes employés d'entreprises privées.

Depuis le début du mois de mai, le nombre d'élèves était passé de trois cents à moins de cinquante. D'ailleurs, la plupart des professeurs étaient partis, eux aussi, dans le sud ou bien étaient rentrés en Grande-Bretagne. Les enfants restants, âgés de cinq à seize ans, suivaient un enseignement de bric et de broc dispensé dans le hall principal de l'école, une immense salle ornée de boiseries, sous le portrait sévère du roi George et une carte de l'Empire britannique.

Le 3 juin, il ne restait qu'une seule enseignante : la fondatrice et directrice de l'établissement, Mme Divine. Elle avait réquisitionné sa secrétaire pour lui servir d'assistante.

Paul était un garçon rêveur qui préférait cet arrangement de fortune à toutes ces années passées au milieu des élèves de son âge, assis droit comme un I sur sa chaise, à recevoir des coups de règle en bois sur les doigts chaque fois qu'il laissait son esprit vagabonder.

Le travail exigé par la vieille directrice n'était pas au niveau de l'intelligence de Paul, ce qui lui laissait du temps pour gribouiller. Il n'y avait pas un cahier de brouillon, pas un bout de papier dans son pupitre qui ne soit recouvert de dessins à la plume. Il avait un penchant pour les chevaliers en armure et les dragons qui crachaient le feu, mais il savait aussi représenter très fidèlement les voitures de sport et les aéroplanes.

Les doigts tachés d'encre de Paul traçaient les contours d'un biplan français qui fondait héroïquement sur une rangée de chars allemands. Ce dessin lui avait été commandé par un garçon plus jeune et devait être payé d'un Toblerone.

— Hé, fil de fer !

La fillette assise juste derrière Paul lui donna une chiquenaude dans l'oreille et il rata l'extrémité d'une hélice.

— Bon sang ! pesta-t-il en se retournant pour foudroyer du regard sa sœur aînée.

Rosie Clarke venait d'avoir treize ans et elle était aussi différente de Paul que peuvent l'être un frère et une sœur. Certes, il y avait une certaine ressemblance dans les yeux et ils partageaient les mêmes cheveux bruns, les mêmes taches de rousseur, mais alors que les vêtements de Paul semblaient honteux de pendre sur son corps chétif, Rosie possédait des épaules larges, une poitrine précoce et des ongles longs qui faisaient souvent couler le sang de son frère.

— Rosemarie Clarke ! intervint Mme Divine avec son accent anglais très snob. Combien de fois devrai-je vous répéter de laisser votre frère tranquille ?

Paul se réjouissait d'avoir la directrice de son côté, mais cette intervention rappela à tous les élèves qu'il se faisait martyriser par sa sœur et il fut la cible des quolibets qui parcoururent la classe.

— Mais, madame, notre père est dehors ! expliqua Rosie.

Paul tourna vivement la tête vers la fenêtre. Concentré sur son dessin, il n'avait pas vu la Citroën bleu foncé entrer dans la cour de l'école. Un coup d'œil à la pendule au-dessus du tableau noir confirma qu'il restait une bonne heure avant la fin des cours.

— Madame Divine ! lança M. Clarke d'un ton mielleux en pénétrant dans le hall quelques instants plus tard. Je suis affreusement désolé de venir perturber votre classe.

La directrice, qui n'aimait pas les effusions, ne parvint pas à masquer son dégoût lorsque Paul et Rosie embrassèrent leur père sur les joues. Clarke était le représentant en France de la Compagnie impériale de radiophonie. Il était toujours vêtu d'un costume sombre, avec des chaussures brillantes comme un miroir et une extravagante cravate à pois que Mme Divine trouvait vulgaire. Toutefois, l'expression de la directrice se modifia quand M. Clarke lui tendit un chèque.

— Nous devons passer chercher quelques affaires à la maison avant de nous rendre dans le sud, expliqua-t-il. J'ai payé jusqu'à la fin du trimestre, alors je tiens à ce que cette école soit encore là quand la situation redeviendra normale.

— C'est très aimable à vous, dit Mme Divine.

Elle avait passé trente ans de sa vie à bâtir cet établissement, à partir de rien, et elle parut sincèrement émue lorsqu'elle sortit un mouchoir de la manche de son cardigan pour se tamponner les yeux.

Aujourd'hui, c'était au tour de Paul et de Rosie de jouer la scène des adieux à laquelle ils avaient si souvent assisté ce mois-ci. Les garçons se serraient la main, comme des gentlemen, alors que les filles avaient tendance à pleurer et à s'étreindre, en promettant de s'écrire.

Paul n'eut aucun mal à prendre un air distant car ses deux seuls camarades, ainsi que le professeur de dessin, étaient déjà partis. Un peu gêné, il se dirigea vers les plus jeunes élèves assis au premier rang et rendit le cahier de brouillon à son propriétaire de huit ans.

— Je crois que je ne pourrai pas terminer ton dessin, dit-il d'un ton contrit. Mais tu n'as plus qu'à repasser sur les traits au crayon à papier.

— Tu es vraiment doué, dit le garçon, admiratif devant l'explosion d'un char à moitié achevée. (Il ouvrit son pupitre pour y ranger son cahier.) Je le laisserai comme ça, je ne veux pas le gâcher.

Paul allait refuser d'être payé, lorsqu'il vit que le pupitre du garçon renfermait plus d'une douzaine de barres de chocolat triangulaires. Son Toblerone à la main, il regagna sa place et rangea ses affaires dans un cartable en cuir : plumes et encre, quelques bandes dessinées défraîchies et ses deux carnets d'esquisses qui contenaient ses plus beaux dessins. Pendant ce temps, sa sœur donnait libre cours à son exubérance naturelle.

— On reviendra tous un jour! clama-t-elle de manière théâtrale en étouffant dans ses bras Grace, une de ses meilleures amies.

— T'en fais pas, papa, dit Paul en s'approchant de la porte où attendait leur père, l'air hébété. C'est ça, les filles. Elles sont toutes un peu folles.

Paul s'aperçut alors que Mme Divine lui tendait la main, et il dut la lui serrer. C'était une personne sévère et froide, et il ne l'avait jamais beaucoup aimée, mais il avait été élève pendant cinq ans dans cette école et il perçut une sorte de tristesse dans les vieux doigts noueux.

— Merci pour tout, lui dit-il. J'espère que les Allemands ne feront rien d'horrible en arrivant ici.

— Allons, Paul! dit M. Clarke en donnant une petite tape sur la tête de son fils. On ne dit pas des choses comme ça, voyons!

Rosie avait fini de broyer ses amies dans ses bras et elle ne put retenir ses larmes en serrant vigoureusement les mains de la directrice et de sa secrétaire. Paul, lui, se contenta d'un vague salut de la main à l'attention de toute la classe, avant de suivre son père dans le couloir, jusque sur le perron.

Le soleil brillait sur les pavés de la cour alors qu'ils se dirigeaient vers l'impressionnante Citroën. Il n'y avait aucun nuage dans le ciel, mais l'école était située sur une colline qui dominait la ville et l'on pouvait voir de la fumée s'échapper de plusieurs bâtiments dans le centre.

— Je n'ai pas entendu de bombardement, commenta Rosie en rejoignant son frère et son père.

— Le gouvernement émigre vers le sud, expliqua M. Clarke. Alors, ils brûlent tout ce qu'ils ne peuvent pas emporter. Le ministère de la Défense a même incendié certains de ses édifices.

— Pourquoi partent-ils ? demanda Paul. Je croyais qu'il devait y avoir une contre-offensive.

— Ne sois pas si naïf, espèce de bébé, ricana Rosie.

— Nous ne serions peut-être pas dans un tel pétrin si nos alliés avaient des radios correctes, dit M. Clarke d'un ton amer. Les forces allemandes communiquent instantanément entre elles. Les Français, eux, envoient des messagers à cheval ! J'ai tenté de vendre un système radio à l'armée française, mais leurs généraux vivent encore au Moyen Âge.

Paul fut surpris de voir une cascade de documents dégringoler à ses pieds quand il ouvrit la portière arrière de la voiture.

— Fais attention à ce que le vent ne les emporte pas ! s'exclama son père en plongeant pour ramasser les enveloppes de papier kraft éparpillées dans la cour.

Paul s'empressa de refermer la portière et colla son nez à la vitre : la banquette était couverte de classeurs et de feuilles volantes.

— Ce sont les archives de la Compagnie impériale de radiophonie. J'ai dû quitter le bureau précipitamment.

— Pourquoi ? demanda Rosie.

Son père ignora la question. Il ouvrit la portière du passager, à l'avant.

— Paul, je pense qu'il est préférable que tu te faufiles entre les sièges. Et j'aimerais que tu ranges tous ces papiers pendant le trajet. Rosie, monte devant.

Paul trouvait son père tendu.

— Tout va bien, papa ?

— Oui, bien sûr.

M. Clarke lui adressa son plus beau sourire de représentant de commerce.

— J'ai eu une matinée épouvantable, voilà tout. J'ai dû faire quatre garages pour trouver de l'essence, et finalement, j'ai été obligé d'aller en quémander à l'ambassade de Grande-Bretagne.

— À l'ambassade ? répéta Rosie, étonnée, en claquant la portière.

— Oui, ils ont des réserves de carburant pour permettre au personnel de fuir en cas d'urgence, précisa son père. Heureusement, je connais quelques personnes là-bas. Mais j'ai dû mettre la main à la poche.

M. Clarke n'était pas riche, mais sa Citroën six cylindres était une somptueuse berline qui appartenait à la Compagnie impériale de radiophonie. Paul adorait voyager à l'arrière, sur l'immense banquette en velours, avec les garnitures en acajou et les rideaux à glands devant les vitres.

— Il y a un ordre pour classer ces papiers ? demanda-t-il en dégageant une petite place pour poser ses fesses, alors que son père sortait de la cour de l'école.

— Contente-toi de les empiler, dit M. Clarke pendant que Rosie se retournait pour faire de grands signes à son amie Grace qui était sortie sur le perron. Je prendrai une valise à la maison.

— Où va-t-on ? interrogea Paul.

— Je ne sais pas trop. Dans le sud, en tout cas. Aux dernières nouvelles, il y avait encore des bateaux qui ralliaient la Grande-Bretagne au départ de Bordeaux. Sinon, nous devrions pouvoir passer en Espagne et embarquer à Bilbao.

— Et si on ne peut pas entrer en Espagne ? demanda Rosie avec une pointe d'inquiétude dans la voix, tandis que son frère ordonnait une liasse de feuilles en les tapotant sur l'accoudoir en cuir.

— Eh bien... répondit M. Clarke, hésitant. Nous ne serons fixés qu'en arrivant dans le sud. Mais ne t'en fais pas, ma chérie. La Grande-Bretagne possède la plus grande flotte marchande et la marine la plus puissante du monde. Il y aura toujours un bateau en partance.

La Citroën dévalait la colline en passant devant des rangées d'immeubles qui abritaient parfois une boutique ou un café au rez-de-chaussée. La moitié des commerces avaient baissé leur rideau de fer, certains étaient condamnés par des planches, mais d'autres continuaient à servir les clients, en dépit des nombreuses pancartes signalant les pénuries comme : « *plus de beurre* » aux devantures des épiceries, ou bien : « *tabac réservé aux personnes prenant un repas* », sur les façades des cafés-restaurants.

— On ne devrait pas s'arrêter chez le fleuriste ? demanda Rosie.

M. Clarke posa sur sa fille un regard solennel.

— Je sais que je te l'ai promis, ma chérie, mais le cimetière est à quinze kilomètres, dans la direction opposée. Il faut qu'on fasse nos bagages et qu'on quitte Paris au plus vite.

— Mais… protesta Rosie, tristement. Si on ne peut plus revenir ? On ne reverra plus jamais la tombe de maman !

À l'arrière, Paul se figea, alors qu'il finissait d'empiler les feuilles. Les visites au cimetière le faisaient toujours pleurer. Son père aussi, et il restait devant la tombe pendant une éternité, même quand il gelait à pierre fendre. C'était horrible, et franchement, l'idée de ne plus y retourner le soulageait.

— Il ne s'agit pas d'abandonner ta maman, Rosie, dit M. Clarke. Elle nous accompagnera durant tout le trajet, de là-haut.

I DO NOT EXIST

Pour raison d'État, ces agents n'existent pas.

LA NOUVELLE SÉRIE DE ROBERT MUCHAMORE

Jay, Summer et Dylan ne se connaissent pas encore
et pourtant ils partagent le même rêve de gloire.
Le premier ne vit que pour son groupe de rock.
La deuxième possède une voix à couper le souffle.
Le troisième a de la musique plein la tête
et des mains de virtuose.
Trois rebelles qui devront se livrer bataille
pour accomplir leur destinée !

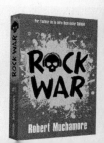

**LA MUSIQUE ÉTAIT LEUR PASSION,
ELLE EST DEVENUE LEUR COMBAT**